colección **la otra orilla**

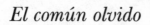

El común olvido

SYLVIA MOLLOY

El común olvido

Grupo Editorial Norma

Buenos Aires Barcelona Caracas Guatemala Lima México Panamá
Quito San José San Juan San Salvador Bogotá Santiago

©2002. De esta edición:
Grupo Editorial Norma
San José 831 (C1076AAQ) Buenos Aires
República Argentina
Empresa adherida a la Cámara Argentina del Libro
Diseño de tapa: Magali Canale
Fotografía de tapa: Alejandro Elías
Impreso en la Argentina
Printed in Argentina

Primera edición: julio de 2002

CC: 22010
ISBN: 987-545-063-4

Hecho el depósito que marca la ley 11.723
Libro de edición argentina

Para Geiger
"Look in my face..."

"Sleepless with cold commemorative eyes."
DANTE GABRIEL ROSSETTI, "A Superscription"

"Donde no hay tumbas escribo epitafios."
MARCELO PICHON RIVIÈRE, *Noche*

Primera parte

I

Pasar de la relativa sombra del aeropuerto a la luz blanca del despoblado siempre me pareció una forma particularmente despiadada de entrar en el país. El tiempo que lleva ajustar la mirada, no sólo al exceso de luz sino a esa realidad que siempre, en el primer minuto, resulta deslumbradoramente extraña, es el tiempo del pánico, la caída en la trampa. He vuelto y esta vez ya no podré salir: este mundo, que nunca fue de veras mío, será mi sepultura. Moriré y no estará la mano del amigo para sostenerme la cabeza, para cerrarme los ojos.

No puedo explicar la desazón que me causa volver a Buenos Aires, esa sensación de estar abriendo puertas que dan siempre a cuartos vacíos, de leer páginas que están siempre en blanco, de asir recuerdos que se me ahuecan en cuanto procuro darles sentido. No, no es mío el mundo de mi madre, ni es éste mi país. ¿Por qué, entonces, la ansiedad, por qué la orfandad que siento invariablemente al pisar este asfalto calcinado, mientras espero el taxi? Dos valijas, nada más, y la dirección del hotel deslucido, cuya fachada descascarada apenas hace honor al antiguo prestigio de su nombre, al que regreso siempre. Quizá, cuando mi madre era joven, todo fuera distinto. De hecho, es por ella que vuelvo, no sólo al país sino al mismo hotel. Entre los muchos papeles que dejó, pedacitos de vida descompuesta, había un billete de un peso, flamante, cuya potencial circulación había sido coartada para transformarlo en reliquia personal. Dos manos distintas colaboraron en esta empresa: una, desconocida, ha escrito una

13

fecha –15-V-1938 A. D.– la otra, de mi madre (reconozco la letra), ha anotado "Lloyd George" y el nombre del hotel. Ningún otro dato me brinda este billete, salvo informarme, en las firmas junto a la adusta representación de la república munida de su antorcha, que eran secretario y presidente del Banco Nación, respectivamente, Ernesto Mallea y Nicolás Avellaneda, dos apellidos que reconozco como significativos aunque no sé, en realidad, qué significaban entonces. De los muchos papelitos de mi madre, hay algunos que miro con tristeza, otros con culpa. Y hay algunos que, después de leídos una vez, no me atrevo a volver a leer. Pero a éste suelo regresar, como a un enigma, irresuelto y posiblemente irresoluble. La inscripción de la fecha, lapidaria; el nombre de Lloyd George (que para entonces había dejado de ser primer ministro inglés), inexplicable; y el nombre del lugar, City Hotel. Este es el único elemento reconocible de la tríada, por eso me hospedo aquí.

Decía mi madre (y viviría para experimentarlo en carne propia) que la memoria es un don elusivo, a menudo infernal. Cuando trato de acordarme de ella, no logro detener una imagen fija sino un torbellino de figuras superpuestas; mi madre de joven, mi madre muerta, mi madre tal como la soñé una noche, después de una visita que resultaría ser la última, como una chiquita de meses que lloraba desconsoladamente en mis brazos. Es más fácil recordar objetos que fueron suyos –que ya sé, de algún modo son ella: pero que, sobre todo, no lo son– más fácil, digo, que recordar a mi madre. Por eso conservo algunos de esos objetos: para convocarla, para celebrar alguno de sus muchos gestos perdidos, para sentirme menos solo.

Cuando murió creí que se me terminaba el mundo, es decir uno de mis mundos, el mundo en español. Me llamó una vecina, que también vivía sola y con la que mi madre mantenía amables relaciones de contigüidad aunque de escaso contenido. Se saludaban a diario, hablaban del tiempo, de plantas, la vecina le llevaba semanalmente un pastel de duraznos, cuando era la época: mi madre le regalaba gajos y bulbos, para los que tenía buena mano y, cada tanto, algún dibujo del que no le costaba demasiado desprenderse. Alguna vez, en una conversación telefónica (yo la llamaba puntualmente desde la ciudad todos los viernes), interrumpió lo que me estaba contando para decir, como al descuido: Hay luz en lo de Marion, deben de ser las seis, y comprendí que vivía atenta a los movimientos de su vecina que de algún modo regían los suyos. Cuando murió me di cuenta de que Marion hacía lo mismo con mi madre: No vi luz cuando volví a casa a las seis y seguía oscuro dos horas después, ni siquiera había luz en su cuarto de trabajo, me dice. Aun en estas circunstancias, Marion entrecomilla "workspace", como quien habla de un espacio sospechoso donde ocurren cosas que no entiende y de las que desconfía. Pensé que habría pasado algo, agrega. Encontraron a mi madre en el suelo, volteada por un paro cardíaco. La muerte no fue buena con ella, pese a su decisión, tantas veces anunciada, de que no la encontraría desprevenida. Pasó años maquillándose levemente antes de acostarse por si moría durante la noche. Murió en cambio al atardecer, descuidada de ropa, y sin los dientes postizos que por ese entonces le molestaban mucho. Como se la iba a cremar inmediatamente y había pedido que no la viera nadie, los empleados de la pequeña

15

empresa fúnebre del pueblo más cercano no se preocuparon de ponérselos. Fue así como, al presentarme a reconocer el cuerpo y hacerme cargo de los trámites, vi a mi madre con la cara espantosamente ahuecada y casi irreconocible. No pude besarla.

Recuerdo haber leído, hace muchos años, las cartas de George Bernard Shaw a Mrs. Patrick Campbell. En una de ellas, Shaw describe su estupor al ver el contenido de la urna con los restos incinerados de su madre, el leve montoncito de polvo y huesitos blancos. Experimenté el mismo estupor cuando me entregaron la cajita de madera, con la diferencia de que mi madre pesaba mucho, aun muerta. Había pedido, con un último gesto romántico que no le era del todo insólito, que se esparcieran sus restos en el Río de la Plata. Al mes de muerta viajé a la Argentina con ese propósito, difícil de cumplir en tiempos normales, más aun en esa época aciaga. Cuando procuré concertar algo con una empresa fúnebre local, seguro de que se habrían encargado ya de otros pedidos semejantes, no me supieron ayudar, váyase a la Costanera y desde allí los tira al río fue el único consejo que me dieron, sin asomo de sorna. Pensé que en las postrimerías de un régimen que había recurrido a gestos de obliteración parecidos, no era sabio seguir el consejo. Y me volví con mi madre a Nueva York, con la cajita pesada en un bolso de mano que no osé despachar como equipaje de bodega.

Mi madre, siempre tan sola, tan controlada, tan parca. Mi cariño por ella se empaña, en la memoria, con el recuerdo de mis vanos intentos de romper sus defensas, de hacerla hablar más allá de los límites que imponía a sus relatos, siempre los mismos, siempre iguales, pulidos a fuerza de contarlos. Ahora me quedan apenas recuerdos, objetos, un cuadro que prefiero no mirar, y fragmentos de aquel diario que me pidió que quemara. Y el billete de un peso, que junto con la cajita de huesos, me trae, una vez más, a la Argentina.

II

Mentiría si dijese que me siento norteamericano. Mentiría si dijese que me siento argentino. Y sin embargo viajo con dos pasaportes y alguna vez hasta inicié averiguaciones para conseguir un tercero. Me habían dicho que Irlanda reconocía la nacionalidad hasta la tercera generación y, sabiendo que mi abuelo, el padre de mi padre, había emigrado a la Argentina a principios de siglo, procuré reivindicar una nacionalidad más. Sabía, porque estaban los datos en la libreta de casamiento que encontraron entre las cosas de mi padre, dónde y cuándo había nacido. Pero lo que no sabía era que, para tener derecho a esa nacionalidad, mi abuelo tendría que haber declarado a su hijo, algo que, por desidia o quizá porque ya empezaba a sentirse argentino, omitió hacer. Entre mi abuelo y yo se había quebrado la genealogía celta, había un hiato: mi padre. Lo que había empezado casi frívolamente –a ver si me dan otra nacionalidad más– se volvió de pronto obsesión: hice vanos esfuerzos por convencer a la gente del consulado, sentía que se me negaba algo que me correspondía, algo que acaso fuera mi verdadera identidad, y la culpa la tenía, una vez más, mi padre.

Son pocos los recuerdos que tengo de él y a estas alturas no sé si son míos. Cuando a mi madre y a mí nos llegó la noticia de su muerte, me sentí liberado. Lo habían encontrado muerto un dos de enero, no empezó bien el año, le dije a mi madre y, cuando le vi la cara, me arrepentí de la ligereza. Vivía solo con sus perros en una casa en las barrancas de Belgrano que se venía abajo (y que de hecho demolieron a los pocos meses de su muerte), casa a la que únicamente tenía acceso la mujer que iba a limpiar una vez por semana y que fue quien lo encontró. Había sufrido una hemorragia interna, dicen que la muerte en esos casos es repentina e indolora. Llamaron a su abogado que también era, creo, el único amigo que le quedaba, y fue Juan García Vélez quien nos avisó. La carta era torpe, como suelen ser las cartas en esas ocasiones, tanto más cuanto que Juan y mi madre habían sido amigos y no se hablaban, no sé bien por qué, desde hacía años. En su carta Juan intentaba retomar una vieja confianza y a la vez, como abogado y albacea, informarnos del hecho. Junto a lo que ya sabíamos o imaginábamos –que no dejaba nada, que había muerto con mil deudas, que en la casa habían encontrado montones de cheques nunca cobrados y ya vencidos– había detalles triviales que me devolvían la humanidad de mi padre sin que yo lo quisiera, de un padre molesto con el que no quería tener nada que ver. Juan escribía, con circunspecta cursilería decimonónica, que "su mal lo había vencido", refiriéndose al alcoholismo de mi padre, y acto seguido daba detalles de botellas vacías junto a la cama desvencijada, de restos de comida por toda la casa, de perros desesperados y hambrientos, dignos de un artículo sensacionalista de pasquín vespertino. Misteriosamente agregaba: "No se preocupen, la hemorragia fue interna", como si el hecho de que no se viera sangre debiera tranquilizarnos, volviendo su muerte más decorosa.

Juan se ocupó del entierro, al que no asistieron más que él, la mujer que limpiaba la casa y un viejo capataz de campo que había querido a mi padre cuando era chico como a un hijo y que había viajado a Buenos Aires desde Arrecifes para, como decía Juan, acompañar los restos. A los perros, incontrolables, los mandaron a la Sociedad Protectora de Animales, donde nada bueno, sospecho, les habrá pasado. Juan García Vélez se encargó también de reunir lo poco que le pareció rescatable en el caos que era el escritorio y me lo mandó por separado a mí, observando, con diplomática cautela, que pensaba que esas cosas interesarían más al hijo que a la madre. Yo tenía dieciocho años entonces y no me interesó nada. Guardé la caja casi como había llegado y sólo con el correr de los años, de varios años, fui mirando, poco a poco, su contenido. Había documentos, como esa libreta de casamiento de mis abuelos que contribuyó a que me sintiera, pasajeramente, irlandés. También cartas, muchas cartas, algunas anodinas, otras (que en algún lado tengo guardadas) y que preferí no seguir leyendo ahora no recuerdo por qué, y luego objetos que a García Vélez se le había ocurrido enviar, objetos que aludían a mi padre, como testigos mudos de una historia que me había sido negada. Un megáfono, por ejemplo, de la época en que mi padre remaba, junto con una foto suya recortada de un periódico inglés, tomada durante una regata en Henley en los años treinta, con la leyenda "The cute cox of the Argentine Rowing Club leads his crew to victory". Costaba creer que el adjetivo alguna vez se hubiera aplicado a mi padre, al padre hosco que yo recordaba, pero debo decir que en la foto, tomada a fines de los treinta, parecía, sí, muy cute. Juan añadía, con tono cómplice, que no dejara de ir a verlo si algún día pasaba por Buenos Aires y me contaría muchas más cosas sobre mi padre, "pienso que no tenés, como dicen en inglés, the whole picture".

Más de una vez, en alguno de mis escasos viajes a la Argentina, pensé ir a verlo y no lo hice. Sólo después de muerta mi madre pude por fin llamar por teléfono para decirle a Juan García Vélez que por fin, después de tantos años, quería que me contara cosas sobre mi padre. Lamentablemente llegué tarde. La voz de mujer que atendió el teléfono me comunicó que Juan había muerto hacía un año. Se había llevado the whole picture consigo. O por lo menos uno de los whole pictures.

III

Cuando llegué con mi madre a los Estados Unidos fuimos a parar a una vieja ciudad en decadencia al norte del estado de Nueva York. Era el único lugar donde mi madre, gracias a un amigo suyo, dueño de una galería bastante prestigiosa de Nueva York que luego quebró, había encontrado un trabajo provisorio en la universidad local. En esa época dorada la universidad tenía dinero, una colección no desdeñable de artistas latinoamericanos, y pretensiones. Fue fácil venderles a mi madre como artist in residence: no sólo le ofrecieron contrato sino que le compraron, de antemano, varias obras. Recuerdo que cuando llegamos, mi madre opinó que, pese a las diferencias, no se sentía en lugar extraño. Había algo en la arquitectura, decía, en la mezcla de estilos y en la disparidad de altura de los edificios, que le recordaba la Argentina, como si ese desorden arquitectónico fuera marca de lo americano. Fijate, me decía entusiasmada, esto no podría ser nunca Europa y sí una calle de Belgrano R. Mirá rápido, sólo la primera impresión, no analicés. Yo no veía lo que ella veía; a los doce años, ya analizaba demasiado.

El romanticismo identificatorio de mi madre duró poco, sin embargo, y la nueva realidad se nos impuso. Nuestro inglés, que era el inglés de mi padre y de los colegios ingleses de la Argentina, ese inglés en principio británico pero con una entonación aberrante que hizo que le preguntaran a mi madre un día en una tienda, "Are you from India?", muy pronto nos desubicó sin reubicarnos del todo. Éramos y no éramos Hispanic. Éramos y no éramos latinoamericanos. No nos considerábamos –es decir, por el momento: la revelación vendría más tarde– ni exiliados ni apátridas ni, sobre todo, inmigrantes. Éramos cosmopolitas, que era una manera de decir que éramos gente bien, manejábamos con soltura varios códigos, y estábamos de paso: a mi madre le habían ofrecido este trabajo sólo por dos años. En esta ciudad, éramos sobre todo exóticos.

Mi madre se ambientó bastante rápido dentro de la intelligentsia local, un grupo heterogéneo compuesto de otros talentos in residence, de escritores y críticos locales, de profesores iconoclastas y brillantes estudiantes de posgrado, de hijos de buenas familias que coleccionaban arte, jugaban al polo y por ende conocían algo de la Argentina, y le hacían la corte a mi madre. Era el final de los años sesenta y mi madre se entregó a vivir públicamente una rebeldía que la Argentina le había hecho primero temer, y luego olvidar. Rosa Luxemburgo, la llamaba Michael, cuando la veía participar en cuanta manifestación había en la universidad contra la guerra de Vietnam. Vos no entendés lo que es poder salir a la calle y gritar lo que quieras contra el gobierno sin que te lleven preso, le decía invariablemente mi madre. Vos no sabés lo que es gritar lo que quieras contra el gobierno y que eso ya sea parte de lo que el gobierno te permite, le contestaba Michael, a quien le tocaría vivir su momento heroico un año más tarde, en Stonewall. Lo importante –agregaba– es precisamente que te lleven preso. Pasaban horas juntos, inmersos en interminables conversaciones sobre estrategias políticas y posibilidades de acción, mi madre y ese nuevo amigo suyo, el único de los muchos que pasaban por casa con el que no me sentía incómodo, luego comprendí por qué. Yo los escuchaba, los miraba con envidia, posiblemente con rabia. Mi madre había encontrado un amigo, yo no. Mi madre se había ambientado mientras que yo, trasplantado y ansioso, me seguía preguntando por qué nos habíamos ido de la Argentina. Todavía me lo pregunto, con poca esperanza de encontrar una respuesta.

No simpatizaba con los otros amigos de mi madre, ni con sus hijos, ni –después de un incidente brutal– con sus perros. Uno de esos amigos, profesor en la universidad, tenía reputación de subversivo, reputación que se fundaba en el hecho de que abogaba, ruidosamente y en público, por la legalización de la marijuana. Una noche estábamos en su casa en una de las fiestas que solía dar, combinación de lectura de poemas (también había varios poetas in residence), módico consumo de drogas y enorme ingestión de bebida y comida que su mujer, una rubia desteñida llamada Betsey, no se cansaba de preparar, cuando sonó el teléfono y una voz anónima informó al dueño de casa que la policía estaba por llegar. Saben que hay drogas –dijo la voz– get rid of your guests. En la desbandada general, el perro de la casa me dio un certero mordisco en la pierna cuya cicatriz guardo hasta hoy. Cicatrices de guerra, me decía luego Tom cada vez que me veía, con ese falso tono cómplice que tanto agrada a los adultos y tanto molesta a los adolescentes. Y siempre agregaba, con un guiño histriónico, la única guerra que vale la pena. Al día siguiente de la fallida razzia que hubiera recogido a lo más granado de la intelectualidad del lugar en diversos estados de ebriedad, enajenación y (si los ruidos que había escuchado en uno de los dormitorios de la planta alta donde se habían refugiado la desteñida Betsey y un famoso poeta tuerto eran de fiar) desnudez, el periódico sacó la noticia en primera plana. "The End of the Party", rezaba la titular. A distancia, pienso que la frase era profética: pese a mi madre y sus amigos, se acababan, irremediablemente, los años sesenta.

IV

La veo venir hacia mí, con el pañuelo rojo que, me dijo, se pondría al cuello para que pudiera reconocerla, y algo, no sé qué, me agarra la garganta a medida que cruza la calle y se me acerca. Será porque, después de tantos años, entro por fin en contacto directo con un miembro de la familia de mi madre. Pero no sólo me emociona el lazo con mi madre sino la persona misma: esta mujer, con su increíble belleza y su fuerza radiante, me conmueve como me ha conmovido poca gente (Ben quizá) y como nunca me ha conmovido, por cierto, ninguna mujer.

No podría describirla con fidelidad porque no sé describir bien a las mujeres. Sólo sabría decir que tenía la belleza terrible y dorada de un león. Soy Beatriz, me dijo, sentándose a mi lado después de haberme estrechado la mano en las dos suyas. No me besó. Agregó, con un gesto hacia las otras mesas también ocupadas por hombre solos, adiviné cuál eras vos, lo supe desde lejos. Hablaba arrastrando perezosamente las erres con un dejo provinciano que entonces no supe atribuir a ninguna región precisa pero que después me di cuenta era de Córdoba. Miraba fijo, con ojos apenas entrecerrados, como un animal –de nuevo el león– que vigila aun cuando parece en reposo. Pidió algo, un café quizá, y empezamos a hablar, a la deriva me pareció, hasta que me di cuenta de que, suavemente, firmemente, me llevaba por donde ella quería. No me molestó el juego porque me facilitaba este primer encuentro en el que yo me encontraba disminuido, incómodo, sin saber qué decir. Apenas recuerdo esa primera conversación: más que nada la sensación de haber tocado algo muy grande con las manos. Como a la media hora se levantó como con resorte, me tocó el hombro para que no me pusiera de pie, paso a buscarte mañana, me dijo. Y entonces desapareció.

Procuré juntar lo que sabía de Beatriz con esta aparición. En realidad mi madre me había contado muy poco, apenas la mencionaba, y entonces como uno de tantos nombres de familia que se dejan caer, esos nombres sueltos que a distancia se vuelven chatos, pierden espesor si es que alguna vez lo tuvieron. Era hija de una hermana llamada Ana, no recuerdo si mayor o menor que mi madre, que para mí había sido siempre una figura borrosa porque se había ido a vivir a Córdoba cuando nosotros vivíamos en Buenos Aires y mi madre para entonces casi no hablaba de ella. Mencionaba más a su otra hermana, Alina, la tía que había muerto muy joven, muy enferma, decía mi madre aunque nunca llegué a saber de qué enfermedad padecía. En casa se hablaba poco de enfermedades, se las mantenía a raya, sin nombrarlas. Cuando le pregunté a mi madre de qué había muerto un vecino nuestro, un muchacho desaparecido repentinamente, contestó de causas naturales, frase que hace las delicias de Simón: He died at twenty of natural causes. Pero recuerdo, sí, que mi madre decía de Alina una frase que luego oiría más de una vez: Se dejó morir. También recuerdo que mi madre, procurando animarme a tomar confianza a los caballos en Long Island, me decía tu tía Alina de chica montaba en pelo. Pensé que Beatriz posiblemente también montara en pelo. Pensé que Beatriz no me inspiraba confianza, pensé que le tenía un poco de miedo.

27

Terminé el café y pagué, como siempre con exceso de propina (lo sé por la desmedida sonrisa del camarero) porque nunca recuerdo cuánto se deja en Buenos Aires. Si no fuera por esos pequeños deslices creo que nadie se daría cuenta de que no soy de aquí. Creo que paso: por ser algo que no soy o que no soy del todo. Cuando llegué, en la recepción del hotel me ofrecieron inmediatamente el *Buenos Aires Herald*; pedí en cambio *La Nación*. Pero eso no bastó, y me creyeron latinoamericano, posiblemente peruano, dijeron, hasta que les mostré el pasaporte argentino para convencerlos, el que tenía de chico, cuando mi madre me llevó de aquí, de hecho no el que uso. No es la primera vez que ocurre: en otras ocasiones (para gran hilaridad de Simón) me han creído venezolano, una vez –inexplicablemente– mexicano. No sé por qué sigo trayendo ese pasaporte como reliquia aunque viajo con el otro, quizá para probar una vieja identidad, quizá para que no me traten del todo como a un extraño. Da lugar, desde luego, a epifanías de reconocimiento que aborrezco, como la que se dio esta vez. Usted argentino, no me diga. Ah, pero lo llevaron de chico, qué sabandija parece en ese pasaporte, ¿no lo va a renovar? Le conviene. Habría odiado totalmente a la recepcionista, con su simpatía profesional y su complicidad falsa, si no hubiera usado esa palabra que no oía desde hacía años, probablemente desde la época de la foto. La mujer no parece tan vieja, diez o quince años mayor que yo, ¿se seguirá usando la palabra sabandija?

El desconocimiento de las convenciones me da sin duda una gran libertad pero también me pone en ridículo. Para volver al hotel alargué deliberadamente el camino, en lugar de caminar por Cerrito hasta llegar a Diagonal bajé hasta Florida y caminé deteniéndome ante las vidrieras, buscando algún encuentro que pronto se dio. Era un muchacho insignificante, al que no hubiera mirado dos veces allá, pero aquí me siento torpe, desamparado. Lo invité a tomar un café y, acodados al mostrador, le pregunté qué hacía. Lo que vos quieras, me contestó, sin darse cuenta de que la pregunta se refería a lo que hacía en la vida y no a las actividades que compartiríamos a los pocos minutos en un cuarto de hotel de la calle Lavalle. Tenía un cuerpo muy joven y muy blanco, casi de chico, y el pubis increíblemente pelirrojo. Se molestó por las precauciones que tomé. Qué pesados son ustedes. Aquí no hay. No fue un encuentro demasiado memorable. Llamame si querés, me dijo con desgano, tendiéndome una cajita de fósforos donde había garabateado un número. Se llamaba Julio y olía a tabaco negro. Unas semanas después (un día que se me ocurrió, por qué no, llamarlo) me di cuenta de que había perdido la cajita.

¿Cómo imaginarme, en esta ciudad pobre y abaratada, la juventud de mi madre cuando apenas recuerdo la mía? Yo tenía sólo doce años cuando me llevó de aquí y a los doce no se han almacenado suficientes recuerdos, quiero decir recuerdos de lugar que permitan recrear, de lejos, el espacio. Durante años vi a Buenos Aires a través de sus ojos, en sus relatos, y ahora que traigo sus ojos para ver, sólo se me brinda un telón chato y deslucido contra el que intento, en vano, representarme una comedia de la que nunca fui protagonista.

V

Simón me ha dicho –y Simón suele tener razón– que soy un coleccionista, y que entre las muchas cosas que colecciono están las nacionalidades, o mejor, dice, las vidas nacionales que me añado. Le conté en una ocasión el episodio con el consulado de Irlanda, y ahora interpreta este viaje mío como una aventura más, un gesto frívolo. Francamente no te entiendo. Desde que te marchaste de chico has vuelto alguna que otra vez y no te has sentido incómodo, incluso aquella vez que fuimos juntos. Con lo que te estoy diciendo que te has aceptado como argentino sin pensarlo más, a fact of life, y ahora me vienes con este casi proyecto de investigación que no sé qué te va a aclarar, quién eres tú, o quién era tu madre, o quién era tu padre, frankly, my dear, a estas alturas déjalo tranquilo, nunca vas a aclararlo todo, siempre te va a quedar una laguna por llenar, un hecho para el que no hay explicación, you'll never get the whole picture because there's no such thing, y mientras tanto yo me quedo ladillado porque esta vez tú no quieres que te acompañe, porque en tu *Argentina Revisited* –dice, señalándome con el dedo con gesto teatral– yo estoy (hace una pausa dramática) *de más*.

Todo esto me lo dijo un mes antes de mi viaje, y lo escuché, sabiendo que tenía razón, pero de todos modos seguí con mi proyecto, en parte por inercia –ya había sacado el pasaje–, en parte por llevarle la contra, y en parte por curiosidad. En eso somos muy distintos, Simón y yo. Él también llegó a los Estados Unidos hace años, de Venezuela, y como dice a quien quiere oírle y también a quien no quiere: Honey, I didn't once look back. Es fotógrafo de día y es sobre todo barman de noche, la ocupación que le permite vivir. Cuando lo conocí me deslumbró: había algo tan vital en él, tan insolente, que me sentí apocado. Estaba comiendo en casa de David, que todavía no se había enfermado y con quien me había reconciliado, cuando sonó el timbre imperiosamente. Creo que es Simón que me trae unas fotos, quédate que es muy divertido, he's from Venezuela and that should create a bond, me dijo, con la típica ligereza norteamericana para pensar geografías y nacionalidades que no son las propias. Me quedé. De esa noche recuerdo a Simón, recuerdo mi desconcierto, y recuerdo con insólito detalle sus fotos, como si fuera ayer y no hace seis años. Eran fotos muy compuestas, muy artificiales, de libros, libros cerrados o abiertos, en mesas, en estantes, entre las manos de algún lector cuyo cuerpo había sido cercenado sin pena, libros asomando de alguna cartera, apuntalando una puerta, apilados al lado de un inodoro. Una en especial me llamó la atención: contra un fondo de librería de viejo una mano, creo que furtiva, deslizando las *Iluminaciones* de Benjamin dentro de un bolsillo. Me impresionaron las fotos pero sobre todo me impresionó que este personaje estudiosamente afectado, sobre todo atento a la irradiación (no encuentro mejor palabra) de su persona física, hubiera hecho fotos tan inteligentes, tan pensadas. No parecía criatura de reflexión. Le dije (hablábamos en inglés) cuánto me gustaban, le dije, con torpeza, que yo también era hombre de libros, I'm also into books. I'm more into looks, me contestó sin perder el compás, y me sentí perfectamente tonto. Se fue, pero luego supe que le había pedido mi teléfono a David. El resto, como dicen, pertenece a la historia.

Pero sin duda tiene razón Simón: colecciono. No bien había empezado la universidad, mi madre, que como todo autodidacta tenía una alta opinión de los estudios académicos, empezó a preguntarme a qué iba a dedicar, como decía ella, el resto de mis días. En vano le contestaba yo que, como no me iba a dedicar a ninguna ciencia dura, el momento de la elección podía postergarse unos años. Por ahora optaría por especializarme en literatura y luego veríamos. La respuesta distaba de satisfacerla y volvía a la carga, recordándome que si bien estaba en una buena universidad que por favor tuviera en cuenta de que estaba con beca y que (de nuevo una de sus frases) la buena vida no podía durar. A veces se me ocurre pensar que mi madre, tan inteligente, tan original e insólita en sus mejores momentos, almacenaba frases hechas oídas no tanto en su casa como en los vagos archivos de la opinión pública, frases mediocremente sabias a las que recurría un poco al azar, como impostándolas, en situaciones que no sabía manejar. Yo le contestaba que todavía estaba a la espera de esa buena vida de la que ella había gozado más que yo y que por favor me dejara tranquilo. Terminábamos peleados por unos días hasta que uno de los dos rompía el silencio con una excusa. En el fondo sabía que mi madre no estaba del todo desacertada pero por algún motivo no quería contarle mis dudas, mis miedos y, sobre todo, la sensación de impotencia que me asaltaba cada vez que intentaba verme mentalmente en tal o cual profesión, llevando una vida inevitablemente menos interesante que la suya. Sé que le tenía envidia. Y entonces, para darle un disgusto, elegiste ser bibliotecario y traductor, lo menos parecido a ella pero, eso sí, ocupaciones honorables con un mínimo futuro asegurado, trabajos de re-pro-duc-ción, concluía Simón, enfático y burlón, habiendo logrado su propósito que era irritarme.

Me era difícil explicarle que lo que me había llevado a esos oficios que él veía como de coleccionista era menos el deseo de contrariar a mi madre que el de encontrar actividades que me proporcionaran un mínimo de orden y de rutina, una semblanza de continuidad letrada. Muy joven descubrí que me costaba concentrarme, que, a pesar de que me encantaba leer, rara vez podía atender a lo que leía más allá de las primeras tres o cuatro páginas. Me distraía. Prestaba la misma atención a las letras que, digamos, a lo que veía por la ventana o a las voces que escuchaba en el cuarto contiguo. Se me mezclaba lo que leía con lo que me rodeaba o con lo que simultáneamente me venía a la mente, y eso me confundía, más bien, me angustiaba. Las cosas empeoraron cuando fui al colegio, me destaqué en matemáticas (me resultaba más difícil divagar a partir de cifras) pero en literatura nunca pasé más allá de los primeros capítulos de los libros asignados, aun cuando me gustaban. Para suplir esa falla, como quien se las ingenia para compensar algún defecto físico a fin de que no se note, prestaba gran atención a las conversaciones, almacenaba los comentarios de maestros y condiscípulos, retenía frases que oía citar y que me gustaban. Así aprendí a conocer libros, a amarlos y a citarlos, a reducirlos a dos o tres escenas memorables, sin haberlos leído enteros. Otros lo hacían por mí.

¿Cómo explicarle a Simón que mi pasión por la literatura

está en razón inversa a la atención que soy capaz de prestarle? ¿O que quizá mi pasión por la literatura es, precisamente, esa misma resistencia, ese miedo que hace que no me pueda entregar a ella por entero, que sólo pueda entablar relación con ella a través de fragmentos, de restos que no puedo integrar en un todo coherente? Nunca hablé con mi madre de esto porque no me hubiera entendido, me hubiera aconsejado (no sin razón) hacer otra cosa, cuando yo no quería hacer otra cosa, quería –lo tenía muy claro– dedicarme a la literatura. ¿Y cómo explicarles –a ella, a Simón– que la traducción, descubierta en la universidad como técnica, fue mi salvación? Cuando en un seminario de literatura francesa quedó claro que yo no había leído un texto con suficiente cuidado (creo que era *La difficulté d'être* de Cocteau y confesé, después de clase, mi desatención), el profesor me dijo, como al descuido, ¿por qué no lo traduce a medida que lo lee? Creo que no entendía el término literalmente, creo que más bien me estaba indicando que al leer el texto tratara de traducirlo mentalmente, para domesticarlo, pero yo tomé el consejo al pie de la letra y lo traduje de veras. Fueron algunas de las semanas más felices de mi vida. Descubrí que por fin podía leer de otra manera, podía prestar atención al texto de otro porque lo estaba reescribiendo, haciéndolo mío. Por eso, y no por hacer rabiar a mi madre, elegí ser traductor. Lo de bibliotecario vino después, como medio no demasiado difícil de ganarme la vida. Y acaso (aunque nunca se lo confesaré a Simón) porque me gusta, sí, coleccionar.

Pero Simón no siempre entiende estas cosas, o no quiere entenderlas.

VI

Tendría que poder defenderme a estas alturas de las sacudidas de la memoria y sin embargo, en este viaje, me asedian los más mínimos detalles. Nunca reparé, por ejemplo, en la supervivencia de las marcas. El nombre de un polvo limpiador, de un jabón de lavar, la marca de fábrica de un alimento me restituyen pedazos de una infancia de la que no creía acordarme. Pedazos nimios, claro está. No reclamo para ellos el valor de revelaciones que me aclaren la existencia o que den sentido a mi vida presente. Son más bien como naturalezas muertas que me ofrece la memoria: una pileta de lavar con un tarro de Odex sobre el borde de loza y un pedazo de jabón amarillo del otro, enmarcados en mi mente, disponibles y distantes a la vez, como un cuadro pop. Iconos de mi pasado argentino, no me dicen nada. Recuerdo haberle oído contar a mi madre que en un viaje a Grecia, más precisamente a la isla de Hydra, había pasado la noche en casa de una campesina que le había alquilado su dormitorio. Al despertar había visto, en lugar de honor sobre una repisa que reunía los modestos tesoros de la propietaria, un frasco de fijador de pelo Glostora. La curiosidad de mi madre era tan grande como su incapacidad para hacerse entender en griego. ¿Cómo había llegado a Hydra esa reliquia de los años cuarenta, tan sugerente de tango clubes, de compadritismo, de hombres morosos y mujeres sonámbulas, de la ronca voz engolada de, decía mi madre, Alberto Castillo? Con gestos, grandes sonrisas, y abundantes palabras entre las cuales mi madre reconoció alguna que otra raíz común y armó alguna que otra etimología, la griega dijo –o mi madre pensó que decía– que su hijo marinero se la había traído al regresar de un viaje a América. Los tesoros de las Indias en la Hélade, bajo la modesta especie de un frasquito de Glostora. Le oí contar la historia varias veces a mi madre, sospecho que el frasquito era tan importante, para ella, como para la griega, que a ella también le devolvía, como a mí hoy el tarro de Odex, superficies olvidadas, escenas cotidianas que se habían vuelto carteleras privadas, avisos no compartidos, en la secreta publicidad de la memoria.

La dificultad de hablar de esta ciudad cuando se está aquí. Es como un vértigo perpetuo, no he conocido ciudad donde se pueda estar más a la deriva, sin tener la sensación de llegar a ningún lado. Los recuerdos de viajes anteriores, en su mayoría borrosos cuando no falaces, se han ido añadiendo a la vaga imagen que me llevé de chico, pero en lugar de componer una textura densa, en que cada capa va enriqueciendo las otras, una suerte de pentimento de Buenos Aires, como hubiera dicho mi madre en un momento oracular (uno de sus opinion days, como yo los llamaba para hacerla rabiar), mi Buenos Aires se deshace a cada paso. No es sólo que los lugares que creía conocer van siendo reemplazado por otros, es la ciudad entera que, como presa de un sacudimiento sísmico, se va desplazando, deslizándose, se diría, hacia otras latitudes, inventándose un nuevo centro a medida que desaloja el viejo, como a fines del siglo pasado, dejando atrás cines abandonados que se han vuelto iglesias evangélicas o tiendas de saldos, ruinas donde una vez hubo luces y prestigio. Tengo la sensación de una ciudad flotante que se va corriendo en otras direcciones, hasta que termine cayéndose en el Río de la Plata, me dice Simón cuando se lo comento por teléfono, ya que no pudiste echar allí las cenizas de tu madre. Su comentario me irrita pero no es desacertado; no he tenido nunca la sensación, como en este viaje, de estar pisando tierra movediza. No soy sólo yo quien está de paso sino toda una ciudad. Pienso: no tengo a quien contarle estos cambios salvo a mi madre y mi madre ha muerto. Sólo ella entendería, creo, mi zozobra.

El hábito me hace gravitar hacia los lugares que antes me eran más conocidos para luego, desde allí, tomar colectivos al azar –en cuanto veo uno con asientos libres me trepo– y dejarme llevar por barrios en los que me siento espía, barrios en los que trato de reconocer algo, algún dato que recupero de conversaciones con mi madre. Recuerdo haberle oído hablar alguna vez de la iglesia de la Medalla Milagrosa, con ese relente de superstición que me divertía tanto, y he procurado encontrarla pero nadie parece saber dónde queda. Mientras tanto deambulo en colectivos. También al azar me bajo, en cualquier lado, camino unas cuadras. Prefiero los barrios lejos del centro, siempre me parece que hay más gente, más actividad, pero se me borra cualquier sensación de límite, ¿dónde termina Palermo, dónde empieza Villa Crespo y dónde está Villa Devoto?

Un día me bajé de improviso, como siempre, y caminé algunas cuadras. Inexplicablemente me perdí, no pude volver a encontrar la esquina en donde me había dejado el colectivo, en cuyo número, por otra parte, no me había fijado. Caminé con la sensación de haber perdido límites, con

Anglicismo

creciente desazón. Era casi de noche y las noches de Buenos Aires, con sus árboles y su mala iluminación, son desasosegantes, levemente fuera de foco, como si a uno le ofrecieran, sin más, una vida doble, la posibilidad de filtrarse, a la luz macilenta de esos faroles, en otra existencia. Vi por fin un negocio, una verdulería, y entré a pedir direcciones. Un hombre de ojos rasgados envolvía zapallitos para una mujer de edad indefinida, de las muchas que, levemente encorvadas, con cardigan gris y bolsa de provisiones colgando del brazo, circulan por los barrios de Buenos Aires. Tantas veces, al detener los ojos en una de ellas, fantaseo que es alguien que conozco, quizá una maestra que tuve de chico, que de pronto me reconoce después de tantos años y me invita a acompañarla, me lleva a su casa a tomar el té. Vive sola, enviudó hace algunos años, y se las arregla más o menos bien con su jubilación más la del marido, aunque se supone que no se pueden acumular las pensiones todo el mundo lo hace, me siento en el living de un departamento de los años treinta, quizá en la calle Laprida, sirve el té en unas tazas de esa porcelana japonesa iridiscente que al verso dice "Occupied Japan", me ofrece alfajores de maicena, y sobre todo se acuerda, se acuerda de mí y de lo travieso que era en el colegio, dice, una buena pieza, ni la amenaza de que te pusiera un uno te hacía quedar quieto, qué ha sido de tu vida y por qué te fuiste tan lejos, saben allá lo que pasa en la Argentina, che. Pero esto no ocurre, y nadie me reconoce en Buenos Aires. El hombre de ojos rasgados termina de envolver los zapallitos y me indica, con tono entre servil y zumbón, por dónde tengo que ir. Resulta que no me he alejado tanto y en diez minutos estoy una vez más en Plaza Italia.

VII

No te puedo creer que hayas vuelto con esa cajita de huesos –me dice Beatriz– si no pudiste echarla al río la vez pasada, por qué no la dejaste allá, por qué no la enterraste, no sé, en el campo mismo si querías evitar el cementerio, no es que le faltara tierra en Orient ¿no? O la habrías podido tirar en el mar, no te digo desde un muelle, como te dijeron aquí los imbéciles de las pompas fúnebres, ni tampoco obviamente desde la playa, pero haber alquilado una lancha y haber salido mar afuera. No sería el Río de la Plata pero sería agua. O vos creés que a estas alturas a ella le importa. Pienso que es tan fácil disponer de madres ajenas, tan difícil hacer algo con la propia. Indignado (porque sé que tiene algo de razón) la reto, cómo podés decir algo semejante, le digo ofendido, cómo sabés qué relación tenía yo con mi madre, cómo te atrevés a burlarte de esos "últimos deseos" que a lo mejor son más importantes para mí que para ella. Porque evidentemente de eso se trata, de un pacto al que yo he dado fuerza sacramental por razones muy mías que no alcanzo a comprender.

¿Y ahora qué vas a hacer con ella?, continúa implacable. Quizá algo mejor de lo que vos hacés con la tuya, contesto furioso, al azar. Evidentemente he tocado un punto débil porque cambia de expresión y me mira con ojos duros. Con Ana es distinto, me dice. No necesito que un idiota que no entiende nada me dé lecciones de moral. Y levantándose agrega con tono que no admite réplica: Por hoy, se acabó la sesión.

Pero no se había acabado su preocupación conmigo ni con el paradero final de mi madre. A la semana me llamó, como si no hubiera pasado nada entre nosotros, y me dijo, entre cariñosa y burlona, que había encontrado la solución ideal. La podemos poner en la bóveda de la familia de mi padre, me dijo, total ya hay otros invitados que no son de la familia. Es una solución provisoria pero por lo menos no tenés que volverte una vez más con la cajita y estará entre conocidos y gente como uno. Como hay sorna en su voz, me abstengo de seguirla por esa vía, de recordarle que mi madre sentía antipatía general por la familia política de su hermana, en especial por su marido, Lucho, a quien siempre llamó, por sus tendencias nacionalistas, von Lucho. Acepto porque me parece en efecto una solución y porque me alivia que otro se ocupe del trámite. Me cita para el día siguiente frente a la Recoleta, traela bien disimulada, tapala con el sobretodo o metela en un portafolio. Mi madre transformada en documento secreto. ¿Por qué la tengo que esconder, le pregunto sorprendido, no hay que hacer un trámite por escrito? Estás loco, me dice, la vamos a entrar de contrabando, no te imaginás lo que es el papeleo. Entramos, me hago abrir la bóveda, yo simulo echar un vistazo para ver si todo está limpio y en orden, y vos dejás la cajita. Ya hablé con el encargado de esa sección, le das unos pesos y se acabó. Me deslumbra su eficiencia. Me azora también que ya no hablemos de mi madre, o tu madre, sino de la cajita. Se ha vuelto casi un sobrenombre de mamá.

Y así fue. Un atardecer, dejé a mi madre en su modesto cubo de roble en la Recoleta, junto a lo más granado del nacionalismo argentino. Encima de la cajita puse una rosa roja y Beatriz murmuró, en voz baja, se van a creer que es la divisa punzó. Conteniendo la risa a duras penas, salimos rápido. Gracias Fernández, oí que le decía al encargado, pasándole la propina que yo no me atrevía a darle. Gracias por todo, dije yo también, casi feliz.

Después de haber ayudado a Beatriz a conseguir un taxi (pese a mi insistencia, no me dejó acompañarla) me largué a caminar sin rumbo, dejándome llevar por calles por donde sin duda había caminado, muchas veces, mi madre. A mi mente acudían nombres aprendidos en la infancia, calles donde vivían familias que oía recordar y de las que ya nada sabré jamás. La garganta se me estrechaba de verme tan solo. Pensé en aquel personaje de Katherine Mansfield, una mujer vieja, a la deriva en las calles de Londres, buscando en vano un lugar donde poder llorar. A la vez sentía que estaba representando un papel: hijo cumpliendo el duelo por su madre en ciudad ajena. Revisaba las casas, las puertas, las esquinas, buscando la traza de los relatos de mi madre, haciendo un poco mío cuanto miraba. De pronto, una casa sólida y firme, provista de un amplio cancel y dos balcones a cada lado, las paredes pintadas al aceite, un poco descascaradas, me sobresaltó con la sugestión: esto mismo vieron sus ojos tantas veces. Oscurecía y estaban cerradas casi todas las ventanas, desiertos los dos balcones. Nadie sabía, ni le hubiera importado saber que yo estaba allí, frente a esa casa, como un desconocido, y mi madre a pocos metros, en una bóveda prestada, como una de esas primas venidas a menos a quienes, por algún tiempo, los parientes dan albergue. Mi madre, la recogida. Por el fondo del jardín que rodeaba la casa, descuidado, vi avanzar un gato barcino.

Parecía ser el único ser viviente en este pasaje de desolación. Noté que tenía enormes patas, y superabundancia de dedos, como los gatos de Hemingway en aquella vieja casa de Cayo Hueso, invadida por la maleza. El detalle me divirtió y empecé a distraerme. Se cerraba, al menos por el momento, la escena de duelo.

Seguí caminando por Alvear, crucé el islote de la embajada de Francia, bajé por curiosidad hacia Arroyo, costeando la embajada de Israel que, por alguna razón, me pareció precaria pese a su solidez decimonónica. Recordaba que mi madre solía mencionar un departamento en esa calle en el que había vivido un tiempo (cuándo, con quién, no lo sé; en una vida que yo no le conocía) pero la calle no me dijo nada, me pareció más bien triste. Seguí por Suipacha hacia el bajo pensando que daría la vuelta por Alem hasta llegar al City, evitando así atravesar el centro que, por alguna razón, me deprimía. Me fijé en la chapa de un museo de arte colonial, al lado vi una casa de dos pisos aparentemente abandonada, la fachada desfigurada por una rajadura que la hendía en dos, las celosías cerradas, una casa desde donde, se me antojó pensar, alguien me estaba mirando. Me detuve y levanté la mano, como quien saluda o dice adiós. Acaso mi madre había conocido a las personas que vivían en esa casa, acaso había caminado desde su departamento de la calle Arroyo a visitarlas, o por lo menos habría alzado los ojos al pasar por esa casa, viendo asomar una mano para cerrar una ventana, para trazar un nombre sobre el vidrio empañado. Ya era casi de noche. Se me ocurrió por un momento llamar al chico que me había anotado su teléfono en una cajita de fósforos (cajita por cajita, pensé estúpidamente) pero no la encontré en mis bolsillos. Pensé que a mi madre no le hacía gracia que yo fuera homosexual, nunca entendí demasiado bien por qué. No se trataba de autorreproche. El "qué habré hecho yo para que este hijo, etc." no entraba, por suerte, dentro de su estilo ni tampoco la añoranza de vidas de familia heterosexuales, estables, ricas en descendientes y para siempre ajenas. Prefiero que me des disgustos a que me des nietos, ça date moins, era una de sus frases favoritas. Simón me cuenta que en cambio su madre, en Caracas, al enterarse de que se iba a analizar (con un psicoanalista argentino, of course, decía para irritarme), había puesto los ojos en blanco y salido del cuarto. Cuando volvió de la primera sesión (bastante desconcertado, agregaba Simón), lo primero que le preguntó la madre, entre tímida y desafiante: ¿Le hablaste mucho de mí? No, pienso, volviendo a la mía, a mi madre no le hacía nada de gracia que yo fuera homosexual y nunca le pregunté por qué.

Sólo al llegar de vuelta al hotel, después de haber parado a comer algo en un bar de la recova donde bebían hombre solos y uno que otro marinero que había levantado a una muchacha, experimenté una sensación de vacío, como si hubiera cumplido con mi misión y ya no tuviese razón de quedarme en Buenos Aires. Me puse a pensar en Beatriz, gracias a quien había podido dar clausura, por provisoria que fuese, a un momento penoso de mi vida, y de quien, por otra parte, sabía tan poco. Beatriz, apenas nombrada por mi madre, que me había escrito hace dos años cuando se enteró de su muerte (nunca supe quién hizo publicar la participación en los diarios argentinos: por cierto no yo),

Beatriz a quien no intenté buscar cuando vine aquí a los dos meses procurando en vano desparramar las cenizas, Beatriz que –de nuevo no sé cómo– sabía ahora que yo había vuelto, una vez más, a Buenos Aires. Porque fue ella quien me llamó al hotel, a los pocos días de mi llegada. ¿Cómo supo dónde encontrarme? Se lo comento a Simón con quien hablo esa noche, cómo no lo iba a saber tu prima si en ese país todo el mundo sabe todo de todos, Buenos Aires es una aldea, ya verás que por lo menos diez personas más saben dónde estás parando. Quizá. Me doy cuenta de que he estado tan atento a todo lo que concierne a mi madre que no he tenido tiempo para otras cosas. Por ejemplo: para hacerle esas preguntas a la misma Beatriz.

VIII

Cuando lo veo por primera vez debo decir que me impresiona. Tanto me había hablado mi madre de su mejor amigo que esperaba encontrar un viejo, sin duda afectado, pero que de alguna manera se me pareciera, a mí, el hijo de su mejor amiga. Cuando entré, Samuel Valverde estaba sentado a contraluz, así que apenas pude divisar sus facciones, sólo un bulto minúsculo y luego la voz alta y muy nasal, trabajada como la voz de un artista pero nunca declamatoria, una voz cuya naturalidad era una afectación más, cuyos constantes tics para incluir al interlocutor eran otras tantas artimañas para recalcar una distancia insalvable. Este hombre dialogaba solo, brillaba y se derrochaba en el escenario de su conversación.

Tu madre me dijo que algún día vendrías a verme, dijo, y yo no supe pensar a qué momento se refería ya que creía entender que desde hacía años no se hablaban. Mi madre murió, le contesté. Y como no decía nada, agregué: Murió hace ya dos años, en Estados Unidos. Continuó el silencio hasta que, como si le hubieran presionado un resorte, se puso a hablar, urgentemente: No sabés lo espléndidas que eran, tan altas, tan elásticas, a mí me divertía llamarlas les Atalantes, y me las imaginaba corriendo contra el viento, implacables, triunfantes. Ellas se reían de mí, con simpatía te prevengo, me retribuían lo de las Atlántidas con Pulgarcito, se reían creo de mis afectaciones y también se burlaban (gentiment, me entendés) de mi imaginación libresca, si no está en Proust para vos no existe, me decía tu madre y yo le

45

decía que tenía toda la razón, para hacerla rabiar pero también porque de veras tenía razón: todo está en Proust. Vos también sos bastante bajo, ¿no? –agregó inesperadamente. Ella me decía que iba a tener un hijo como yo, que le pondría mi nombre. Pero después pasaron cosas, se enojó conmigo y sé que no te llamás Samuel. Tu madre no te lo habrá contado porque cambió mucho cuando se fue, las cartas que yo recibía al principio (porque después dejó de escribirme) parecían de otra persona.

Te dije que tu madre era linda pero en realidad linda, lo que se dice linda, no era. Pero hacía todo como si fuera divina y terminó siéndolo. Cuestión de actitud. Yo creía entonces en el charme de las mujeres bellas y fatales. Me sentía atraído por ellas, me parecían tener algo que volaba por encima de lo humano, digno de adoración a distancia. Entraba con tu madre al Edelweiss y todas las cabezas se daban vuelta. Y no sólo en Buenos Aires, che. Me acuerdo una vez en París (porque sabrás que coincidimos allí a fines de los cuarenta), entramos en Rumpelmeyer y de nuevo hizo sensación, oí al pasar una voz que decía "C'est la maîtresse de Malraux" y se lo conté a tu madre que se reía como loca. Pensaba, como pensábamos tantos, que la vida había que vivirla a fondo y que las reglas estaban hechas para los otros, no para ella. En una época se le había dado por el acordeón, se había comprado un Silvestre colorado muy bonito y la verdad es que tocaba bastante bien. Me acuerdo que tenía una amiga francesa, o mejor dicho, que me perdonen los franceses, belga, se llamaba Charlotte o algo así, que era todavía más lanzada que tu madre, jugaban a quién desafiaba a quién. Una noche de verano se fueron las dos con los acordeones a cuestas a sentarse en la plaza Vicente López, creo que habían bebido bastante, se turnaban para cantar cada una con su acordeón, tu madre cantaba tangos, la belga cantaba *J'attendrai*, imitaba a Damia, y pronto reunieron a un público considerable, entre admirado y burlón, hasta que, contaba tu madre, apareció un patrullero y bajó uno de sus ocupantes, un vigilante jovencito, a ver qué pasaba. Desconcertado al ver a dos señoras contraviniendo el orden público (algo así les dijo) volvió al automóvil a pedir instrucciones. Volvió con aire cómplice, dice el comisario que si le tocan *Mi noche triste* como Dios manda por esta vez las perdona. Tu madre contaba que se esmeraron en tocarlo a dúo y que al terminar el comisario bajó la ventanilla y les gritó ¡Mejor que Ada Falcón! Aunque sospecho que este último detalle lo inventó, como inventaba muchas cosas, era bastante mentirosa tu madre, o mitómana, o una combinación de las dos cosas. Le gustaba, eso sí, poner incómodos a los otros, me acuerdo del papelón que me hizo pasar en Mar del Plata, en el momento me dieron ganas de estrangularla aunque después nos reíamos juntos, se le ocurrió un día pasear conmigo en mateo por el centro, y de pronto hubo un embotellamiento, no sé qué pasaba pero nadie se movía, entonces se levantó y empezó a gritar a la gente que pasaba, ¡Gracias por todo, les prometo que voy a volver, Mar del Plata tiene el mejor público del mundo, gracias, gracias!, y, como no nos movíamos, pronto nos rodeó una multitud, la gente pensaba que era alguna actriz, debe de ser Mecha Ortiz o alguien así, oí decir a alguien, empezó a firmar autógrafos, Dios sabe con qué nombre, yo rogaba que me tragara la tierra hasta que de pronto, del mismo modo que habíamos parado de golpe, nos empezamos a mover y concluyó la escena.

Le pregunto, porque es lo único que se me ocurre, si las otras dos hermanas –las dos atlántidas, digo, siguiéndole el chiste no sólo para halagarlo sino porque me empieza a caer simpático y me siento muy cómodo con él– eran como mi madre, si también salían a tocar el acordeón. A Alina, le digo, de chica le gustaba montar en pelo, o por lo menos eso decía mi madre, que Alina era muy machona. Me mira un instante, con la cabeza ladeada como un pájaro curioso. Que lo dijera tu madre no deja de tener su gracia, me dice. Qué me contás... Yo a Alina la conocí apenas, y sobre todo no de chica cuando habrá montado en pelo, m'hijo. Era más bien tristona, agrega inesperadamente, y muy callada, siempre que la veía pensaba en ese verso tan lindo de Samain, "Elle cultivait la volupté de se taire". A Ana tampoco la conocí demasiado bien, después que se murió el marido se fue a vivir a La Cumbre, aunque nos vimos un poco después de que tu madre se fue. No sé, como para remplazar una parte de tu madre, pero esas cosas nunca salen bien. Pero en realidad las Atalantes, más que las hermanas, eran todas las amigas, comprendés, eran todas muy parecidas, lindas y arrogantes, aunque tu madre era especial, te aseguro que nadie le pisaba el poncho. Siento que por alguna razón se está poniendo ansioso, como quien tiene que justificar algo, o acaso disimularlo. Le pregunto en qué año conoció a mi madre. Mirá si me voy a acordar la fecha exacta, che, me contesta. Insisto: ¿era antes o después de 1938? Por entonces sería –me dice, sin más precisión, súbitamente desinteresado, y sé que esa tarde ya no me dirá más.

Vuelvo al día siguiente, porque me fascina. Vuelvo con una excusa cualquiera. Prometí prestarle un libro que traje para leer en este viaje y que dudo que lea por ahora, una biografía de Djuna Barnes, a quien sé que ha traducido. Recuerdo, de hecho, la anécdota que contaba mi madre, una de las muy pocas que le oí sobre Samuel aunque no lo nombraba, decía an Argentine friend of mine, contaba cómo en un viaje a Nueva York él había tenido la osadía de ir a ver a Djuna Barnes a Patchin Place sin llamarla de antemano para ver si lo recibiría (sabía que no lo hubiera recibido) y la había encontrado desgreñada, desorientada, y se había sentido (por única vez en su vida, acotaba mi madre) culpable. Pero Djuna Barnes se vengó, agregaba mi madre. Samuel le contó que mientras él estaba en el departamento había sonado el teléfono y Djuna Barnes dijo a quien la llamaba que estaba atendiendo a un rather rude Spanish gentleman que había aterrizado en su casa sin anunciarse, pero que lo había tenido que recibir porque era su traductor al español. No sé que le molestaría más a Samuel, agregaba mi madre, oírse llamar maleducado o que lo tomaran por español.

Cuando entro en casa de Samuel lo encuentro agitado, dando vueltas en el estudio, sacando libros de los estantes sin ton ni son. No sé dónde puse los dólares, me dice consternado, se los pongo siempre a Voltaire. Apila desordenadamente el *Dictionnaire philosophique* luego de sacudir cada tomo, por fin entiendo que ha guardado la plata en un libro y no se acuerda en cuál, está frenético, me hace pensar en Jack Lemmon en *Days of Wine and Roses*. Por qué no ponés la plata en el banco, pregunto. No sabés lo que son los bancos en la Argentina, che, contesta misteriosamente. Además –se yergue como una duquesa indignada– de poco me sirve que me digás eso *ahora,* así que callate y ayudame. Aquí los tengo más a mano y Voltaire me traía suerte hasta que se me ocurrió ponerlos en otro lado a ver si me iba mejor. Prefiero no averiguar detalles sobre las ventajas de estos ahorros sui generis y, después de preguntarle si acaso se los puso a Rousseau y ser fulminado con la mirada, lo ayudo a buscar. Por fin encontramos doscientos dólares en un tomo del teatro de Bourdet. Me conmueven estos gustos de lectura tan aparentemente de otra época; Beatriz ha mencionado, creo, que su padre leía a Paul Morand y que de chica a ella le gustaba decir en voz alta uno de sus títulos, *Ouvert la nuit,* cuando estaba sola, decirla como si fuera una frase perversa, una frase de gente grande. Me pongo a hojear el libro de Bourdet mientras Samuel, con gran aparato, vuelve a colocar los dólares en Voltaire. Llevate el libro, me dice como al descuido. Creo que te puede interesar. Además a tu madre le encantaba.

IX

Eran como hermanas gemelas, dicen. Cuando nació tu madre, dicen que nuestro abuelo, al ir a inscribirla al registro civil, casi le cambia el nombre que él y su mujer habían elegido para ponerle, en cambio, Ana. No se acordaba (porque tenían ya seis hijas y la memoria es corta) de que ya tenía una hija Ana que había nacido un año y medio antes, tan seguidas eran. Así que por poco salen las dos con el mismo nombre. Además se parecían, yo tengo fotos de las dos y parecen casi mellizas, aunque de hecho Ana era más alta, y además tu madre parece siempre algo distante, cómo te diré, menos presente que Ana, por lo menos para mí. Te parecés a ella, sabés, en esa manera que tenés de mandarte mudar como dejando atrás el cuerpo, ese no estar del todo en el mundo. Creo que por eso te reconocí en la vereda del café, por eso y porque se veía a la legua que no eras de aquí. Esas cosas siempre se saben.

La oigo hablar (atiendo más de lo que ella cree) y pienso en la madrugada de ayer y en el policía que me pidió documentos en las barrancas de Belgrano. Discutían dos hombres, empezaron a golpearse, y en lugar de alejarme me acerqué, no sé por qué, acaso porque después de horas de incertidumbre esa conmoción era una manera de entrar en contacto con algo, como para justificarme. Cuando saltó la sangre del ojo del más joven empapándole cara y cuello, cuando vi que se llevaba las manos a la cara con un ronquido de dolor mientras el otro seguía descargándole golpes sobre la cabeza, sentí mucho miedo y quise irme pero me atajó un policía que bajaba de un patrullero. No tan rápido, me dijo, apretándome el brazo, mientras su compañero se encargaba de los otros dos, no tan rápido, de seguro tenés mucho que contar. Cuando le dije que era extranjero y le entregué el otro pasaporte me miró todavía con más desprecio, quizá con rabia, al sentir que sus tácticas se verían restringidas. Gringo encima de puto resultaste, salí antes que me arrepienta y volvete a Disneylandia, maricón. Sí, esas cosas siempre se saben. Me contó Simón que una vez en Buenos Aires un hombre lo levantó al primo, lo hizo subir a un auto, se dio a conocer como policía, y una vez en la comisaría lo hizo desvestirse, ponerse un portaligas y medias, y cantar para el resto de los muchachos. Suena a relato armado, perfeccionado por sus muchos narradores, una de las tantas leyendas urbanas del viajero gay. Me cuesta creer que en Buenos Aires haya una seccional tan sofisticada, de film de Sternberg o Visconti, pero Simón me asegura que es cierto.

No le cuento esto a Beatriz, como no le cuento por qué estaba en las barrancas de Belgrano a la una de la mañana. Si le hubiera dicho la verdad dudo que me hubiera creído, aunque entre nosotros parece estar naciendo una precaria confianza. Fui porque necesitaba encontrar si no la casa en que nací –la demolieron al poco tiempo de morir mi padre– por lo menos la calle, la manzana, una esquina, algo que me pudiera llevar en la memoria y recordar de vez en cuando. No sé por qué se me ocurrió ir de noche, posiblemente porque después del calor del día empieza a circular más aire y las cosas cobran otra dimensión. Salí del centro rumbo a Belgrano a las diez, tomé un colectivo que me dejó en la calle Juramento. Crucé la plaza, pasé frente a la iglesia redonda y vi en la penumbra del atrio a un mendigo que tocaba el violín: me pareció raro a esas horas, me acerqué a dejarle algo en el estuche abierto, junto al cual dormía un perro, y me di cuenta de que era ciego. Crucé la calle Echeverría, bajé como a la deriva hasta Arcos por esas calles arboladas de jacarandás que huelen dulcemente, insistentemente, a podrido, llegué por fin a la esquina donde sé que estaba la casa de mi padre y en la que ahora se yergue un edificio de departamentos anodino, con pretensiones de lujo. Fue entonces que todo me pareció ridículo, esta búsqueda nocturna baratamente sentimental, esta pesquisa de amateur que vengo realizando en las últimas semanas, este pensar que a partir de un billete de un peso y unas pocas chucherías voy a averiguar algo nuevo sobre mis padres o voy a sentirme más yo. Casi no recuerdo la casa donde nací y donde pasé mis primeros años, y lo poco que sí recuerdo no es grato ¿para qué entonces reinventarla? Bajé hacia la avenida y las vías del tren, en una esquina había un almacén, alumbrado con una luz mortecina como casi toda la ciudad, compré cigarrillos, para sentirme más seguro y, acomodándome a la barra pedí, haciendo un esfuerzo de memoria, una caña quemada. Por el borde del mostrador caminaba una cotorra, agitando las alas, abriendo el pico, erizando el plumaje. Ya no la dejo adivinar la suerte –dijo el hombre al ver que la miraba– me vinieron con demasiadas quejas así que la jubilé. Mejor así ¿no?, le contesté para darle conversación. No se crea, extraña el cajoncito de las suertes. Si quiere le muestro. Le dije que no se molestara y salí rápido, huyéndole a la cotorra que, como una vieja vedette a quien la dejan entrar en escena una vez más, cacareaba entusiasmada la suerte, la suerte. Y entonces sí, decidí encaminarme hacia las barrancas a ver si encontraba a alguien, no importaba quien, alguien con quien me acostaría sin duda, alguien con quien esperaba conversar. En cambio me encontré con la pelea, tuve mi primer encuentro con la policía, y volví al hotel totalmente vacío.

Por eso ahora le sigo la conversación a Beatriz, que continúa hablando de su madre y la mía, como si hablara de dos personas remotas, que poco tienen que ver conmigo. Me dice que además de fotos tiene cartas de mi madre a la suya, cartas de cuándo, le pregunto, porque entre los papeles de mi madre no creo recordar que hubiera (más bien: estoy seguro de que no había) cartas de Ana. Qué sé yo, me dice, de cuando una viajaba y la otra se quedaba en Buenos Aires, tengo unas cartas muy divertidas de tu madre de un viaje a Grecia, parece que en un arranque de generosidad había aceptado viajar con una amiga vieja que se llamaba Olga Souvaroff, esto sin duda te lo habrá contado a vos también, y Olga la enloquecía con sus impertinencias y sus manías y sobre todo con su sordera. En las cartas le cuenta a Ana (Beatriz siempre la llama Ana, nunca dice mi madre) que Olga anda con el audífono metido en la pechera, siempre con las pilas bajas, y cuando tiene que hablar por teléfono coloca el auricular entre los pechos para oír mejor, y que en el hotel de Delfos un chiquito francés la vio y le gritó maravillado a la madre, Maman, maman, la Russe écoute avec la poitrine, y Olga, sin inmutarse, con esa voz demasiado alta con que hablan los sordos, le comenta a tu madre que los franceses no saben viajar como los rusos, ils sont insortables. También tu madre le cuenta a Ana cómo se demora Olga en cada ruina, cada monumento, siempre se queda rezagada y hay que volver a buscarla, la llaman *La plus que lente*. Escucho asombrado porque no, mi madre nunca me habló de Olga salvo para decir que era una vieja rusa inaguantable que se jactaba de pertenecer a lo mejor de Odessa, amiga de amigos y, al parecer, muy buena traductora. Me pregunto en qué momento habrá ocurrido ese viaje, y si fue antes o después de que yo naciera, y con quien llamaba mi madre a Olga *La plus que lente*, y si se trata del mismo viaje en que encontró el frasquito de Glostora, y si así es, cuándo, le pregunto a Beatriz que de nuevo me dice qué sé yo, no sé con quién viajaba y no acostumbraban a fechar sus cartas, algún día te las paso, si querés, y vos hacés el cálculo, primero tengo que encontrarlas lo cual, en mi casa, no es tarea fácil.

Dónde es "mi casa" es todavía un misterio para mí: desde el principio ha quedado claro que la que inicia los contactos es Beatriz, no yo. El primer día hizo un gesto como para darme su teléfono y luego cambió de idea, nunca estoy en casa y no tengo máquina, la próxima vez te voy a dar otro número donde me podés dejar mensajes. Pero no me lo dio. ¿Dónde vivís?, me atrevo a preguntarle ahora, y me contesta, con toda soltura, muy lejos de aquí, pichón, you wouldn't want to know. Oh but I do, quiero decirle, pero no lo hago a tiempo, y entonces insisto por el lado de las cartas para no soltar la pista: ¿Y Ana no tendrá más o menos idea de cuándo mandó mi madre esas cartas de Grecia? Me mira, esta vez sí con no fingida sorpresa. Disculpame, te dije que Ana estaba enferma y que era difícil verla pero no te dije porqué. Está internada. Ha perdido prácticamente la memoria, ¿sabés? No sé como no te lo dije. Disculpame. Sigue hablando de cartas, de otras cartas, de otros viajes no fechados, con naturalidad, como si no me hubiera dado una noticia terrible. La escucho con desesperanza, con rabia ¿cómo no se emociona, cómo habla así de su madre? Pienso en el curioso destino de la familia de mi madre, siete hermanas que murieron jóvenes, sin dejar descendencia, sólo Ana y mi madre se casaron y tuvieron hijos, Beatriz y yo. Y Ana, la única sobreviviente, la única que tendría acceso al pasado familiar, ha perdido la memoria. Somos una familia a punto de ser borrada, me digo, le digo a Beatriz, que se ríe y me dice que la frase es absurdamente literaria ya que, a estas alturas, ya no somos familia. La miro, enojado, no me canso de mirarla. Creo que quiero acostarme con Beatriz. Nunca hice el amor con una mujer. Creo que quiero morderle los pezones a Beatriz, quiero lamerla, olerla, quiero penetrarla. Quiero también que Beatriz me abrace, que me penetre ella a mí. Sé que quiero meterme entero dentro de Beatriz, sé que quiero eso que me esconde. Porque estoy seguro de que me esconde algo. Tu madre y mi madre eran como hermanas gemelas: pero entonces ¿por qué dejó de hablar mi madre de Ana, por qué no conservó sus cartas, por qué la desterró de su recuerdo? ¿Te acordás de mi madre?, le pregunto a Beatriz. No demasiado, me contesta, siempre veo borrosas las caras del pasado.

X

Durante años (hasta que Simón consiguió convencerme) me empeñé en recordar mal un cuento de Nabokov, con cuyo narrador me identificaba. El cuento se llama, creo, "La visita al museo", pero en mi memoria yo le había cambiado el nombre, lo llamaba, por contaminación, "El retorno a Fialta", y se había transformado para mí en una pesadilla personal. Yo recordaba un personaje que entra en el museo de un soñoliento pueblo de provincia, recorre una modesta exposición de pintura, acaso rusa, cede a la tentación de la evocación y la añoranza. Cuando sale, se encuentra no en la tranquila Francia de su exilio sino en la Rusia represiva que creía haber dejado atrás y de la cual ya no puede salir. En realidad el cuento, quiero decir el tono del cuento, es bastante distinto, no el paseo elegíaco y por último devastador que suelo recordar sino un cuento irónico y grotesco, como tantos de Nabokov, donde no hay ni nostalgia ni recreación ensoñada, sino horror, el puro horror de encontrarse de vuelta en una patria siniestra, "hopelessly my own native land". Significativamente, sigo teniendo que hacer un esfuerzo por recordar el final verdadero del cuento, en que el narrador, desesperado por proteger una vida vuelta de pronto frágil e ilegal en una Rusia de pesadilla, comienza a vaciar sus bolsillos, se desprende de cuanto documento o papel pueda revelar su carácter de exiliado, para que no lo identifiquen. Aun así –sin identidad, acaso por no tenerla– lo arrestan.

Debo de haber leído el cuento el año en que murió mi padre, por lo menos lo asocio oscuramente con él y con lo que pasaba en la Argentina por entonces. Acaso (aunque me cuesta creerlo) haya pensado entonces fugazmente en volver para hacerme cargo de los trámites ocasionados por su muerte. Pero además de la noticia de su muerte nos llegaban otras, poco alentadoras. A mí me tocaban de pasada, porque se referían a personas que no conocía o conocía sólo de nombre, pero a mi madre la afectaban visiblemente. Se multiplicaron las amenazas, los exilios, las partidas súbitas del país, los supuestos viajes cortos al Uruguay o al Brasil que eran sólo la primera etapa de un destierro sin meta ni plazo. Mi madre, que se había ido de la Argentina por razones diversas que nunca me quedaron demasiado claras pero que de ningún modo eran políticas, se refiguraba, a la luz de los nuevos acontecimientos, como precursora. Te dabas cuenta de todo, supiste irte a tiempo, le decían, y a ella le resultaba difícil, por no decir imposible, resistir a la tentación de reescribir su pasado inmediato dándose otro lugar en la historia. Lo que había sido sobre todo éxodo personal se transformaba, halagadoramente, en un imperativo ideológico. En momentos en que cedo a la tentación de juzgar a mi madre la veo como una oportunista, como una suerte de groupie de la revolución, de cualquier revolución. En momentos más piadosos, la justifico: me digo que su reescritura de la historia no era simplemente un gesto vanidoso sino que respondía a una necesidad vital, la de dar cabida a su pasado argentino dentro de una perspectiva que sólo adquirió al irse. De algún modo, se dio cuenta de lo que hubiera podido ser cuando ya era demasiado tarde para serlo.

Fue por esa época, digo, que murió mi padre y que yo leí los dos cuentos de Nabokov y se me mezclaron. Creo que también tuvo algo que ver el hecho de que por fin me encontraba solo y bastante perdido. Era muy buen alumno, tenía excelentes notas, y había sido aceptado en Princeton con una beca de estudios. Como era posible aplazar en algo mi ingreso, mi madre, que pensaba viajar a México ese otoño para participar en una muestra, me sugirió que me fuera con ella y comenzara mis estudios universitarios seis meses más tarde. La idea de demorar un comienzo que preveía traumático me gustó y ya estaba todo casi arreglado cuando llegó la noticia de la muerte de mi padre. No sé articular la conexión pero sé que la hubo. Inmediatamente le rogué a mi madre que arreglara con Princeton para que no se demorara mi ingreso y, pese a que visiblemente la contrariaba el cambio, terminó por aceptar. Así fue cómo me encontré, a comienzos de aquel otoño, solo, desafiante e inquieto entre las torres góticas de una institución que terminaría amando y detestando con igual intensidad. Solo y leyendo a Nabokov, cuya oportuno consejo –no fantasear retornos porque pueden volverse horrible realidad– he desatendido hasta el día de hoy.

En realidad, la asociación de la muerte de mi padre con mi lectura de Nabokov es menos mágica de lo que me gusta pensar. Leí a Nabokov por primera vez, sí, en Princeton, pero no por impulso propio sino porque era uno de los autores del curso de literatura que elegí tomar, algo así como "Grandes textos de la modernidad" u otro título igualmente vistoso. En clase leíamos *Pale Fire*, con un profesor a quien debo varias revelaciones, no todas ellas literarias. John Godfrey tenía unos cincuenta años, o sea que para mí era casi eterno. No era buenmozo pero tenía lo que luego aprendí a llamar

estilo, es decir, una gracia y un desparpajo que a mí, que todavía tenía mucho de adolescente torpe, me parecían envi-
diables. Era profesor de francés, idioma que sólo unos pocos
en la clase conocíamos, se rumoreaba que había vivido lar-
gos años en Europa y que era amigo de muchos escritores,
rumor que él mismo alimentaba con alusiones de paso. Era,
sobre todo, divertido. A que no saben cuál es el adjetivo que
corresponde al nombre Cocteau, nos preguntó un día, y como nadie sabía (y desde luego nadie sabía quién era Cocteau), respondió triunfal a su propia pregunta: *coctellien*. Hasta hoy recuerdo ese momento en clase, recuerdo además
que uno de los botones de la chaqueta de Godfrey estaba a
punto de caerse, son ésas las nimiedades que colecciona mi
memoria mientras deja pasar cosas más grandes. Recuerdo
que en una ocasión, al cruzar Nassau Street, escapé por un
décimo de segundo de ser destrozado por un automóvil pero tuve tiempo de observar, en ese trance rápido como un re-
lámpago, que uno de los faros estaba roto. Me gustaba Mr.
Godfrey no sólo porque era divertido sino porque pensaba
que yo era inteligente, o por lo menos eso me decía. Acaso
su atención tuviera propósitos menos nobles; lo he pensado
más de una vez, al recordar su solicitud, sus anécdotas literarias quizá no tan inocentes, sus ocasionales invitaciones a compartir una caminata a través del campus. Qué importa. Yo
era un chico angloargentino, tímido, desorientado y torpe;
él, una loca sureña que ansiaba brillar y que hubiera merecido una atmósfera menos reprimida que la del convencional
departamento de literatura comparada de Princeton. De algún modo, y sin ponerlo en palabras, éramos cómplices.

XI

Acaba de pasar Beatriz por el hotel. Me trajo un libro de cocina que encontró hace tiempo, dice, al levantar la casa de Ana, y que no había mirado hasta ahora. El libro se titula, sin ambajes, *Libro de cocina*, y en la tapa hay una ilustración de una mujer negra de perfil, una caricatura parecida a las que había (y sin duda sigue habiendo) en Estados Unidos, con labios abultados, pañuelo rojo a pintas atado a la cabeza, y enormes aros de argolla con una gran S en el centro. Me dice Beatriz que la S es por Sansinena y que el libro promocionaba productos del frigorífico La Negra, pero, agrega, cuando ve que me demoro incrédulo en la tapa, no es por eso que te lo he traído. En las páginas del final hay algo que te va a interesar, me dice, muy al final, en la página ciento cuarenta y ocho. Al final del libro hay una serie de recetas de bebidas y en la ciento cuarenta y ocho aparece, en efecto, el misterioso Lloyd George. Se trataba de un cocktail: 30 gramos de Jerez Amontillado y 1 copa de Champagne. El quince de mayo de 1938, mi madre, en el City Hotel de Buenos Aires, tomó con alguien uno, quizá varios, Lloyd George.

Mientras busco qué pensar, cómo reaccionar, miro con curiosidad las demás recetas de cocktails. Los nombres me son totalmente ajenos, aunque reconozco algunas combinaciones típicas por habérselas oído comentar a Simón. Pero ¿el Demaría, o el Ferrocarril, o el Séptimo regimiento, que piden ingredientes desconocidos, gomas y ferroquinas y aperitales y pinerales que no consigo traducir a ninguna bebida familiar? Dentro de este laberinto etílico, me divierte descubrir, como antropólogo amateur, una Kola Tonic, sin duda versión local de la Coca-Cola. En estas minucias se me va la vida, por lo menos la vida en Buenos Aires. No encuentro qué decirle a Beatriz. Ya ves, observa, levantándose para irse, el misterio era menos profundo de lo que te esperabas. Así te va a pasar con todo. Y dándose vuelta antes de salir a la calle: Dejá algo en la sombra.

Pero tengo la sensación de que todo está en la sombra. ¿Con quién saldría mi madre, en mayo de 1938? Tenía dieciocho años, la edad que yo tenía cuando murió mi padre, la edad que tenía cuando por fin acepté, después de varios años de desconcierto erótico, que la vida me iba a ser bastante difícil pero no imposible y acaso placentera. Trato de imaginármela, tengo pocas fotos de ella de esa época, algunas tomadas en Córdoba, en traje de baño, otras con traje de sastre, chambergo, y lo que entonces llamaban, según he aprendido, zapatos trotteur. Curiosamente no hay ninguna con ropa de vestir. Porque me imagino que, necesariamente, esta cita de mayo de 1938 fue de noche, quizá cocktails antes de salir a comer, quizá la primera cita con alguien que fue importante en su vida porque en caso contrario no habría conservado el billete de un peso. Fuerzo la imaginación, como quien mentalmente jugara a vestir muñecas de papel: la gente se vestía mucho, en ese entonces. Pero me salen turbantes, trajes de Fortuny, un monumento pintarrajeado que empieza a parecerse más a Norma Desmond que a mi madre a los dieciocho años. ¿Qué ropa usaría mi madre para salir de noche en esa época? ¿Ya había aprendido a seducir, con esa técnica tan certera que pude

observar más de una vez y que me parecía despreciable,
acaso porque me llenaba de celos? ¿Ya había aprendido a
contar cuentos calculando con maestría sus frases finales?
¿Ya era, como le decía el dueño de una galería en Nueva
York amigo suyo buscando irritarla, only mildly outrageous,
o era outrageous de veras, con toda la fuerza de los dieciocho años, como nunca lo fui yo pero como me hubiera gustado serlo? ¿Qué idea tenía mi madre, a esa edad, de la vida que le tocaría vivir? ¿Pensaría, al tomar su Lloyd George,
que su vida, como la mía, sería difícil pero no imposible y
acaso placentera? ¿Y cómo imaginar a su acompañante, ya
que en todas las fotografías que encontré después de su
muerte o está sola (son las más) o ha recortado con mucho
cuidado (¿cuándo?, ¿al final, en Orient?) la figura, hombre
o mujer, que tenía al lado?

Esa noche, después de comer mediocremente en el restaurante del hotel, hago lo que he hecho otras veces en mi
viaje anterior. Me siento en el bar del City a tomar algo y espero, como quizá haya esperado mi madre, a que pase algo,
a que entre alguien que me dé una clave para esta historia.
Sólo que esta noche, en lugar de tomar el whiskey habitual,
le pido al barman, con quien no logro entrar en confianza
pese a mis generosas propinas, que me prepare un Lloyd
George. Previsiblemente no sabe lo que es y le indico las
proporciones. Es un cocktail que tomaba mi padre, miento,
para dar validez a mi pedido. Indiferente, el barman sigue
mis indicaciones. Suena más a cocktail para señoritas, dice
sonriente mientras coloca cuidadosamente la copa delante
de mí. Me pregunto si la frase es intencionada; concluyo que
no lo es. Tomo el Lloyd George despacio, paladeándolo −es

bastante dulce– sin conseguir arrancarle su secreto. Desde luego no llega nadie, salvo un grupo de hombres gordos, sesentones y canosos, que se ponen a tomar whiskey, posiblemente empleados que se han quedado trabajando hasta tarde en esta parte de la ciudad que muere cada noche al cerrar las oficinas, hombres que han decidido tomar una última copa antes de que un tren o un automóvil los devuelva a sus suburbios. Son los únicos clientes que puede atraer hoy en día este bar vetusto, en un hotel que, con la reorientación de la ciudad, ha quedado al margen, como la resaca que dejan las aguas al retirarse. Al principio hablan a gritos, con el alivio de quien ha llegado al término de un día más sin crisis ni catástrofe, luego bajan el tono y la conversación parece volverse confidencial, como si estuvieran contándose chismes. Comienzo a prestar atención procurando oír lo que dicen, hasta que me doy cuenta de que se están contando argumentos de films viejos, eso se lo dice al mostrarle la cigarrera de plata que ella le regaló al novio y que el novio empeñó, quiere mostrarle que el novio la engaña porque es él quien está loco por ella aunque a mí siempre me pareció maricón. Eran, le cuento divertido a Simón la próxima vez que hablo con él, como vulgares personajes de Puig o como vos cuando te ponés pesado. Termino mi Lloyd George con la sensación de una epifanía fallida. No ha pasado nada y nadie me ha dado una clave para esta historia, la noche sólo ha servido para reavivar mi tenue recuerdo de *Laura*.

Esa noche sueño con mi madre. Estamos juntos en una fiesta, creo que de año nuevo, aunque afuera hace mucho frío, como si estuviésemos en el hemisferio norte. Mi madre ha bebido mucho, no deja de reírse, pero tiene los ojos tristes, y me dice, una y otra vez, no sé qué título ponerle, *Que Dios se lo pague* o *Que el cielo la juzgue*, ¿qué te parece? Me desconcierta el sueño hasta que hablo por teléfono con Simón al día siguiente y se lo cuento. Let's not be psychiatric, Miss Hunt, me contesta. Los títulos los sacaste de dos films, me explica, con la suficiencia del filmófilo camp (su erudición en lo que respecta al cine de segundo orden me exaspera) ante la ignorancia ajena. Uno americano, el otro argentino. Son de los cuarenta y no de los treinta. Gene Tierney y Zully Moreno, me quedo con la primera, Zully, como decía mi madre en Caracas, una teñida. En los dos hay un crimen, me dice Simón y yo protesto, pero yo nunca los vi, me habrás hablado vos de ellos. Lo dudo mucho, me contesta, los habrás oído mencionar de chico. Yo, lapidario: De chico los habrá oído mencionar tu abuelo, en casa te puedo asegurar que *nadie* hablaba de Zully Moreno. Simón, siguiéndome el tren: Mi abuelo no tenía tiempo de ir al cine, estaba muy ocupado huyendo de los cosacos. Pero evidentemente a alguien se los he oído mencionar, y no sólo en sueños. En otro país, en otra vida.

XII

La casa está en Palermo, en esa suerte de grisura indefinida detrás de la estación Pacífico, donde la calle Charcas (¿o es Paraguay?) se va a estrellar contra las vías de lo que antes se llamaba ferrocarril del Oeste. Este dato me lo suministra la propia Ana, en uno de sus raros momentos de coherencia, en los que recuerda el lugar pero no el motivo de su estadía en esta casa.

La internaron cuando ya no era posible que viviera sola. Me ha contado Beatriz los pormenores, los llamados de sus vecinos de La Cumbre, inquietos de que le pasara algo. Todo empezó con una descompostura, lo que luego los médicos opinaron era un pequeño derrame, estuvo tres días sin reconocer a nadie y sin saber quién era. La mujer del jardinero que iba a limpiar y a cocinarle tres veces por semana la encontró sentada en la cocina, tiesa y con los ojos muy abiertos, como quien ha visto un aparecido, decía. Al principio no hablaba, intentaba dibujar algo con el dedo en la mesa de mármol, luego empezó a dejar salir de la garganta un ruido ronco, como un viento fuerte, decía la mujer, y luego dijo dos o tres veces una palabra, algo como "yerba" o "yerbi", decía, y también parece que dijo yo no sabía nada, antes de perder conocimiento. Me cuenta Beatriz que fue a pasar un tiempo con ella mientras se reponía y que la recuperación fue muy lenta. Cambió. Empezó a decir cosas insólitas y a hacer cosas aun más extrañas. Hablaba mucho de su hermana, mi madre. La creía muerta (aún no lo estaba) y tenía la seguridad, le decía a Beatriz, de que estaba en la luna. Insistía: Te aseguro que la veo, cuando la noche está clara. Empezó también a hablar mucho de su infancia, de su propia madre, mi abuela, muerta de tuberculosis, probablemente también de fatiga, pienso yo, calculando que tuvo siete partos en el espacio de diez años. Desde su media bruma, Ana le contaba a Beatriz, por ejemplo, que en un momento el padre había creído prudente mandar a su mujer por una temporada a La Falda porque estaba delicada como se decía entonces, él también se había instalado en el Hotel Edén pero en otro cuarto porque era aprensivo, el resto de la familia (es decir las otras chicas a cargo de la atareada gobernanta) estaban en la hostería inglesa de Los Cocos, pero el padre se la había llevado a ella, Ana, a ese hotel con un águila prusiana en el frontispicio para que le hiciera compañía, a Ana que nunca había compartido un cuarto con él. Dice Beatriz que Ana, en momentos inoportunos y acaso como síntoma de su desvarío, se acordaba de esa estadía insólita, de cómo lo veía al padre cada mañana, al despertar, con la cara embadurnada de jabón de afeitar, se acordaba también de oír toser y eso le daba mucho miedo, decía que cuando oía esas toses contenía la respiración para no contagiarse, que casi no entraba en el cuarto de su madre. Ana volvía, una y otra vez, a este relato, contaba Beatriz.

Beatriz volvió a Buenos Aires al mes, pensando que la dejaba en buenas manos. No bien se fue, Ana echó al jardinero y a su mujer porque estaba segura de que le robaban, regaló la colección de monedas que había sido de su marido al hijo menor del almacenero que le llevaba las provisiones, y se encerró, no sin antes intentar poner en venta la casa y desprenderse de los caballos por una suma irrisoria. Cuando volvió Beatriz, alertada por el viejo abogado que en épocas mejores iba a tomar el té con Ana los sábados, la encontró irreconocible: sucia, desgreñada, terriblemente confundida. Ayudame a bañarme y a peinarme que viene mi hija de Buenos Aires, le dijo. Tu hija soy yo, le contestó Beatriz.

Poco sé de esta tía a la que mi madre apenas mencionaba, a pesar de que, por lo que me ha contado Beatriz, tenían casi la misma edad y habían sido tan compañeras de chicas. Pensando que todo dato, aun proveniente de una memoria averiada, podía serme útil, le pregunté a Beatriz, por delicadeza, si le importaba que la viera. No sólo no tuvo inconvenientes sino que en principio pareció divertirle la idea. No va a saber quién sos pero como vos tampoco tenés mucha idea, van a estar en igualdad de condiciones. No entendí si quería decir que yo no tenía mucha idea de quién era yo o de quién era Ana, pero pensé mejor no averiguar.

La casa es lo que en Buenos Aires se sigue llamando –pese a la pretenciosa cursilería de la calificación– un petit hotel. Por lo pronto así la describe la administradora ante quien me presento, una enérgica y diminuta sargentona que empieza llamándome señor y termina diciéndome querido. Con satisfacción me brinda una prolija crónica del establecimiento, exalta las bondades de su director, de quien me dice orgullosa que es de familia de médicos, usted reconoce el nombre, y además profesor en la Facultad de Medicina, y procede a dar fe del bienestar, mejor aún, la felicidad de los que llama "gerontes". Tardo un minuto en darme cuenta de que habla de los huéspedes, no de una categoría zoológica. Déjeme que le haga la visita del geriátrico, después la ve a la tía, me dice entre coqueta y servil. Me cae mal esta mujer; me dejo llevar por ella y así recorro dormitorio tras dormitorio, salita tras salita, y algo que se llama, eufemísticamente, "la biblioteca", donde varias mujeres viejas y un hombre siguen un teleteatro, con mirada vaga y pupila sin brillo, mientras otras dos miran, con limitado interés, una vieja revista de modas. Una de las mujeres levanta la mirada y me sonríe generosamente, pienso por un segundo que es Ana y me ha reconocido hasta que oigo que le dice a la vecina, con un susurro áspero como un grito, es el nuevo curita de la parroquia, mirá qué lindo es. Déjese de hablar pavadas, interviene Agustina. Es el sobrino de la señora Ana que viene a visitarla de Estados Unidos. Y si usted sigue portándose mal no va a venir a visitarla nadie, ni siquiera de Flores. Amparado por esta autoridad, tan mezquina como eficaz (registro los ojos asustados de la mujer), salgo de la biblioteca. Agustina se detiene por fin ante una puerta que abre sin golpear previamente. Señora Ana, tiene visitas, grita y a mí me dice, con un guiño cómplice, las presentaciones corren por cuenta suya. Me llama si necesita algo. A las seis y media servimos la cena.

Me encuentro con una mujer corpulenta, de facciones regulares, no demasiado parecida a mi madre (creo) aunque algunos detalles, un pliegue de la boca, por ejemplo, o la ubicación levemente asimétrica de los ojos, el izquierdo casi imperceptiblemente inclinado hacia abajo dándole a la cara una permanente expresión de duda, delatan el parentesco. Está recostada en la cama, hierática como una estatua, y de pronto me la imagino después del derrame, tal como me la ha descrito Beatriz, repitiendo una palabra ininteligible. Ana, le digo, no sé si te acordás de mí, soy el hijo de Julia. Me mira como si no me viera, como si estuviera mirando algo que está detrás de mí. Sos Daniel, me dice, sos mi sobrino. Te he estado esperando.

XIII

Yo lo veía bastante a tu padre, cuando vos eras muy chico, por eso no te acordás de mí. Era tan buenmozo y simpático, tan joven, no le decían Boy en vano. Hablaba con un poco de acento, creo que vos lo tenés también aunque a lo mejor es por vivir en Estados Unidos, ¿saben allá lo que pasa en la Argentina, che? Aunque no sé por qué te digo esto, aquí mismo no sabemos lo que pasa, y mirá que la política es mi fuerte. Tu padre, como tantos angloporteños, había estudiado en el colegio inglés de Quilmes, me acuerdo que lo había tenido de maestro a ese inglés, o más bien creo que era un suizo, que hizo el camino de Buenos Aires a Nueva York a caballo, andaba en uno y llevaba el otro de repuesto, se llamaban Mancha y Gato, se habló mucho de él en una época, fue una quijotada, Emilio Solanet le había regalado dos caballos criollos y él se largó para probar la resistencia de esa raza pero más bien debe de haber sido para probarse a sí mismo. Pasó las de Caín en ese viaje, casi pierde uno de los caballos, comió mil porquerías, mono adobado me acuerdo que leí no sé donde, porque le hicieron muchas entrevistas. Tu padre decía que el suizo era de lo más aburrido como maestro, nunca hablaba de lo que había hecho, de su gran hazaña, digamos, aunque a veces eso debe de pasar, ¿no?, que alguien hace algo muy grande, que puede ser grande heroico o grande terrible, y luego vuelve a su estatura normal, que es muy inferior a lo que ha hecho. A mí me ha pasado defender a gente que había cometido crímenes bastante atroces, me acuerdo de un hombre que había torturado y matado a varias mujeres y era un hombre común y corriente, no era un demente continuo, tenía entreactos, momentos en que se olvidaba de su destino.

Yo creo que a tu padre le molestaba mucho que el suizo no fuera heroico, le molestaba como personalmente. Yo no sé si tu padre tenía algo escondido y por eso necesitaba, por compensación, que los otros fueran heroicos. Yo no sé porque a pesar de que era tan alegre y hasta farrista, no se daba mucho. Hablando con él tenías la sensación de que siempre había algo que se disimulaba. Pero también hay que decir que yo no conocí tan bien a tu padre. El que era de veras amigo de él era mi hermano, es una lástima que no hayas alcanzado a hablar con él. Pobre Juan. A nosotros los viejos hay que agarrarnos a tiempo, che. No sé como se habían conocido, creo que a través de Max Frueger que los embarcó en no sé qué proyecto, ya ni me acuerdo. Juan lo admiraba mucho, parecía más hermano de tu padre que mío. Fue así desde que empezaron a salir juntos de noche, no sé, se emborracharían, por ahí se enamoraban de las mismas mujeres. Eso estrecha vínculos, sabés.

Asiento, estableciendo una pasajera y falsa complicidad con Eduardo García Vélez, a quien por fin he podido localizar, a través del estudio que había sido de su hermano. No sé lo que es enamorarme junto con otro de la misma mujer pero sí del mismo hombre. No es tan distinto. Mi mejor amigo, a quien he dejado en un hospital de Nueva York, de nuevo muy mal, fue el hombre con quien compartí durante un año (doce meses que fueron un siglo) un no correspondido amor. La obsesión por Ben, quien jugó con cada uno de nosotros por separado, deleitándose en lo que creía era una lucha de celos que terminaría con nuestra amistad, nos volvió más que nunca inseparables. Nunca fuimos amantes, pero creo que nunca he querido tanto a nadie como quise a David.

Por qué no te servís un whiskey, prosigue este personaje a quien le tomé enseguida rabia porque era él y no su hermano, porque he perdido para siempre la ocasión de hablar con el último amigo de mi padre, y servime otro a mí. Quiero que me cuentes un poco cómo es tu vida en Nueva York, si ves a muchos argentinos. Se fueron tantos de aquí, y no por razones políticas como dicen tantos, eso se exageró mucho, se fueron por los dólares. De tu madre no me hagas hablar hoy, me vas a disculpar pero no era santa de mi devoción. La dejamos para otro día.

Por la ventana se ven las copas de los árboles de la plaza Rodríguez Peña, algo más lejos las torres grises de la confitería El Águila, cerrada permanentemente, aguardando nuevo dueño y nuevo destino. Me levanto para servirle el whiskey y aprovecho para espiar la sala, amplia, oscura, y descascarada, en la que me ha hecho pasar, luego de decirle aparatosamente a la mucama que empujó su sillón de ruedas hasta aquí que por favor no nos molesten. El edificio, creo recordar por cuentos de mi madre, había sido construido por el padre de los García Vélez, comerciante español llamado García que hizo enorme fortuna, casó bien, y dio a cada uno de sus cuatro hijos varones una profesión liberal, como decían, y un piso del edificio. Dos de los hijos eran abogados, los otros dos médicos. Uno de ellos, Abel, ginecólogo y notorio mujeriego, era fuente de innumerables anécdotas de mi madre, posiblemente apócrifas, he couldn't

keep it in his pants, decía mi madre y contaba cómo en una
fiesta, cuando fue a buscar el tapado para irse, oyó ruido, susurros que provenían de un pasillo oscuro (el pasillo que
llevaba a la cocina, agregaba mi madre, como si este detalle
agravara la situación) y una voz de mujer que decía, jadeante e impaciente, más abajo García Vélez, te das cuenta qué
tilinga, se reía mi madre, hasta en la cúspide de la pasión y
en el umbral del goce, los dos apellidos. De este Eduardo no
me hablaba casi nunca (a Juan en cambio lo había frecuen-
tado), sólo mencionó alguna vez que era un personaje siniestro a quien convenía evitar, es un delator que es lo peor
que se puede ser, decía muy seria, se merece la suerte que
le ha tocado. Con esto supongo que se refería a su invalidez,
aunque nunca me explicó la razón por la cual estaba tulli-
do. Ni tampoco las circunstancias de su delación.

Vuelvo a su lado y le tiendo el vaso de whiskey que toma
con las dos manos, como si fuera un biberón. Le tiemblan
las manos, pienso que la invalidez se debe a alguna causa
neurológica, sorprende mi mirada y me dice, los ojos fijos
en mí, sí, ya va a llegar el momento en que pierda control
de todo mi cuerpo, ¿sabés? Sólo la mente me va a quedar intacta, pensando Dios sabe qué, como un cerebro sin cuerpo. Al oír esto pienso en un cuento de Roald Dahl donde
una mujer, para vengarse de un marido tiránico que en vida
no la dejaba fumar, echa bocanadas de humo sobre el cerebro del muerto que han logrado mantener consciente, separado del cuerpo, en una probeta de laboratorio, e imagino
una escena semejante de venganza, en la que la víctima de la
delación de García Vélez venga a increparlo cuando él esté
completamente paralizado pero aún consciente. Perturbado

por la antipatía que despierta en mí este hombre que, después de todo, no me ha hecho nada, que, por el contrario, me ha contado cosas de mi padre que yo no sabía, y a quien posiblemente quiera volver a ver para hacerle más preguntas, le pido excusas por haberlo obligado innecesariamente a darme explicaciones. Sin inmutarse, mientras toma el whiskey cuidadosamente, con pequeños sorbos, me dice que no me preocupe, que ya ha tomado las precauciones necesarias para evitar el momento de la inmovilidad total, pasemos a otro tema, no me has contestado qué piensan de la Argentina allá, che, y si siguen creyendo que somos todos indios o que las mujeres argentinas son todas como Carmen Miranda. Intercambiamos algunas banalidades más, prometo pasar a saludarlo en otra ocasión, y al inclinarme para despedirme de él noto que tiene el pelo teñido, mal teñido, y que se le notan las raíces blancas. Este detalle, que debería parecerme patético, me llena de mezquina felicidad.

XIV

Me siento muy solo en Buenos Aires, también muy frágil. Estos intentos por desenterrar el pasado me frustran y me inquietan. Creía que ese pasado era mío, por lo menos en parte; ahora me doy cuenta de que no lo es, que por más que intento no logro asirlo. Mi pasado, el que creía ser mi pasado, es de otros, no me corresponde. Yo pensé que todo esto iba a ser más simple, una suerte de liquidación de cuentas viejas. Ahora veo que no estoy cerrando cuentas sino abriendo una nueva, la mía.

Es posible que esta sensación de desamparo se haya exacerbado con el llamado de anoche. Sonó el teléfono a la una de la mañana, cuando ya había apagado la luz e intentaba dormirme. Haciendo esfuerzos por despabilarme mientras levantaba el tubo, me atajé a tiempo, como de costumbre, cuidándome de no decir hello sino hola, como si con eso garantizara mi no extranjería. No tendría que haberme preocupado: era Simón. Pensé malhumorado que una vez más se había olvidado de la diferencia de hora entre Nueva York y Buenos Aires pero no, no se había olvidado, necesitaba hablar conmigo aunque fuera tarde. Se murió David, hace unas horas: falló por fin el corazón, dijo con la voz opacada por el cansancio. Estuve con él. También estaba la madre. Deliraba pero al final se tranquilizó y pareció reconocerla, le pidió que le pusiera otra frazada porque tenía mucho frío y que por favor lo llevara a casa. Fue lo último que dijo. Discúlpame que te llame a esta hora pero me siento muy mal. Ojalá estuvieras aquí. Se te necesitaba. El impersonal hace más duro el reproche: no sólo me necesita él, Simón, mi amante y compañero, sino me necesitaba, me hubiera necesitado David, mi mejor amigo, muerto. Sólo atino a decirle a Simón que la madre no se lleve el gato, me oigo la voz desencajada, histérica: Decile que es mío, que es mi herencia. Decile que es un gato gay. Simón se ríe, y con voz ya más normal: La madre no quiere el gato, imbécil. Te manda saludos. La llevé a tomar algo antes de acompañarla al hotel. Me dijo que David de niño no quería comer, que sacaba la carne del plato y se la metía en el bolsillo y luego se la ponía a los pájaros. No sé, detalles así. Quiere cremar a David y llevarse las cenizas para enterrarlo en Michigan, así que volvemos al juego de la cajita pero ésta por suerte no te toca, agrega con intención. Hay una ceremonia el jueves y creo que Ben, of all people, se encargará de organizarla. No sé, amigos, gente que lo conoció y que quiera decir algo. A Oscar lo tengo en casa hasta que vuelvas. Está moody y sólo consigo hacerle comer jamón. Siento que está dándome los detalles que puede, como si pertenecieran a un relato ajeno, los detalles que sabe no le harán temblar la voz. Agrega, con un esfuerzo: A lo mejor quieres mandarme unas líneas por fax, las puedo leer en tu nombre.

Ya no pude dormir. Sólo podía pensar en el gato, en ese gato que había recogido David hacía dos años en uno de los peores inviernos que se recuerden en Nueva York. Era claramente un gato abandonado, recorría el centro de manzana al que daba el departamento de David buscando comida, amparo, un mínimo de ayuda. No se sabía de dónde había venido, quién lo había dejado, se rumoreaba que era el gato de una mujer vieja que había muerto y cuyo departamento había sido vaciado sin miramientos por el hijo: un volquete en la calle, al día siguiente del entierro, atestiguaba la urgencia. Como al gato no lo había podido tirar en el volquete, fue a parar al centro de manzana. Era espléndido: un persa gris, de pelo largo y cara achatada. Era arisco: no se dejaba tocar, o por lo menos esquivaba la mano de David cuando le empezó a poner comida, hasta un día en que nevaba mucho, contaba David, y en lugar de ponerle comida salió y lo recogió y se lo llevó adentro. Estaba listo para entrar, decía, ni siquiera se resistió. El gato comió vorazmente y fue entonces cuando David se dio cuenta de que no tenía un solo diente, tragaba la comida de golpe, con un leve movimiento de la cabeza hacia atrás y sin hacer ruido, como quien apura una píldora, como mi vieja mandándose el Valium, decía David. Se pasó un día entero durmiendo bajo una lámpara, luego se le instaló en la almohada y no lo dejó dormir en toda la noche, lamiéndole el pelo. De ese modo se adueñó de la casa y de su propietario. Cuando David lo hizo revisar por el veterinario se enteró de que tenía leucemia, y la deficiencia inmunológica lo exponía a toda suerte de enfermedades. Había que mantenerlo aislado, alimentarlo bien, cuidarlo mucho, hasta que, inevitablemente, una infección se lo llevara. A match made in Heaven, dictaminó David que ya había sido diagnosticado y bautizó al huésped Oscar en homenaje al antepasado ilustre.

No puedo pensar en David muerto, sólo en detalles que me lo devuelven vivo, con ese exceso de vida que lo caracterizó siempre, o por lo menos desde que nos conocimos, hace ya tantos años, en Princeton. Cuando leyó no sé dónde que no sé qué inglesa había elegido para su epitafio la frase "She Withdrew" inmediatamente opinó que el suyo debería ser "He Overdrew". Cuando empezó a perder peso y a sentirse algo mal (no demasiado mal, decía, sólo un poquito mal, me siento diferente), no fue al médico enseguida, acaso por miedo a saber, pero más bien, creo yo, porque confiaba en que su cuerpo, tan acostumbrado al exceso, tan acomodaticio y sobre todo tan fiel, decía él, repuntaría como lo había hecho antes, era cuestión de cuidarse un poco y comer mejor, y posiblemente dejar de fumar, esta vez sí, ya que todos los que me rodean han dejado de fumar y en cuanto al alcohol, hasta yo he dejado de beber, quién lo hubiera dicho. Y cuando Simón y yo, y hasta Ben, que nunca enfrenta nada y a quien David llamaba (me cuesta usar el pasado) Scarlett porque decía que dejaba todo para pensarlo mañana en Tara, cuando los tres, digo, quisimos hacerlo ir al médico, porque lo veíamos ya demasiado flaco y con la cara ahuecada, nos dijo qué gano con ir al médico, si estoy enfermo ya me lo dirá el cuerpo. Pero el cuerpo ya se lo estaba diciendo y él no lo escuchaba.

La primera vez que se internó fue de noche, llamó un servicio de emergencia porque la fiebre que lo venía acosando desde hacía días de pronto subió brutalmente y una opresión en el pecho le impedía respirar. Sólo me enteré al día siguiente cuando llamaron del hospital. Fue imposible sacarle detalles al médico, sólo que la fiebre había bajado y lo habían estabilizado, los antibióticos darían cuenta de la neumonía que no era de las más agudas, créanme que he visto enfermos de este tipo, dijo mirándonos con intención, en peor estado, comenzará el tratamiento dentro de dos semanas, al salir del hospital, podíamos pasar a hablar con él, no sólo estaba despierto sino positively cheery, agregó, aliviado de pasarle al paciente la responsabilidad de informarnos a fondo de un diagnóstico que evidentemente nosotros ya conocíamos. Cuando entramos Simón y yo, lejos de encontrarlo de buen ánimo —era de esperar que el médico fuera mejor clínico que psicólogo— lo encontramos rabioso, acelerado, y haciendo despliegue de su mejor humor perverso. Es decir: lo encontramos con miedo, a la defensiva. Con ojos muy brillantes, ardiéndole en la cara demacrada, me hizo jurar que no la llamaría a la madre, por lo menos no todavía, y que no lo trataríamos como a un enfermo hasta que de veras fuera necesario, es decir, cuando él mismo se diera por vencido.

XV

Durante meses después de la muerte de mi madre me resistí a ordenar sus cosas, como antes me había resistido a mirar las de mi padre. La resistencia obedecía a razones distintas: a mi padre lo conocía poco y no me entusiasmaba demasiado comenzar a hacerlo después de su muerte. De mi madre, en cambio, creía saber todo lo que necesitaba saber y más. No quería sorpresas. Pero desde luego la curiosidad venció, como lo había hecho en el caso de mi padre, y acepté levantar la casa de Long Island, donde ella había pasado los nueve últimos años de su vida.

Siempre me ha intrigado esa expresión, "levantar una casa", por vaciar, desocupar una casa cuando se ha dejado de vivir en ella. De chico, antes de irnos de la Argentina, cuando se la oía a adultos la tomaba al pie de la letra: me imaginaba a alguien literalmente cargando la casa en alto, como quien levanta pesas. Recordé la imagen, intenté explicársela a David, en cuya mente norteamericana las casas no se levantaban sino se cerraban, cuando me ocupé de las cosas de mi madre, no tanto por el esfuerzo físico como por el desgaste emocional que significó. Quise hacerlo solo, y la convencí a Marion de que ya con haber aceptado hacerse cargo de los gatos había hecho más de lo necesario; yo me ocuparía del resto. Simón me aseguraba que me arrepentiría porque en esos trámites es mejor estar acompañado, sobre todo por alguien que no es de la familia. No me arrepentí de mi decisión pero acabé entendiendo lo que quería decir.

Empezó entonces una semana de repaso e inventario que

sería una de las más tristes de mi vida. Pedí medio mes de licencia y me instalé en Long Island, en esa casa a la que casi había dejado de ir en vida de mi madre, y metódicamente fui cuarto por cuarto, inventariando y empaquetando lo que encontraba, con una minucia digna de mejor causa ya que, con pocas excepciones, estas cosas irían a parar a depósito. Empezaba el otoño que fue maravilloso aquel año, una prolongación del verano que hacía tanto menos soportable mi encierro. Hubiera preferido estar afuera, olvidarme de estos cuartos, de mi madre, sentarme en el jardín, caminar por la playa. Me había fijado un horario que respetaba como si fuese empleado de oficina. Tomaba el desayuno, trabajaba todo el día, interrumpía a las siete para llamarlo a Simón, salía a comer y luego me desplomaba rendido de sueño a las diez. Antes de subir al taller de mi madre, el único cuarto en que me sentía cómodo y donde había puesto un colchón en el suelo, llenaba un tazón con pan y leche y lo ponía afuera, para los animales que solían pasar por la noche. Se lo había visto hacer innumerables veces a mi madre y no me atrevía a romper con la costumbre, entre otras cosas porque a mí también me gustan los animales, aunque nunca quise decírselo a ella. Creo que les tengo algo de celos: cuando David adoptó a Oscar (o viceversa), sentí que me desplazaba por otro amigo.

Por suerte había poca ropa; mi madre se había deshecho ya de mucha y se vestía casi siempre igual, con pantalones negros, de corderoy en invierno, de loneta o de brin en verano, camisas de hombre que compraba de a montón en las liquidaciones de Altman's hasta que Altman's cerró, y chalecos viejos de cachemira, en general algo raídos. Éstos no los vas a poder vender como Virgil Thompson el de Gertrude Stein, me decía riéndose, recordando la subasta de Sotheby's a la que habíamos ido los dos, mi madre para curiosear los Tchelitchew, yo para curiosear en general. El de Stein era lujoso, los tuyos son un escándalo, le decía yo, irritado. They match the rest of me, dearie, me contestaba con tono burlón. No, no había ropa que no pudiera regalarse sin compunción, pero de todos modos me quedé con un chaleco rojo que luego usaba a veces en casa. Un día me lo vio Simón y me dijo que parecía el barón gitano. Fue el final del chaleco y del fetichismo filial o por lo menos de una de sus manifestaciones.

En cambio sí había objetos, y muchos papeles. Mi madre se enorgullecía de haber dejado la Argentina con una sola valija y la raqueta de tenis, y desde luego mi hijo, agregaba como si fuera una gracia. Y añadía portentosamente: Hay que cerrar puertas para poder abrir otras. La verdad, como con todo lo que decía mi madre, era algo diferente. Si bien lo de la única valija y la raqueta era cierto, a los tres meses llegaron por barco dos baúles que fue preciso ir a buscar al puerto de Nueva York porque la aduana los había detenido. Acompañé a mi madre a regañadientes, embarazado de antemano por *Anglicismo* ella, con esa certeza que se tiene a los doce años de que los padres lo hacen todo mal. No era el caso. Habían detenido el cargamento porque había libros en español y los vistas de aduana estaban convencidos de que se trataba de una infiltración ideológica. ¿Por qué tantos?, preguntaban. ¿Por qué en español? Y, enarbolando un ejemplar del teatro de Virgilio Piñera que alguien (hoy pienso Samuel) le había traído a mi madre de Cuba, ¿por qué de un autor cubano, comunista? Mi madre, con esa típica facilidad suya y un oportunismo que yo le envidiaba, consiguió desviar la atención de los vistas mostrándoles un horrible pisapapeles con iridiscentes alas de mariposa, un recuerdo que alguien le había traído de Río de Janeiro y del que no se desprendía. Embelesados, los vistas se olvidaron de Virgilio Piñera, se pasaron el pisapapeles de mano en mano, come and see this, Joe. Considerándonos ya no subversivos sino atractivamente exóticos, como la mariposa, dejaron entrar las cosas.

Si bien mi madre abrió nuevas puertas, las de la Argentina nunca se le cerraron del todo. Con el correr del tiempo empezaron a aparecer en casa, como los hrönir de Tlön en el cuento de Borges, objetos inesperados, innegablemente argentinos, totalmente extranjeros para mí, que se integraban inmediatamente en la constelación de mi madre, cargándose de nuevo sentido. Un viejo mate de plata, por ejemplo, que yo nunca había visto en Buenos Aires y que sin duda alguien le había traído. Cuando le preguntaba a mi madre por estas súbitas apariciones la respuesta era siempre la misma, pero si *eso* lo hemos tenido desde *siempre*. No quedaba claro si lo habíamos tenido *allá* o *acá*, si era nuestro o no, no quedaba ni siquiera claro quién era ese nosotros que ponía fin a la discusión. Lo que sí era claro era que esos objetos estaban destinados a establecer lazos donde antes no los había, o donde se habían roto, siquiera pasajeramente: inventaban una permanencia. Aclaro que no todos los objetos aludían directamente, regionalmente, a la Argentina, como lo hacía sin duda ese mate. Otros eran más bien insignificantes, como unos cuadernos Avón que de pronto aparecieron en el escritorio de mi madre o unas tazas de loza piedra, pero igualmente insólitos y, sospecho, igualmente encargados de transmitir una vida cotidiana para siempre perdida. Estos fueron los objetos, casi educidos por la esperanza, que me tocó envolver con hojas del *Suffolk County Times* antes de destinarlos a un depósito donde ya no tendrían sentido, junto con una serie de regalos de los cuales mi madre no había hecho ningún uso pero que había conservado piadosamente, con el nombre de la persona que se los dio, como si la intencionalidad del donante todavía estuviera unida al objeto. Con tristeza comprobé que muchos de los regalos nunca puestos en circulación tenían mi nombre, reconocí objetos que le había comprado de chico para su cumpleaños creyendo acertar con sus gustos y otros mucho más recientes pero también por lo visto errados, todos testigos mudos de nuestros desencuentros. No me atreví a llevarlos al Ejército de Salvación, me daba miedo la idea de que algún día podría toparme con uno de ellos, en otro contexto y otras manos, aunque sabía que la posibilidad de que eso ocurriera era remotísima.

La última noche que pasé en esa casa tuve miedo. Por equivocación habían cortado el teléfono un día antes, así que ni siquiera podía llamar a Simón. Ya la casa era otra, con los muebles y objetos amontonados a la espera de la mudadora que vendría al día siguiente, la ropa para regalar, los papeles que me prometía a mí mismo revisar y ordenar cuanto antes pero sobre todo no allí. No podía dormir, me sentía habitado: menos por los recuerdos de mi madre (de algún modo también los había empaquetado) que por falsos recuerdos míos, falsos reconocimientos, como si en esa noche enorme de principios de otoño, con uno de esos cielos estrellados, según mi madre parecidos a los de la Argentina, que se me metía en el cuarto a través de la ventana abierta de par en par, se me diera por única vez una vida otra, un pasado vivido por mí en esta casa, con sus rituales y sus pequeños gestos. En mi mente, los objetos inventariados dejaban de ser tristes cachivaches para volver a su lugar, adquirían peso y textura, eran (siempre habían sido) míos, testigos de mis despertares y de mis crepúsculos, hitos que impedían mi deriva. Era yo y no mi madre quien, hacía años, después de decidir que no exhibiría más, se había venido a vivir aquí, yo, y no mi madre, quien había hecho desaparecer sus telas para liberarse de un pasado, yo, y no mi madre, quien había decidido que era demasiado tarde para inventarse una vez más y que se había dejado vivir (o morir, como decía ella), yo, y no mi madre, quien gradualmente había perdido asidero en la realidad. Hay días en que casi no me acuerdo de nada, contaba Marion que le decía mi madre con creciente frecuencia. Acabaré sin reconocerme en el espejo, sin saber la forma de mi cara. Otras veces, casi con alivio, le decía —y Marion me repite la frase como quien, no entendiéndola del todo, ha tomado la precaución de memorizarla—: Me estoy distrayendo del mundo.

Durante la atroz vigilia de esa noche, en vísperas de despedirme de esa casa, viví todo eso y mucho más que no lograré nunca poner en palabras. Por fin dormitaba, al alba, cuando golpearon a la puerta. Con dificultad bajé a abrir, maldiciendo a la gente de la mudadora por llegar tan temprano. En el umbral, sonriente, con dos cafés humeantes y una bolsa de roscas, estaba Simón.

XVI

Necesito inventarme ritmos en Buenos Aires, un mínimo de rutina para no tener la sensación de estar de paso. Ya van cuatro semanas que estoy acá y el modesto subsidio que me dio la biblioteca para llevar a cabo una investigación (de muy otra índole de la que estoy realizando, lo cual me causa algo de culpa) se me ha acabado. El City dista de ser económico y ya he entrado en mis reservas. Para acallar la mala conciencia empecé a ir a la Biblioteca Nacional, a esa parte de la Biblioteca Nacional que funciona, y también a la Biblioteca del Congreso. Necesito ver periódicos de 1895, de abril a junio de 1895, los meses en que transcurren los juicios a Oscar Wilde. Quiero saber –y esto es tanto parte de mi proyecto de estudio como de un más vago, pero igualmente urgente proyecto personal– necesito saber, digo, cómo se habló del caso en la prensa argentina, qué palabras, qué eufemismos, qué negaciones se usaron para describir algo que aún no existía en el ámbito público, *que no tenía nombre.*

Debo confesar que no me ha ido demasiado bien hasta ahora. En la Nacional los periódicos de esos años siguen archivados. En la Biblioteca del Congreso, donde me hacen llenar una ficha en que se me pregunta el tema de mi investigación y miento, *La Nación* está en microfilm pero la máquina para leer microfilms está descompuesta. Me aconsejan que vaya a la sede del diario pero que me convendría tener una recomendación. ¿De quién? ¿Para qué? Me armo de valor y llamo, pido hablar con la dirección del archivo y me dan con una mujer cuya desconfianza es palpable a través del teléfono. Menciono el apellido de mi madre, menciono Princeton, me fabrico un prestigio que procuro convincente pero la mujer no cede. Claro que tienen la colección completa de esos años, pero ¿qué día y qué mes de 1895? Le contesto la verdad, que no sé exactamente, que tendré que ver de abril a junio, día a día, porque se trata, le digo sin dar más detalle, de seguir un acontecimiento que ocurrió en el exterior. Pero son muchos números, eso lleva mucho tiempo –me objeta, irritada– tendría que limitarlo. Le observo que el tiempo es mío y que dispongo de todo el que sea necesario, que para mí no es un problema, pero la mujer, casi contenta, se diría, de haber inventado un inconveniente que le permita ejercer su autoridad, se resiste. Con firmeza me repite que son muchos meses, que cree que no es posible, que lo va a pensar y que la llame dentro de una semana. Furioso, abandono la idea de ir a *La Nación*. Es más fácil entrar a un muerto a La Recoleta que entrar en la casa de los Mitre para resucitar a otro. Vuelvo, derrotado, a la Biblioteca del Congreso, dispuesto por lo menos a ver la salteada colección de *La Prensa*.

No encuentro noticias de Wilde: la colección de esos meses es muy incompleta y sólo hay una nota melancólica donde se anuncia que en tal fecha fue a subasta la casa de Tite Street, con todo lo que había adentro, para pagar los gastos del juicio. Sigo leyendo el periódico, extraño, de formato tan distinto del de ahora, sin titulares, con avisos clasificados en la primera plana que ofrecen a la venta, en plena ciudad de Buenos Aires, hortalizas y vacas lecheras. De vez en cuando salta a la vista un aviso escueto de larga y patética proyección: "Se busca el paradero de X o Y. Avisar a su familia en tal dirección", donde X o Y son nombres inconfundiblemente extranjeros, italianos, otras veces polacos o rusos, posiblemente inmigrantes que nunca dieron con los familiares o amigos que los esperaban. Nunca supe (porque mi padre nunca hablaba de eso, como de otras tantas cosas) cuándo y en qué condiciones había llegado mi abuelo irlandés. Mi madre tampoco lo sabía pero inventaba: habrá llegado con una mano atrás y otra adelante, no tenía dónde caerse muerto, en Irlanda debía de ser ladrón de ovejas. Yo le comentaba que alguna habilidad adicional tendría ya que terminó siendo (eso sí lo sé) gerente de ferrocarriles en Córdoba, y mi madre siempre me decía lo mismo, lo hicieron gerente porque hablaba inglés. Mi abuelo había muerto mucho antes de que ella conociera a mi padre, cuando la familia, como tantas familias irlandesas, ya se había vuelto respetable, había pasado del Barrio Sur a Belgrano R. Mientras hojeaba el diario, jugué a que encontraba un aviso que buscara su paradero, imaginé el choque que me daría encontrar su nombre impreso, pero desde luego no lo encontré. En ese curioseo se me estaba yendo la mañana –a las once ya iba por el año 1902– cuando di con un modesto tesoro, otro escándalo europeo en el que sí se detiene largamente el periódico, el escándalo Krupp en Capri, dado a publicidad por la prensa alemana de izquierda, y que *La Prensa* gallardamente se empeña en desmentir, estableciendo "lo infundado" de las acusaciones. Me divierte el argumento que precisamente confirma aquello que pretende negar, lo anoto para mandárselo a Simón: "Krupp había fundado en Capri dos sociedades a las que pertenecían muchos artistas, la sociedad llamada Fra Felice y el Club de la Gruta. Las dos sociedades tenían un pronunciado carácter artístico y las reuniones que celebraran sus socios eran pintorescas y originales. Los de la Fra Felice estaban divididos en 'padres' y 'hermanos' y como sirvientas figuraban en ella mujeres de conducta irreprochable". Pienso en el placer que le dará a Simón leer la nota y salgo, contentísimo, de la Biblioteca del Congreso. Fra Felice, indeed.

También para asegurarme un ritmo he empezado a visitar a Ana con cierta regularidad. Y ella ha empezado a esperarme, es decir, en el mundo sin hora y sin fecha en el que vive –hoy es lunes 10, dice, como quien dice mañana es Navidad, y luego mañana es viernes ¿no?– en ese mundo cada tanto aparezco yo y siempre me recibe del mismo modo: te he estado esperando. Juntos hemos armado una rutina aun cuando no sabemos quiénes somos el uno para el otro. Me sorprende la facilidad con la que me deslizo en ese mundo, un mundo dentro del cual desempeño un papel cuyas particularidades se me escapan y que además es un papel que varía de día en día. Es como si me reinventara cada vez que voy a verla, según las claves que me sugieren sus primeras frases. Los ritos y los gestos de nuestros encuentros, sin embargo, no varían. Noto que al hablar pasa con frecuencia la mano por los objetos que tiene en la mesa de noche, recogiéndolos uno a uno, como un ciego que palpa para ver, sólo que a diferencia del ciego la operación no se traduce en ningún reconocimiento, sólo un desgranar de pedazos de materia inerte que han perdido singularidad y que ya no tienen nombre, una contabilidad táctil sin saldo ni balance. Toca un lápiz, una moneda, un vaso, mirá lo que se les ocurre hoy en día, dice, levantando cualquiera de ellos, extrañada, y yo asiento, sin atreverme a preguntarle a qué se refiere, con miedo de que su respuesta me haga medir, una vez más, la ruina que es su mente.

Le menciono como siempre el nombre de mi madre, como al pasar, desprovisto de referentes precisos y siempre en el presente –me ha dicho Julia que mañana va a haber tormenta–, para ver si logro hacerla recordar, hacer que una de las hebras sueltas de su memoria por un momento se enrosque al nombre y desencadene un relato. Prefiero pensar que todavía, como en una iluminación, se acordará en algún momento de su hermana, mi madre, pero la iluminación no ocurre, sólo, en respuesta a que Julia dice que habrá tormenta, o que está por salir de viaje, o (un día que me sentí muy atrevido) que a lo mejor la viene a visitar, un "Bueno, vamos a ver" sibilino, seguido de un "así que" que al principio me desconcertaba, porque lo creía anunciador de alguna consecuencia y esa consecuencia no se producía. Tardé algo en darme cuenta de que el "así que" no llevaba a nada, era simplemente una muletilla, un amago de continuidad, básicamente una manera de asegurarse de que la comunicación quedaba abierta aun cuando lo que se decía no tenía ningún sentido. Como un chico cuando imita la conversación de los grandes, me dice Simón cuando se lo comento. Parece que él, de muy chico (así le ha contado la madre), puntuaba sus conversaciones con un "Qué te iba a decir", copiado de una tía suya muy habladora que usaba la frase para ganar tiempo y no tener que cederle la palabra al otro. Pero no, le digo a Simón, no es como un chico porque un chico, aun impostando, está diciendo algo consecuente, mientras que con Ana se trata de palabras ahuecadas, como de una cáscara lingüística. Ana dice "así que", pero no hay un antes para la frase, ni un después.

Me asegura Agustina que hay días en que aterriza –es su expresión– y habla mucho de la familia pero muy poco, me dice, de la hija, sabe, ahí hay un problema que usted conocerá mejor que yo. Sin caer en la confidencia a la que tal frase parecería invitar, me digo que o bien no me ha tocado en suerte visitar a Ana en uno de esos días o bien Agustina me está mintiendo. Prefiero pensar lo segundo, porque le tengo antipatía a esta mujer; sospecho que lo sabe y me retribuye el sentimiento. Pero sobre todo prefiero pensarlo porque no tolero la idea de que Ana tenga momentos de lucidez en los que recuerde algo que a mí me pueda interesar y yo no esté para escucharla, que el recuerdo se desperdicie por falta de interlocutor.

XVII

Estoy profundamente dormido cuando suena el teléfono a las ocho de la mañana y por un momento no sé dónde estoy. Creo que contesto en inglés, oigo la voz de la telefonista del hotel, que con voz importante, me informa que me llaman de Tribunales y que espere que me quiere hablar el Dr. Quesada. Automáticamente me pongo nervioso, siento un vacío en el estómago. Todo roce con la institución, en la Argentina, me vuelve aprensivo, como una reacción refleja, como si llevara en el cuerpo la memoria de todos los miedos ajenos. Pienso: no he hecho nada, no me pueden hacer nada. Pienso inmediatamente: por supuesto que me pueden hacer algo, qué es lo que me irán a hacer, y a quién le pido ayuda. Me despabila la voz de un hombre que dice ser Luis Quesada, sobrino de Samuel. Samuel tuvo un accidente, casi lo atropella un auto, se cayó y se rompió la pierna y el tobillo, está en el Hospital Alemán, pide que lo vaya a ver en cuanto pueda. Necesita que le lleven unas cuantas cosas de casa, me dice la voz y agrega sin darme tiempo a responder, no sabe cómo le agradezco que pueda ocuparse de él. Dígale que yo voy a tratar de pasar esta noche o mañana, no mañana no porque tengo reunión de directorio, posiblemente pasado, pero que estaré en contacto. Me da el número de su oficina, de la casa, y de su celular. Me doy cuenta, entre irritado y divertido, de que en tres minutos he sido designado enfermero oficial de Samuel por este ser ocupado y eficaz a quien no conozco. Yo que no soy de la familia, yo que no vivo aquí. Entre Samuel y Ana, le comento a Simón que me llama justo antes de salir para el hospital, me estoy transformando en Florence Nightingale. Mejor Florence Nightingale y no la Madre Teresa, me contesta, con lo que me hace sentir una vez más culpable y mal conmigo mismo por haberlo dejado solo viéndolo morir a David. Salgo hacia el Hospital Alemán de pésimo humor.

Verlo a Samuel no me mejora el ánimo. Está demacrado, con la pierna enfundada en un yeso descomunal, y sumamente descontento. El hecho de que el vecino de cuarto le diga, al verme entrar, no le dije que lo iba a venir a ver la familia, ¿éste es el nieto?, lo pone fuera de sí. ¿Qué se cree, que yo fui al colegio con Sarmiento?, le contesta indignado. Me mira y teatralmente pone los ojos en blanco: Qué me contás. En las dos horas que paso con él alterna la gracia con los caprichos, me agota. Llama por teléfono al portero, le dice que pasaré a buscar unas cosas por la casa, y luego me dicta una lista insólita de cosas que me hacen falta *ya mismo*, desde artículos de primera necesidad hasta una cajita de laca colorada que está encima del escritorio, no, no tiene nada dentro pero me trae suerte, me la regaló Jorge. La lista parece calmarlo y, aprovechando que el vecino se ha quedado dormido, pasa a contarme cosas. Me cuenta el accidente: yo no sé de dónde salió, era un auto negro, parecía uno de aquellos Falcon, ¿te acordás? No me acuerdo pero sé a qué se refiere. Como Pierre Curie y Roland Barthes, le digo, con bastante poco tacto. Esos *se murieron*, me dice picado, y yo no tengo ninguna intención de expirar en esta institución. No hagás literatura. Sigue: Te prevengo que no es la primera vez que me rompo algo, me dice como si fuera un título de gloria, hasta el corazón, en alguna ocasión. Y pasa, sin más, a contarme la historia de Jorge.

Era tan joven, tan lindo, que la gente se daba vuelta cuando entraba, era como uno de esos muchachos en las piezas de Noel Coward que entran vestidos de blanco, con una raqueta de tenis, y todo el mundo se calla porque es como si entrara un ángel. Bueno, no sé si Noel Coward tiene algún personaje así, pero me entendés. (Lo entiendo.) Recuerdo que lo vi por primera vez en el Richmond de Florida, estaba tomando el té con Federico Huppert que era su profesor, y del que estaba enamorado, sin darse del todo cuenta, comprendés. Estaba prendiendo el cigarrillo, torpemente, como alguien que todavía no sabe bien los movimientos, cuando me acerqué a la mesa para saludar a Federico y Federico me lo presentó. Al querer sacarse el cigarrillo de la boca para saludarme, el papel se le pegó al labio y se lo desgarró, apenas, y apareció una gotita de sangre, y yo me enamoré de él ahí mismo, para siempre. Salimos los tres del Richmond y Federico se fue para Retiro, sin darse cuenta de nada, creo. Jorge y yo doblamos por Tucumán, conversando, él me contaba que le gustaba mucho Gide aunque años más tarde me dijo que no había leído a Gide por ese entonces pero me lo había dicho para hacerse el interesante sabiendo que me gustaría, yo mientras tanto iba llevándonos como al descuido hacia un departamentito que tenía en la calle Esmeralda, y al llegar a la puerta lo invité a tomar un whiskey y me dijo que sí y subimos. Fijate que lo dejé sentado en un sillón mientras iba a la cocina a buscar hielo y cuando volví no estaba, hasta que lo oigo llamar desde el dormitorio, se había desnudado y se me había metido en la cama. Yo tenía la sensación de estar seduciendo a un chico de colegio, aunque en realidad tan jovencito no era, tenía dieciocho años y acababa de entrar en la universidad. Me dijo que era la segunda vez, que la primera había sido dos semanas antes con Juan García Vélez y que había sido tan distinto, que Juan era un bruto y que le había dolido mucho, pero que lo había invitado a irse con él a Europa a pasar las vacaciones y él había aceptado. Entonces lo convencí de que no fuera y hasta hice que le escribiera una carta a Juan, así, desnudo en la cama, muy *Liasons dangereuses*, me comprendés, diciéndole que no quería verlo más. Empecé a invitarlo, lo llevaba a comer al Jockey Club en donde nunca me vieron con demasiada simpatía (yo era bastante afeminado, sabés) y con Jorge peor. Nos miraban mucho. Él decía que era por sus trajes que parecían de La Mondiale. Yo le decía que nos miraban con envidia y no creo equivocarme.

Registro en esta historia el nombre de Juan García Vélez, amigo dilecto de mi padre, pero prefiero dejar esa pesquisa para otro día. Además, por alguna razón, no hemos hablado con Samuel de mi padre, sólo de mi madre. No quiero que se me crucen las fuentes, no quiero tampoco desviarme de lo mío, aunque cada vez sé menos qué es lo mío. En cambio le pregunto si mi madre era tan amiga de Jorge como lo era de él. Me mira ladeando la cabeza, con esa expresión como de pájaro sorprendido que empiezo a reconocerle, cuando sin querer digo algo que le resulta supremamente irónico. Esta vez creo que lo he tomado realmente de sorpresa porque no sale del paso con su gracia habitual, sólo pone los ojos en blanco. Y no dice nada.

XVIII

Yo debía de tener siete u ocho años, estaba a punto de hacer la primera comunión. No te imaginás lo aburrida que era mi vida, en esa casa de la calle Ayacucho, que ya no existe, si no te llevaría a verla para que imaginaras, de ser posible, el hastío. En casa no me llevaban el apunte, tanto que yo me había inventado otra vida, jugaba a que era la hija de una familia noble, posiblemente española (me gustaban esos nombres como Medinaceli o Albuquerque) a quienes los padres habían mandado a la Argentina para protegerla de la guerra, de los comunistas y de la república en general. Esto no sé de dónde lo sacaba, seguramente de algo que habría oído en casa, todavía hablaban de la Guerra Civil española como de, decía mi abuela, una lucha por la fe. En realidad, yo era más amiga de los sirvientes que de mi familia. Ana estaba siempre en la calle, papá volvía muy tarde de Tribunales, y abuela se la pasaba haciendo solitarios, fumando unos cigarrillos que apestaban y suspirando. Era la madre de mi padre, vivía con nosotros. A mí me llamaba muñeca, menos por afecto, creo, que porque le costaba llamarme por mi nombre, quizá porque era también el suyo y no quería compartirlo. De todas maneras, como te digo, yo no hablaba con nadie en casa salvo con la cocinera, a quien adoraba, y con un peón de cocina que era medio bobo. Se la pasaba en la cocina, apoyado contra un ángulo de la mesa, haciéndose la paja, sospecho, en vista de lo que pasó después. Un día en que había en casa una fiesta o un velorio, lo mismo da, yo estaba arriba jugando en la terraza cuando él se apareció para

97

jugar conmigo, como solía hacerlo, pero ese día estaba distinto. Me propuso jugar a las escondidas, yo tenía que cerrar los ojos, él se iba a esconder y a que no lo encontraba. Por supuesto que fue muy fácil encontrarlo porque de eso se trataba, de que yo lo encontrara. Se había metido en el cuarto de plancha pero había dejado la puerta entornada y yo estaba a punto de gritar su nombre cuando vi que tenía la bragueta abierta y se estaba acariciando y me dijo venga, muñeca, que no muerde, y se reía, mostrándome los dientes muy blancos. No me acuerdo bien cómo sigue lo que pasó, sé que tenía bastante miedo pero también ganas de tocarlo, entonces él me tomó la mano, pero muy suavemente, con cariño casi, y la puso encima del miembro, y creo que luego yo salí corriendo, nerviosa pero a la vez más bien satisfecha. Nunca le dije nada a nadie, ni siquiera al cura antes de la comunión porque no pensé que había hecho algo malo sino algo distinto, y lo distinto no era pecado porque no aparecía clasificado en ningún lado. Por alguna razón el cura sospechaba algo, porque insistía: ¿No habrás hecho algo para ofender al Señor, hija, algo con algún amiguito quizá? Entonces, con toda honestidad pude decirle que no. Pedro no era mi amiguito, era un sirviente. Comulgué tranquila, sin demasiado fervor, con la convicción de que todo era cuestión de perspectiva.

Mientras escucho a Beatriz pienso que nunca hice la primera comunión y que nunca aprendí el catecismo. A los ocho años no sólo carecía del elegante estilo casuístico que acaba de exponer Beatriz para salvar escollos teológicos y quedar siempre en buena posición sino que me carcomían dudas que quedaban siempre irresueltas. En casa

no se hablaba de Dios ni de religiones, acaso de común acuerdo (mis padres venían de tradiciones distintas), más probablemente porque no se sentía la necesidad de hacerlo. Mi
padre era protestante pero se casó por la iglesia católica,
como para cimentar una ruptura. Cuando nací se me bautizó porque había que hacerlo y ahí terminó mi contacto
con Roma. Con exquisita perversidad, mi madre decidió
que la iglesia católica no era lugar saludable para los chicos
(así me lo dijo varias veces: por lo visto la consideraba una
frase feliz) y empezó a mandarme al Sunday School de la
iglesia anglicana de Belgrano R, donde retomé inesperado
contacto con la comunidad que mi padre había abandonado. Pero no era él quien me llevaba sino mi madre, como
quien lleva al hijo al médico o a la lección de piano, me dejaba en la puerta de esa iglesia de ladrillo y pizarra que a
ella se le antojaba tan quaint, y luego se iba para volver
puntualmente una hora y media después. Los otros chicos
iban con sus padres. Empecé a fantasear que era huérfano,
que mis padres se habían ahogado en un río de Córdoba,
de ésos que crecen repentinamente y arrasan con todo, empecé a desear que el pastor, a quien había que llamar "padre" pero en inglés, me dijera otra vez, como me había dicho la primera vez cuando lagrimée al ver irse a mi madre,
what a brave little man.

Mi experimento con el protestantismo duró menos de
un año, hasta que mi madre se aburrió de llevarme a la iglesia de la calle Crámer. Aprendí relatos del Antiguo Testamento en versión para niños, me regalaron una Biblia en la
que leí con asombro la frase "He went in unto her" cuyo
significado me cuidé muy bien de preguntar, y un chico, en

el baño, me mostró el pito y me dijo que a él ya le estaba engordando, I'm going to have a big fat dick. Rogué al tenue Dios de los anglicanos que a mí no me engordara nunca porque le tenía miedo a los gordos y aún más a lo que tenía entre las piernas.

Nunca supe qué hacía mi madre cuando me dejaba en Saint Saviour's. Le hubiera sido fácil volver a casa pero sé que no lo hacía. Mataría el tiempo en algún lado de Belgrano R, no sé dónde; por alguna razón, nunca se lo pregunté. Lo que sí recuerdo es lo que venía después, cuando mi madre me pasaba a buscar a las doce en punto. Yo salía de la iglesia como quien sale de una penitencia, corría hacia el auto que mi madre estacionaba siempre en el mismo lugar, la abrazaba como si fuera ella, y no el Jesucristo del que me acababan de hablar en Sunday School, quien me traía la salvación. Era tan linda mi madre. Nunca me preguntaba nada de lo que me habían enseñado, en cambio se reía, me hacía chistes, me llevaba a dar una vuelta por la Avenida de los Incas, por la avenida Forest, estaba de buen humor, parecía quererme, hasta que emprendíamos la vuelta a casa y entonces su buen humor se empañaba. Dejaba de hablar. Hasta ahora nunca se me ocurrió pensar por qué íbamos en auto a esa iglesia cuando hubiéramos podido ir a pie, no eran más de diez cuadras desde casa; ni tampoco pensar por qué no me dejaba ir solo, cuando me dejaba ir solo al colegio, al dentista. Hasta ahora nunca se me ocurrió que acaso llevarme a Saint Saviour's le proporcionaba una excusa a mi madre. Para qué, no lo sé.

XIX

Creo que desde el día que nos conocimos (más adecuado sería decir reconocimos) en mi primer semestre en Princeton, los dos supimos que no seríamos amantes –más allá de algunos toqueteos torpes y muy experimentales que no progresaron– pero que sí seríamos amigos, superbest friends, como recuerdo que nos prometíamos muy de chicos, yo y mis condiscípulos de la primaria del Belgrano Day School. Aquellas promesas duraban un semestre, o dos, hasta que un nuevo superbest friend reemplazaba al amigo que se marchaba o era depuesto. David y yo tuvimos más suerte: ninguno de los dos había tenido lo que llaman una experiencia sexual decisiva ni tenía plena conciencia de su deseo (si es que se tiene, alguna vez, plena conciencia), pero los dos reconocíamos indicios (muchos, muchos indicios) de que éramos, sin la menor duda, diferentes. Algo más adelantado que yo, David me contaba que de chico, en la granja de sus abuelos en Carolina del Norte donde pasaba los veranos, se había dado cuenta de que le gustaba estar cuanto tiempo pudiera con el capataz, un pelirrojo llamado Gary a quien acompañaba a diario en sus quehaceres. Le gustaba sobre todo, decía, mirarle las arruguitas de risa que tenía alrededor de los ojos, blancas, que contrastaban con la cara muy tostada, hasta que un día la abuela le dijo que no podía acompañarlo más porque le hacía perder el tiempo, y David siempre pensó que era una excusa porque tenía la seguridad de que a Gary le gustaba que él lo acompañara, y nunca supo por qué la abuela había tomado esa decisión pero se sintió avergonzado, como si le hubieran descubierto un secreto. Yo a mi vez le hablaba de Michael, el amigo de mi madre a quien yo quería casi más que a mi padre, decía yo (mintiendo porque en realidad le tenía celos a Michael y a mi padre no sé si alguna vez lo quise), y le contaba a David cómo Michael había ido a la cárcel hacía tres años "porque era gay y estaba harto de que lo pisotearan". Recuerdo nítidamente el placer y el alivio que sentía al decir en voz alta la palabra "gay", con toda naturalidad, aunque aplicada a otro y no a mí; a pesar de nuestras mutuas confidencias y nuestra conversada atracción por otros hombres, ni David ni yo nos considerábamos gay, lo que se llama gay. Compartíamos, sí, estos secretos que nos hacían cómplices, pero por otro lado éramos buenos deportistas, tomábamos cerveza con los demás estudiantes, salíamos con chicas a quienes besábamos y posiblemente tocáramos aunque no demasiado, y hacíamos a la perfección todo lo que se espera de un subgraduado de Princeton. Lo único que nos separaba, pienso, era que David, en lugar de admirar a Mr. Godfrey se reía de él junto con los otros estudiantes, decía (a coro con ellos, quizá hasta antes que ellos) que era una loca amanerada que, agregaba exagerando su acento sureño, no tendría que haber salido nunca de su sala de recibo de Savannah. Yo me reía con ellos, por no ser distinto, y a la vez me sentía cobarde y algo traidor.

Nuestras vidas continuaron así por algún tiempo, discretas y tapadas, aún cuando no sabíamos del todo qué era lo que teníamos que tapar. Tan despistado estaba yo que incluso recuerdo haberle propuesto a una compañera con quien salía, una muchacha madrileña muy rubia de quien se decía que era hija natural del rey de España y que irritaba a mi madre, a quien se la presenté, porque a todo decía "estupendo", que nos fuéramos juntos a Cayo Hueso durante las vacaciones de primavera sin decir nada en nuestras casas. A último momento Belén se echó atrás lo cual me ahorró lo que sospecho hubiera sido un estreno sexual deslucido. Como habíamos reservado boletos que no tenían devolución, Belén le ofreció a David que tomara su lugar y David, después de algún regateo y aprovechando la ambigüedad genérica del nombre de mi amiga, aceptó reemplazarla, con lo cual pasé de inmediato a llamarlo Mr. Bethlehem. Fue así como pude decirle a mi madre la verdad, que me iba unos días a la Florida con un compañero: por alguna razón no le había presentado a David, ni siquiera, creo, le había hablado de él. Mi madre, que tenía esperanzas de pasar algún tiempo conmigo después de meses de ausencia (a pesar de que Princeton estaba muy cerca de Nueva York la veía con poca frecuencia), no quedó muy contenta pero no tuvo más remedio que aceptar.

Hasta el día de hoy me cuesta recordar ese viaje que, a veces siento, partió mi vida en dos acaso más brutalmente que el desarraigo lingüístico y geográfico que había padecido siete años antes. No puedo decir que perdí la inocencia –la inocencia no se pierde por un acontecimiento aislado, el acontecimiento sólo sirve para mostrarnos que, irremediablemente, la hemos perdido– sí que se trató de una revelación que, de una vez por todas, resolvió mis ambigüedades. El hotel que habíamos reservado era pequeño, relativamente barato y trasmano, lo cual nos permitía evitar los grupos de estudiantes que, como siempre en las vacaciones de primavera, habían bajado del norte buscando el calor. Eran dueñas del hotel dos mujeres, sin duda amantes, me di cuenta mucho después. Una de ellas, bastante mayor que la otra, tenía el lado izquierdo de la cara torcido, la boca y el ojo algo inclinados hacia abajo, resultado sin duda de un derrame. La otra era alta, flaca y odiosa. Malignamente las bauticé Espagueti y Olivia, lo cual divertía grandemente a David, maravillado de que Popeye y Olive Oyl tuvieran nombres tan extraños en la Argentina. El hotel al cual yo inocentemente había pensado traer a Belén para iniciar nuestra aventura era, a las claras, un hotel gay.

De día íbamos a la playa desde donde, en días límpidos, se divisaba, nos decían, la costa de Cuba, de noche íbamos a los bares donde, nos aseguraban, había bebido Hemingway, dato que nos tenía sin ningún cuidado porque ambos, con la arrogancia del estudiante que acaba de descubrir la literatura, despreciábamos a Hemingway. Vimos, sí, su casa, vimos los gatos, vimos su cuarto de trabajo, sus rifles, acaso el que usó para matarse, pensé; era lo único de Hemingway que me interesaba porque en ese entonces pensaba mucho en los medios que la gente elegía para suicidarse. Una tarde alquilamos bicicletas y paseamos por el cementerio viejo, me sorprendió ver tantos nombres cubanos, transplantados como yo a Estados Unidos, pero un siglo antes. Una lápida nos hizo gracia, a David sobre todo, era la tumba de un tal B. P. Roberts, muerto de viejo a los ochenta y tantos años, con la inscripción: I told you I was sick.

David se hizo amigo de un muchacho morocho y buen mozo que atendía uno de los bares, siempre bajaba a Cayo Hueso desde Nueva York por esta época para ganar unos pesos.

En realidad nos sedujo a los dos: noche tras noche volvíamos al mismo bar como atraídos por un imán, nos sentábamos a la barra con todo el savoir-faire de que nos sentíamos capaces, y Ben (así se llamaba) nos servía copas por las que no siempre nos cobraba. Era aspirante a actor, no entendía ni le interesaba la literatura, y una noche en que yo me había dormido temprano me despertó su voz queda en la cama de al lado, susurrándole suaves cochinadas a mi amigo David que gemía de placer. Petrificado, oí el crujir rítmico del colchón bajo el peso de los cuerpos, oí, en su más mínimo detalle, un acto de amor que me excluía y en el cual, dolorosamente, me reconocía: el inmediato, insoportable calor de mi cuerpo, la intensidad de mis celos, sancionaban esa revelación. La luz de la madrugada se filtraba por las celosías, prometiendo un día más de felicidad y de sol; no me permitía distinguir las caras, por más que forzara la vista, pero sí los cuerpos enroscándose y desenroscándose como atléticas sombras, brutales en su ardor. Juré vengarme pero al día siguiente apenas atiné a rechazar la propuesta de David de que alquiláramos una canoa. No mencioné el incidente ni David dijo nada, pero esa noche, pretextando cansancio, volví a acostarme temprano. La escena se repitió, como se repetiría dos o tres veces hasta que regresamos a Princeton. Sólo mucho, pero mucho más tarde, cuando David ya estaba enfermo, cuando yo mismo me había acostado con Ben, enamorándome y desenamorándome de él con igual rapidez, me preguntó David un día, como si no hubieran pasado los años, ¿Te gustaba mirarnos, Daniel? Y como yo no repondiera inmediatamente, agregó: A mí me excitaba saber que estabas mirando. ¿Por qué no te acercaste?

XX

Te voy a contar algo que creo no haberle contado a nadie. Pero no se lo vas a contar a Julia, me dice Ana no bien
entro. Es la primera vez que menciona el nombre de mi madre y la primera vez que la encuentro locuaz, con un relato
listo que no es necesario arrancarle. Sabés que nunca le
cuento nada de lo que me decís, le contesto siguiéndole la
corriente, como si fuera de lo más normal hablar de mi madre muerta en presente. Pienso en esos casos de personali-
dad múltiple en que hay que preguntarle al hablante cuál
de sus muchas personas habla. Pienso que en este caso hay
que preguntarle a mi tía no quién habla sino con quién.
Pienso: me reconoce porque se le ilumina la cara cuando
entro. Pienso también: ¿quién seré? Tengo un problema y
necesito que me prestes plata, prosigue. Tengo que encontrarme con una persona a las siete en la Casa D'Huicque de
la calle Suipacha y pagarle un dinero, si no voy a tener un
lío tremendo en casa, tengo que vestirme, llamala a Clara,
no puedo salir así. A medida que habla se agita, abre y cierra una cartera de la que no se separa y que –me ha dicho
reiteradas veces la obsequiosa Agustina– está vacía, porque
aquí por regla todas las carteras están vacías, sólo un pañue-
lito como la reina de Inglaterra. Me lo dice sin duda por
precaución, como se lo dirá a otros familiares, para que hagamos caso omiso de las frecuentes quejas, de las acusaciones de robo, del "me falta esto" o "me han sacado aquello"
que oímos todos los días. Ana en realidad no se queja de
que le saquen dinero. En cambio, suele decirme que se ha

quedado sin plata porque ha tenido muchos gastos. Distribuye imaginarias propinas con entusiasmo y me las describe en detalle. Pobre muchacha, vive en San Fernando, se vuelve todas las noches en colectivo, imaginate a qué hora llega, ayer le di plata para que se tomara un auto. O bien: Le di unos pesos para el chico, con lo que le pagan aquí ni para una pelota le queda. Me pregunto cómo recibirán las mucamas y las enfermeras esas dádivas inmateriales, si se ofenden, si se ríen, si le hacen el juego como se lo hago yo, en este momento, al decirle que por supuesto le prestaré dinero, al extenderle un billete viejo, de los varios, inservibles y caducos, que guardo de otros viajes y que todavía tengo, doblados en cuatro, en la billetera. Un billete rojo, con muchos ceros, que acepta ávidamente y esconde en la cartera. Con esto me salvás la vida, me dice, de pronto calmada. ¿A quién tenés que ver?, le pregunto, intrigado, pensando que a lo mejor logro rescatar algo de esa memoria agujereada, no sé, un nombre, un episodio, que me permita empalmar con algo del pasado de mi madre, de mi padre, mío. Prometeme de nuevo que no le vas a decir nada a Julia, me contesta muy seria, nombrando una vez más a mi madre, y de nuevo le aseguro que no, que de ninguna manera la delataré, que sabe que no soy cuentero, pero qué es lo que pasa con Julia. Tengo que verlo a Frueger, no te imaginás el lío, me dice. Procurando no mostrar excitación, porque reconozco el nombre, porque sé que se lo he oído o a García Vélez o a Samuel, a alguien, en fin, le digo que por qué le debe plata, si tiene algún problema con él. No, la que tiene el problema es Agustina, él le adelantó plata y ella no se la pagó y yo le ofrecí arreglar el asunto, Frueger a mí me conoce. Me doy cuenta de que los empalmes de la memoria no necesariamente se dan en el sentido que yo espero, que el pasado de Ana, estrellado, suelto, se injerta casualmente en un relato donde aparecen, juntas, Agustina y mi madre muerta, un relato que no me sirve porque no me propone ninguna salida.

Se hundió el vapor América –continúa Ana, imperturbable–. Dicen que se ahogó Luis Viale, el que la festejaba a Alina, eligió cederle el salvavidas a una mujer embarazada, le dijo –aquí se detiene, dramática, y ahueca la voz– "Sálvese, señora, que va a ser madre". Por casualidad sé a qué episodio de la pequeña historia argentina se refiere porque en mi último viaje, además de intentar cumplir con los deseos de mi madre, hice todas las cosas que hace un turista para familiarizarse con Buenos Aires, recorrí la ciudad, visité monumentos, y en la Costanera Sur desde donde, sí, por un momento, pensé arrojar las cenizas de mi madre, vi la estatua que conmemora el gesto heroico. Ocurrió en 1918 pero en la mente de Ana, que sin duda oyó contar el episodio a sus mayores, siempre acaba de ocurrir. Me pregunto qué cuerda toca en ella esta historia que me cuenta como sin duda la ha contado antes a otros interlocutores, con la misma urgencia, como si se tratara de una noticia fresca, por qué ha hecho suyo este episodio anacrónico y patético al punto de ligarlo con Alina, su otra hermana muerta, que sin duda no fue festejada por ese Luis Viale. Qué habrá sido de esa mujer, ¿no? le digo, para ver si la historia sigue. Quiero decir, ¿tuvo el chico o no, y el chico habrá sabido que otro había dado su vida por la suya? Sí, sí, el chico (que creo era una chica que se llamaba Beatriz) nació, yo la conocí, contesta Ana. Beatriz como tu hija, observo, para que no se calle. Sí, sí, responde, con cierta irritación, como si la estuviera desviando de la historia que quiere concluir. Pero no hay fin para la historia. ¿Y Alina se sintió muy triste cuando supo que se había muerto Viale?, insisto, ya sin gran esperanza. Deja caer la cabeza pesadamente en la almohada. Y luego, con insólita violencia: La que se debe haber sentido muy triste es Julia que es una puta. ¿Vialidad vendrá de Viale?, pregunta, sin solución de continuidad. No creo, atino a decir, sorprendido una vez más por su capacidad para el dislate que la lleva a inventar nexos donde no los hay y a proponer etimologías aberrantes. Maní debe venir de hermanito, ¿no creés?, me dijo una vez que le había llevado una bolsita de garrapiñadas. Lo viví como un cariño. Se frota los ojos y sé entonces que ese día ya no hablará más.

Me quedo pensando en la escena del vapor América que, por alguna razón, tampoco a mí me deja. Acaso sea porque tengo presente la estatua de la Costanera, acaso porque la escena, a pesar de su heroísmo fácil y su elocuencia cursi, tiene cierto estilo, como diría Simón. ¿Quién sería Luis Viale? ¿Por qué sería una puta mi madre? ¿Por qué no sé nada de Alina salvo que montaba en pelo y se dejó morir? ¿Alinear vendrá de Alina? Salgo a la calle Charcas totalmente confundido y, curiosamente, contento. Es como si los disparates de Ana me dieran permiso, al menos por hoy, para inventar mi pasado en lugar de verificarlo. Tomo un taxi y le pido que me lleve a la Costanera, quiero volver a ver, por qué no, el monumento a Luis Viale, pero el taxista me dice que no sabe exactamente dónde está, me pide direcciones

109

y no sé dárselas con exactitud, lo que usted quiere debe ser la estatua de Lola Mora, me dice. Lo dejo hacer, feliz. Me cuenta que acaba de volver de un viaje al cementerio, al que está lejos, vio, ese que llaman Jardín de Paz, fíjese una señora que hace años vive afuera y andaba buscando la tumba de un amigo, me contó que quería verlo una vez más antes de que se muriera pero no llegó a tiempo, no me dijo de qué se murió pero me parece que era algo raro, entiende lo que le digo, ella también era medio rara, pero qué quiere, la muerte es la muerte y yo la respeto, la esperé mientras averiguaba y la traje de vuelta, habíamos arreglado precio, tanta gente que se va del país, vio, los amigos se quedan y no se los ve más, yo tengo un primo en Chicago que ya no vuelve, dice que allá se está muy bien, pero en esa ciudad con tanto problema vaya uno a saber, ¿no es cierto? Asiento, aterrado de que algo delate mi extranjería, abundo en trivialidades sobre la importancia de la familia, de los amigos, a estas alturas yo también me quedo, le digo, ya no es la situación de hace unos años.

Sólo después, cuando el taxi se aleja después de haberme despojado de mi billetera y mi pasaporte sin violencia, casi con delicadeza, en un rincón de la Costanera Sur prácticamente desierto a esa hora, pienso que únicamente a alguien que no es de acá se le ocurriría ir a ver monumentos, solo, en la mitad de un día de semana, que la extranjería se me debía de ver a la legua. No encuentro a Luis Viale, no sé dónde está Lola Mora, me siento muy sacudido, vulnerable. Maldigo al taxista y a su pariente de Chicago pero sobretodo estoy enojado conmigo mismo, me dispongo a volver a pie hasta el hotel bajo un sol rajante para tramitar el reemplazo de mi única tarjeta de crédito. Con placer maligno pienso en la sorpresa de mi asaltante cuando encuentre en la billetera, además del poco dinero y uno que otro dólar, los billetes de un millón de pesos y los australes doblados en cuatro con los que pongo contenta a Ana. Disculpame flaco, me dijo el taxista antes de arrancar y después de haber guardado prolijamente un revólver que nunca sabré si estaba cargado o no, pero debes tener más guita que yo y aquí todos tenemos que comer.

XXI

En la casa de Long Island –le cuento a Beatriz– mi madre se había creado un mundo autosuficiente, ritmado por leyes que sólo ella atendía y que vivía cambiando, con ese secreto sentido del orden que aplicaba tanto a su arte como a su vida. Observarla, en las pocas ocasiones en que iba a visitarla porque las relaciones entre nosotros, después de lo que pasó, se habían vuelto tensas, era tarea consumidora pero al final altamente satisfactoria, como quien pasa horas observando la construcción de un mueble. Muchos de sus ritos tenían que ver con animales, no tanto los de adentro –los tres gatos que me despreciaban sistemáticamente haciéndome notar su intrusión– como los de afuera, la desordenada colección de animales salvajes a quienes albergaba, alimentaba, y defendía de los cazadores. La veo temprano por la mañana, llenando de alpiste los comederos de los pájaros que colgaban bajo la glicina. Enseguida se llenaban de cardenales, de pájaros azules, de cuervos lustrosos y tornasoleados, todos pájaros (me decía mi madre) que no existían en la Argentina. También aparecían ratones, ardillas, que cazaban lo que los pájaros dejaban caer al suelo, junto a palomas torcazas que también aprovechaban esta operación de conjunto y, alguna vez, un llamativo faisán, con graznido inesperadamente desacorde, a quien mi madre llamaba, por alguna razón, Sigfrido. Parada junto a la puerta, mi madre seguía todo con la mirada. Yo también miraba la escena, desdeñando su encanto fácil, como para corregirla. Pero miraba, sobre todo a mi madre, el cuerpo tan cuidado, todavía esbelto, apoyado contra el vano, la mirada perdida, más allá de este ir y venir animal.

Una noche, al levantarme para ir al baño, la vi junto a la ventana del corredor, en la planta alta, mirando hacia el jardín. Me detuve junto a ella y vi, a la luz de la luna, un animalito que insólitamente se había acercado a la casa y comía el pan humedecido en leche dejado por mi madre para algún otro transeúnte. Cuando mis ojos se acostumbraron a la poca luz, vi que llevaba las crías, pequeñísimas, en el lomo. Es una zarigüeya, susurró mi madre; sólo salen de noche, tienen la cara blanca como pintada con cal. Y luego, como recitando de un libro de ciencias naturales: Son muy poco inteligentes y tienen mal olor, como de ropa vieja. La caja craneana es tan reducida que un naturalista del siglo pasado calculó que en ella apenas cabían veinte arvejas. Posiblemente, nunca vuelvas a ver otra. Y repitió: Sólo salen de noche. No pregunté el porqué del sistema de medida en arvejas, sabiendo que era inútil pedirle más precisiones a mi madre. De pie junto a ella, en la penumbra (esto no se lo cuento a Beatriz), sentí el calor de su cuerpo, levemente estremecido, le pasé el brazo por los hombros, un gesto ya para entonces raro en mí. Tenía razón mi madre: nunca volví a ver otra zarigüeya. Pero me queda el recuerdo, imborrable, de esa carita triangular muy blanca vuelta hacia arriba, esos ojos rasgados que miraban sin ver a un hijo abrazado a su madre.

Acudo a momentos como éste como a talismanes, para volver a querer a mi madre, para borrar lo que prefiero olvidar. Nuestras relaciones ya habían cambiado cuando se mudó a Long Island, cuando, cansada de una vida que se le hacía cada vez más difícil, no sé si en el plano artístico o en el social, acaso en ambos, eligió la distancia, como una suerte de exilio dentro del exilio, y compró, en ese entonces por una bicoca, una vieja y destartalada granja en Orient, lugar en que habíamos pasado un verano al poco tiempo de llegar al país y del que guardaba muy buen recuerdo. Además le gustaba el nombre, le gustaba el hecho de que este pueblito soñoliento, detenido en el tiempo, estuviera en el extremo mismo de la isla, en una suerte de finis terrae que se abría a la vastedad del Atlántico. A mí se me hacía cuesta arriba visitarla allí, porque quedaba trasmano y porque lo que más recordaba del lugar era el miedo que me inspiraban, de chico, los caballos del vecino que mi madre en vano se empeñaba en hacerme montar.

Nuestra relación cambió por varias razones, algunas elusivas, otras de las que me cuesta hablar. De chico, no cuestionaba la autoridad de mi madre, eje de mi mundo. Podía no estar de acuerdo con ella, podía incluso saber que se equivocaba, hasta podía burlarme de ella, en secreto, pero ¿cómo decirlo?, eso afectaba tan sólo el contenido de sus mandatos y decisiones. Su autoridad en sí, quiero decir, su postura de autoridad, permanecía para mí, necesariamente, intacta. Al terminar la universidad y volver a vivir con ella –pasamos un verano en Nueva York juntos, en el taller que alquilaba en Hell's Kitchen, mientras yo decidía qué iba a hacer con mi vida– tuve la sensación de estar viendo a mi madre por primera vez, o de estar viéndola después de un larguísimo viaje. Ya no me parecía tan incuestionable su autoridad ni tan graciosos sus desplantes: mi madre comenzó a irritarme, como comenzaron a irritarme sus costumbres, sus tics, sus amigos. Salvo Michael, que le había permanecido fiel a lo largo de todos estos años (The First Couple, les decía yo para hacerlos rabiar), mi madre se había rodeado de gente algo menor que ella, en su mayoría artistas, en su mayoría extranjeros, en su mayoría hombres, en su mayoría gay. Me cansaban con sus reuniones, casi todas en el taller de mi madre, me cansaban las discusiones, vacuas y pretenciosas, me cansaba también ver a ese grupo, embobado, haciéndole fiestas a mi madre. She can still get away with it, me comentó un día Michael, quien, como yo, solía ver estas escenas a cierta distancia. No por mucho tiempo, le contesté impaciente. Wishful thinking, perhaps?, me dijo Michael con toda intención, y me di cuenta de que había ido demasiado lejos: Michael seguía embelesado con mi madre y no quería alienarlo.

Nunca sabré si hubo una relación entre este incidente y lo que pasó después y ya no queda nadie para sacarme de la duda. Fue durante una fiesta de Año Nuevo, de ésas que a mi madre le encantaba dar porque le recordaban, decía, las fiestas que dábamos en la Argentina, fiestas de las que yo, personalmente, carezco de todo recuerdo. Para ese entonces yo ya me había ido de casa de mi madre, con poco entusiasmo había optado por estudiar bibliotecología en Rutgers, y mientras buscaba un departamento barato cerca de Penn Station me había refugiado –es la palabra– en casa de David. Más organizado que yo, David por fin había decidido que quería trabajar en teatro, había aceptado una beca de NYU y había tenido la singular fortuna de encontrar un departamento en el East Village. Su futuro, le decía yo, estaba asegurado. Recuerdo que me costó convencer a

David de que fuera a la fiesta de mi madre, se le ocurrían (a mí también) mil maneras mejores de pasar el año nuevo. Sólo con la promesa de que pasaríamos allí poco tiempo y después bajaríamos a los bares conseguí que me acompañara. Desde el comienzo noté algo raro, no exactamente falta de ambiente pero sí como un ambiente torvo, como que algo estaba por pasar, aunque me digo que ésta bien puede ser una reconstrucción post facto: he repasado tantas veces esa noche en mi mente. Mi madre había bebido mucho, también Michael. La asistente de mi madre, una estudiante de bellas artes de NYU, se había peleado con su amante, éste se había ido y ella, también muy bebida, despotricaba en un rincón. Los chicos –así los llamaba yo mentalmente, Mamma's Boys, aunque algunos eran mayores que yo– parecían estar pasándola bien, posiblemente porque también pensaban, como David y yo, que la pasarían aún mejor, unas horas más tarde, en los bares del Village. Recuerdo mal los detalles de esa noche, acaso porque la he perfeccionado en la memoria, reduciéndola a unos pocos momentos únicos. Sé que en algún momento alguien dijo ¿por qué no vamos a Times Square a ver caer la bola?, va a ser un loquero pero who cares, y después seguimos viaje, y otros dijeron si no vamos todos alguien se tiene que quedar con Julia, y yo dije inmediatamente yo voy a Times Square, David estaba hablando con mi madre (qué suerte, recuerdo que pensé, así se conocen mejor mi madre y mi mejor amigo), y yo les dije yo voy y vuelvo enseguida, viendo desaprobación en los ojos de mi madre y cierto temor en los de David, y Michael dijo, con ironía, yo los vigilo, y también pienso que se quedaron otros (la asistente de mi madre seguro, se había dormido en el rincón) porque todavía había mucho ruido en el taller, cuando llegamos a la planta baja todavía se oían gritos.

No sé cómo se me ocurrió ir a Times Square ni cómo pude pensar que volvería de allí enseguida. Había tanta gente que casi no se podía avanzar, muy pronto me vi separado de los otros. Habré vuelto como a las dos horas, maltrecho de los empujones, y algo molesto de tener que ir a recoger a David y a desearle feliz año a mi madre cuando hubiera preferido seguir viaje rumbo al Village. Subí los cuatro pisos hasta el taller de mi madre, ya no había ruido. Estaba desierto, o casi: la asistente seguía acurrucada en el rincón, Michael en el sofá con uno de los gatos de mi madre dormido en el pecho. Y en el dormitorio, cuando abrí la puerta en busca de alguien que hubiera permanecido despierto, mi madre y David, sobre la cama sin deshacer, también dormidos, David con la cabeza sobre el pecho de mi madre. Están vestidos, recuerdo que me dije, no debe de haber pasado nada, están vestidos. Cerré la puerta, fui a casa de David a recoger mis cosas, y me mudé a un hotelucho de la calle 34 ese mismo día. Empezaba otra etapa de mi vida.

XXII

Me lo podrías haber preguntado a mí directamente, yo era muy amiga de él, me dice Beatriz, cuando le pregunto por Jorge. La noticia me deja atónito y una vez más me reprocho el ser esquivo, como si quisiera sorprender pistas secretas, alusiones veladas que me permitieran a mí (y a mí solo, como si fuera el único, magistral pesquisa) establecer conexiones o descubrir la verdad. No hay explicación para todo pero sí para algunas cosas, continúa Beatriz, oracular e inexorable. Estamos sentados en un banco del Jardín Botánico, vigilados a distancia por una colonia de gatos hambrientos, luego de haber dado una vuelta por el Jardín Zoológico. Yo había insistido en ir allí en nombre de no sé qué memoria borrosa pero lo único que recordé, al pasear por ese lugar que se me antojó triste, mal cuidado, lleno de animales desganados, fue un cuento de mi madre, de cómo un día estaba parada mirando un león en su jaula cuando un muchacho, que obviamente quería levantarla, le dijo haciéndose el gracioso ¿Y si la devorara? Y ella le había contestado, me atemorizase, y el muchacho se había ido rápido, nunca fue tan eficaz el imperfecto del subjuntivo, se reía mi madre, que algo había aprendido, decía, con las monjas de la Asunción. Mientras le cuento el cuento a Beatriz que lo escucha sin comentario me doy cuenta de lo artificial que suena, como suenan, pienso, todas las anécdotas de mi madre, demasiado estilizadas cuando las cuenta otro, sólo eficaces cuando las habitaba ella con su voz, dándoles cuerpo.

Jorge, porque por fin he decidido preguntarle a Beatriz

por Jorge, luego de las evasivas de Samuel, Jorge hablaba mucho de tu madre, de lo que de ella le contaba Samuel pero sobre todo de la relación que él tenía con ella personalmente, porque sabrás que también fueron muy amigos, o tampoco tenés ese *dato*, dice, con énfasis irónico en la última palabra. No le contesto porque no quiero darle la razón: no, no tenía ese dato, porque mi madre había dejado casi de hablar de Samuel y creo que nunca le oí mencionar el nombre de Jorge, aunque no podría jurarlo; como yo no sabía quién era Jorge acaso lo haya hecho sin que yo me diera cuenta.

Qué pena que no llegaste a conocerlo aquí en Buenos Aires, prosigue Beatriz, era muy divertido, contaba muy bien, había hecho del chisme un arte. Tenía gracia hasta cuando contaba cuentos que lo hacían quedar mal a él, no mal mal pero en posición deslucida, creo que eran ésos sus mejores cuentos, sabía que burlarse de uno mismo da permiso para burlarse, con tanta más saña, de los demás. Era distraído, sabés, y fabulaba como los dioses, me acuerdo que una vez lo acompañé a una reunión ya no me acuerdo en casa de quién y entró un hombre corpulento de ojos rasgados, y la mujer del agregado cultural francés, con quien Jorge quería quedar bien, le pregunta quién es y Jorge, muy suelto, le dice l'ambassadeur du Japon y a los dos minutos el embajador del Japón pela una guitarra y se pone a cantar porque era Atahualpa Yupanqui. Tenía otro cuento lindísimo, había una mujer que se enamoró de él, o se calentó con él, da lo mismo, no sé bien quién era porque esto pasó cuando yo era muy chica y Jorge me lo contó mucho después, era muy buenmozo, sabés. Pero Jorge ya estaba con Samuel, o no, pregunto, siempre atento a estas vagas cronologías de

119

Beatriz que me eluden. Sí, supongo, dice Beatriz, impaciente, pero no tiene que ver con la historia, lo cierto es que esta mujer, que por otra parte tenía amores con otra que según parece estaba bastante enferma, se lo quería llevar a
Jorge a la cama y Jorge le decía que no le gustaban las mujeres, y ella le insistía, vos no te preocupes que yo hago todo, hasta que un día lo convenció de que posara para ella
(era pintora a sus horas) y así fue, de veras ella hizo todo,
contaba Jorge, todavía sorprendido y halagado, después de
tantos años. Pero el cuento no acaba ahí, sigue Beatriz, parece que la mujer, encantada con Jorge, le regaló un reloj
que había sido regalo de su amante, la que estaba tan enferma. Pasaron meses y el asunto con Jorge no llegó a nada, y
la mujer se arrepintió de haberle regalado el reloj, y empezó a reclamárselo, sin ningún éxito, contaba Jorge, porque
él lo consideraba suyo, algo así como el pago por sus servi-
cios aunque no lo decía tan crudamente, hasta que un día
ella lo llamó por teléfono y le dijo, mirá, me tenés que devolver ese reloj inmediatamente porque es regalo de Fulana
que está muy enferma, sabés, y cuando yo me siento al lado
de su cama para acompañarla, ella me pregunta todo el
tiempo ¿qué hora es?, y yo no puedo decirle la hora porque
no tengo el reloj y tengo miedo de que se dé cuenta, eso le
haría mucho mal, un mal enorme, podría matarla. Contaba
Jorge que la excusa lo había divertido tanto que terminó por
devolverle el reloj. ¿Y la otra se murió?, pregunto, llevado
por el cuento. Puede ser, me contesta, pero no de no saber
la hora, o a lo mejor no se murió y la vas a conocer en cualquier momento ¿por qué te importan tanto los detalles que
están fuera del cuento? No obstante insisto, quiero saber

quiénes eran, me digo que para mayor seguridad a lo mejor me atrevo a preguntárselo a Samuel, quien sin duda también conoce esta historia. Beatriz me dice que no sabe quiénes eran pero que that's not the point, que lo que importa es la gracia de la historia, el estilo, no la identidad de los protagonistas, que yo soy el escucha más literal y más frustrante que ha conocido en mucho tiempo.

La figura de Jorge me sigue intrigando pero sospecho que Beatriz no dirá nada más por hoy. Tanto ella como, desde luego, Samuel lo pintan como una figura deslumbrante pero tengo la sensación de que carece de espesor, que no tiene trayectoria, quiero decir, tengo la sensación de que Jorge sólo existe en estas repentinas apariciones, como pequeñas fiestas o epifanías en que encandila y luego desaparece. No parece haber una historia de Jorge, no hay un después para esas anécdotas ¿qué fue de él? Porque tengo la sensación de que no ha muerto, que simplemente no está, que ya no brilla aquí sino en otra parte. Me atrevo a preguntarle a Beatriz qué pasó con Jorge y me contesta simplemente tuvo que irse, con lo que deduzco que su alejamiento se debió a causas políticas. Esto me sorprende: me cuesta conciliar la aparente ligereza de Jorge, el encanto superficial al que apuntan todos los relatos sobre él, con un activismo ideológico. Le pregunto si estaba metido en política y me dice no me hagas ir por allí porque no quiero, sólo te voy a decir que lo delató alguien que le tenía rabia y que estaba muy bien ubicado. Decime sólo adónde se fue, le pido. Me mira con sorpresa: Se fue a Estados Unidos ¿no lo sabías? Yo estaba segura de que tu madre había mantenido con él algún contacto. Hace años que vive en Nueva York.

XXIII

Cuando ustedes se fueron, y te prevengo que yo no me enteré hasta bastante más tarde, todo el mundo se quedó muy sorprendido, sabés que Buenos Aires es una aldea, me dice Eduardo García Vélez, el hermano de Juan a quien vuelvo a visitar, cuando ustedes se fueron tu padre se fue aislando más y más. Vivía solo en esa casa que se caía de vieja. Yo no sé qué limpiaría esa mujer porque Juan decía que la casa estaba siempre inmunda, fue una lástima, al quedarse solo tu padre se dejó estar. En fin. Creo que la mujer le hacía de intermediaria con el mundo exterior, te quiero decir para las cosas prácticas más mínimas, para el resto estaba Juan, y te aclaro que tu padre no lo dejaba hacer mucho a pesar de que se veían todos los días, Juan hasta a veces se quedaba a dormir cuando tu padre no se sentía bien. Una vez en su casa, quiero decir en casa de Juan, vivía en este mismo edificio, sabés, en el piso de abajo, vi dos sulfuros que nunca había visto antes, eran muy raros y muy buenos, yo algo sé de sulfuros. Le pregunté de dónde los había sacado, me dijo que eran de casa de Charlie, o mejor dicho de Boy, porque así lo llamaba él. Yo insistí ¿te los regaló?, porque sabía lo amarrete que se había vuelto tu padre en los últimos tiempos, antes era muy desprendido, por lo menos en público, y Juan dijo que sí, medio incómodo, y ahí me di cuenta de que Juan de vez en cuando (a lo mejor siempre) se cobraba la amistad sin que tu padre lo supiese, no prestaba mucha atención a lo que lo rodeaba. Me quedé bastante sorprendido pero se me pasó y pensé después de todo ¿por qué no?, es el único que lo cuida. No sé por qué te estoy contando esto que deja bastante mal parado a mi hermano, te aseguro que adoraba a tu padre, no sé lo que habría dado por hacerlo feliz. ¿De dónde serían los sulfuros?, le pregunto, de veras intrigado porque no le conocía costumbres de coleccionista a mi padre y creía que mi madre se había llevado todo lo suyo cuando se fue de esa casa. Seré chismoso, pero adivino no, me contesta. Me atengo a los hechos.

Lo que tu padre no perdió fue la pasión por el juego, lo único que lo hacía salir. Eso y su única comida diaria, que no sabés lo que era. Se levantaba muy tarde, como a las tres de la tarde, metía los perros en el auto y se iba a uno de los carritos de la Costanera, como vivía en las barrancas de Belgrano le quedaban cerca, compraba seis sándwiches de chorizo, dos para cada uno de los perros y dos para él. Imaginate el colesterol. Creo que ése era su desayuno, que acompañaba con ginebra, the best eye-opener, le oí decir alguna vez. Después, según contaba Juan, no se lo podía molestar, de cinco a siete, decía él, me ejercito con el naipe, como un violinista, para mantener los dedos ágiles. Luego se bañaba y salía a jugar, la cabeza fría, tranquilo, fresco como una lechuga, a enfrentarse con contrarios, en general aficionados que venían cansados, así que ya en ese aspecto les llevaba ventaja. El resto era pura habilidad. Tenía una memoria impresionante, dicen (hasta en París me lo han dicho) que era capaz de reconocer las cartas por el lomo, porque siempre un naipe es distinto a otro, por aquello de que no hay dos cosas exactamente iguales en el mundo. Lo único que siempre exigía era que lo dejaran mezclar las cartas durante unos minutos antes de distribuirlas, no sé si por cábala o para memorizarlas. Mientras jugaba no bebía, increíble ¿no? Después, a las cinco de la mañana, lo juntaban con cucharita. Era profesional a su manera, no era exactamente lo que se dice un pequero, pero andaba cerca. Lo que nunca conseguí explicarme es qué hacía con lo que ganaba. Porque ganaba mucho, me dicen, y no se le conocían otros vicios que el que ya sabemos, que tampoco era para tanto porque lo podía controlar. Era todo un caballero tu padre.

Ya en la calle, después de haberme quedado una hora más con Eduardo García Vélez sin enterarme de otra cosa que de sus lucidas actuaciones judiciales, contadas con todo detalle, se me ocurre preguntarme dónde estarán ahora esos sulfuros que Juan le robó a mi padre. Tengo la certeza de no haberlos visto jamás en la casa de mi infancia. Me perturban; no tanto que Juan se los haya apropiado como que mi padre tuviera objetos de valor en su casa, objetos que revelaban un criterio estético del que, según mi madre, carecía por completo. Seguramente no provenían de su familia angloirlandesa, más atenta al confort que al estilo, esos parientes contra los que mi madre despotricaba, en las escasas ocasiones en que no podía evitar verlos, diciendo que habían hecho de lo cozy una virtud cardinal. ¿Qué otra vida tendría mi padre en la que figuraban el arte y esa apreciación estética que mi madre le negaba y yo le desconocía, con quién habría compartido el placer de esos sulfuros? ¿O habría sido el único en mirarlos, como quien se entrega a un placer secreto, tanto más grato cuanto solitario? No conocía yo los gustos artísticos de mi padre, sólo recuerdo que leía mucho. Eran lecturas que mi madre, con su habitual esnobismo, también habría calificado probablemente de cozy, siempre libros en inglés que solía comprar en una de las dos librerías inglesas del centro, Mitchell's o Mackern's. Recuerdo las pequeñas etiquetas doradas, pegadas en la primera página de aquellos libros que yo miraba a escondidas cuando él no estaba en su escritorio. Mi padre leía sobre todo libros de viajes, expediciones árticas, recorridos transiberianos, arduas travesías y peripecias últimas que, pienso, debía encontrar vagamente reconfortantes: otros corrían peligro, otros cometían hazañas, otros morían en su lugar. Consideraba (se lo oí decir, un día que se peleó con mi madre) que toda ficción es aburrida, sobre todo la que escribían los escritores amigos de mi madre. También le gustaba leer correspondencias ajenas, quizá porque encontraba en ellas una posibilidad de comunicación que parecía negarse a sí mismo. En este panorama si no cozy por lo menos intelectualmente previsible, no cabían los sulfuros, la admiración por los sulfuros, demasiado exóticos, demasiado artísticos, demasiado, por qué no, femeninos. Sonaban una nota falsa, levemente inquietante. Sin duda habría habido otra gente en la vida de mi padre después de que nos fuimos, quizá otras mujeres ¿quiénes serían?

Me perturban estos sulfuros pero no creo que valga la pena averiguar más; tampoco sé a quién acudiría en busca de información. Opto por respetar la oscura, misteriosa circulación de los objetos. También opto por no pensar en la otra circulación, igualmente misteriosa, de juego y dinero. ¿Qué hacía con su dinero mi padre, puesto que dejó sólo deudas? Porque ganaba, dice Eduardo.

Camino por Paraguay hacia el este cuando súbitamente se me ocurre ir a ver si todavía están las librerías inglesas. No voy en busca de revelaciones: de pronto me asaltan ganas de leer en inglés, de hojear libros en inglés, de comprar algún libro en cuya primera página peguen una etiqueta dorada como las que tenían los libros de mi padre. Hoy yo también opto por lo cozy. Pero en vano recorro la calle Sarmiento, luego la calle Perón que antes se llamaba Cangallo, entre Florida y San Martín, luego entre San Martín y Reconquista, en busca de esas librerías. No las encuentro, me pregunto si me he equivocado de dirección o si ya no están. No costaría nada preguntar, pienso; pero no lo hago.

XXIV

Cuando terminó la guerra, me cuenta Beatriz, Buenos Aires entró de lleno en las celebraciones. Yo recuerdo que mis padres me llevaban a todas partes con ellos, a comer afuera, muy tarde, y también a muchas fiestas. Me instalaban a dormir en dormitorios ajenos, en camas desconocidas donde la gente dejaba abrigos y a veces otros chicos dormidos. Yo no siempre dormía, me divertía espiar. Desde el descanso de la escalera se podía ver sin ser visto. De abajo subía música, cantaban himnos, la *Marsellesa*, *God Save the King*, *The White Cliffs of Dover*, también bailaban foxtrots y se ponían en hilera para bailar congas, cada tanto alguien gritaba, emocionado y borracho, Vive la France!, como Yvonne en *Casablanca*. Cuando la escalera no tenía descanso o cuando yo tenía mucho sueño me quedaba en la cama, junto a los abrigos. A veces entraba alguien para buscar algo, un pañuelo, no sé. Una vez, recuerdo, entraron un hombre y una mujer, al hombre lo conocía porque era amigo de tu padre, por lo menos eso me había dicho Ana, sonaba enojado y la mujer parecía tener miedo porque le temblaba la voz, le decía necesito dos días más, te aseguro que nadie se va a enterar, dejá que lo arregle todo Max. Yo también tenía miedo, miedo de que se dieran cuenta de que no dormía y los había oído, y mantuve los ojos bien cerrados. Sabía quién era Max porque en casa le decían León Hebreo y decían que la madre era judía o por lo menos tenía facha de judía, y posiblemente también lo fuera el padre, aunque el apellido también podía ser alemán, decían, alemán no judío,

y tenían campos (aunque agregaban que también los tenían los Milberg), y yo nunca llegué a saber qué era lo que
tenía que arreglar Max ni tampoco si era o no judío, pero
a fin de cuentas no importa, ellos necesitaban que lo fuera. Eran bastante antisemitas, sabés, por lo menos mi padre,
aunque lo disimulaba en público creo que para no parecer
nazi. Pero también mi madre y posiblemente la tuya, de tu
padre no sé. Todo el mundo era bastante antisemita, así,
con toda naturalidad. En Mar del Plata había letreros pin-
tados en las paredes de los baldíos, junto a Perón-Quijano
o Tamborini-Mosca, decía "Haga patria, mate un judío".
No sé si decía "a un judío" o simplemente "un judío", me
parece que así, sin preposición, como quien dice mate una
cosa no a una persona. Yo me acuerdo de una vez en la playa, jugaba con una chica a quien no quise prestar una pa-
lita y se enojó y me dijo "Judía" y yo sin vacilar le contesté
"Alemana". Cuando conté la pelea en casa te imaginás la
que se armó, mi madre decía cómo se atreve y quién es la familia, mi padre farfullaba que ser alemán se había vuelto
un insulto gracias a los diarios y mirá qué efecto tiene en
los chicos.

También me acuerdo de las vueltas a casa de madrugada,
después de esas fiestas que terminaban todas con *Good Night
Ladies* o con *Tipperary*, prosigue Beatriz, yo medio dormida
en el asiento de atrás, oyendo lo que decían mis padres sobre la fiesta de la que veníamos, no se ponían de acuerdo,
muchas veces acababan peleados, mi padre era simpatizan-
te tardío de los aliados, habrás oído hablar de su nacionalismo, Ana en cambio era totalmente francófila. Interrumpo:
Yo te hacía más joven, creía que habías nacido después de

la guerra, como yo. Y te aclaro que mi madre no era antisemita. Claro, después de la Guerra del 14, me contesta burlona, y agrega tajante, te repito que los argentinos son todos antisemitas. End of discussion.

Es mayor, entonces, de lo que yo pensaba. Bastante mayor; me lleva, calculo, como dieciséis años. Por alguna razón, esta revelación me incomoda, me impulsa a repensar mi relación con Beatriz. La veía como una hermana, algo mayor, sí, pero hermana al fin. Ahora se me vuelve, en cierto sentido, figura de autoridad. Vuelvo a sentirme inepto, me pregunto por qué me cuenta estas cosas. Resulta irónico que me esté enterando de detalles de la pequeña historia de Beatriz, que sepa que el peón de cocina abusó de ella y que los padres la llevaban a las fiestas del armisticio, cuando no sé dónde vive, ni sé qué hace, ni tengo su número de teléfono. Más tarde, cuando Beatriz ya se ha ido pretextando no sé qué diligencia y yo estoy por llamar al mozo para pagar, caigo en la cuenta de algo que aumenta aún más mi desazón. Si Beatriz nació al empezar la guerra tiene que tener recuerdos de mi madre de esos años, ¿por qué no habla nunca de ella o hace como si no se acordara? ¿Y cómo mi madre, en las pocas ocasiones en que hablaba de Ana, no mencionó nunca a su hija, Beatriz?

No entiendo la complicada geografía de mis encuentros con Beatriz, siempre dictada por ella: sólo sé decir que no nos encontramos nunca en el mismo lugar, como si cada encuentro fuera de nuevo el primero, como si no fuera posible el hábito, la progresión, la familiaridad. Salgo del café y camino a la deriva, me cuesta seguir por Florida, tan venida a menos, tan distinta de la calle adonde de chico le pedía a mi madre que me llevara para, decía yo empleando un término cuyo sentido no entendía: *paquetear*. Y mi madre me llevaba, no a paquetear sino a que la ayudara a cargar con sus compras. Recuerdo particularmente una zapatería donde un empleado, que se llamaba Vidal, parecía tener a su cargo los pies de mi madre. Ella decía que se parecía a Perón pero en bueno y como yo no sabía cómo había sido Perón no podía opinar. Vidal corría a atendernos no bien entrábamos, con grandes sonrisas, me palmeaba la mejilla, a mi madre la hacía sentar, le quitaba los zapatos que llevaba puestos, le sostenía, por un momento, un pie, luego el otro, sentado en un banquito que parecía un pequeño tobogán, tan bajo que Vidal parecía estar de rodillas. Mire que yo le confío mis pies, Vidal, a ver qué tiene para mí, le decía mi madre, y Vidal se atareaba por encontrarle el zapato perfecto, la medida justa. Pasábamos horas allí, mi madre y Vidal embobados en este fetichismo recíproco, ay disculpe Vidal, pero usted es el único que entiende mis pies, muéstreme de nuevo los azules trotteur, pero no faltaba más señora, ya le dije que eran para usted, va a ver cómo se los miran. La zapatería se llamaba López Taibo; no he podido encontrarla en la calle Florida, acaso ya no esté.

Tomo por Paraguay hacia el bajo, bordeando Harrods, otra ruina a punto de cerrar, dicen, y me distraigo en una tienda de recuerdos autóctonos llena de turistas norteamericanos, Come and see this, Joe. Un insólito objeto me llama la atención en la vidriera, miro más de cerca y veo que son dos llamas de cerámica en pleno acoplamiento, una encaramada sobre la otra, y me digo que es un regalo ideal para Simón. Se lo señalo a la empleada y, por no saber qué decir,

pregunto lo impreguntable, para qué sirve, y me dice bueno, puede ser un adorno, o un candelabro, ve hay lugar para una velita en la cabeza de la llamita ésta, dice señalando
al macho montado sobre la hembra, es un objeto alusivo,
agrega. ¿Alusivo? (No pregunté.) Cómo lo extraño a Simón.

Llegando ya al hotel, me vuelven fragmentos de la conversación con Beatriz, los argentinos son todos antisemitas.
Beatriz tiene razón. La judía de la esquina, recuerdo que
decía mi madre, así no más, refiriéndose a una vecina con
la cual tenía, por otra parte, excelente trato. Decile Sra. de
Eichberg, le pedía yo, sintiéndome incómodo. Si a tu padre
lo llaman el inglés de la casa del gomero ¿por qué no la
puedo llamar así? Es sólo una manera de hablar. Sí, los argentinos son todos antisemitas. Pero ¿por qué mi madre no
hablaba nunca de Beatriz?

XXV

El cuarto de Ana da a un patio interno lo suficientemente amplio para que tenga buena luz. Mira al norte y tiene un pequeño balcón de hierro forjado, donde le dejan tener unas plantas, malvones creo, que cuida con ejemplar cuidado porque quién sino ella, me dice, se va a acordar (su empleo del verbo me parece notable) de regarlas. La atención que les dedica es incluso excesiva: esto se me hizo patente la primera vez que hice un comentario, algo así como qué bien que las plantas miren al norte, así les da sol a mediodía, a lo que me contestó que también miraban al este y al oeste. Como vio que yo no entendía (estaba desconcertado pero dispuesto a aceptar cualquier cosa, incluso que quizá le prestaba las plantas a algún otro ocupante de la casa), se levantó, dejá que te muestre, me dijo con tono condescendiente, como quien le explica algo a un chico un poco lerdo. Inclinándose pesadamente para recoger la maceta rectangular adosada a la reja del frente del balcón, la corrió hasta ponerla perpendicular, paralela al lado izquierdo del balcón, ahora miran al este, dijo, y luego, corriéndola una vez más hasta adosarla al lado opuesto del balcón, ahora miran al oeste. Sin pensarlo, objeté: Pero siguen estando en el mismo balcón que sólo recibe sol cuando el sol está en el norte, a mediodía, como toda esta parte de la casa. Me miró de nuevo con infinita paciencia. Por eso me levanto temprano a correrlas para hacer que miren al este y después, a media tarde, las corro de nuevo para que miren al oeste. Vi que llevaba las de perder en esta complicada astronomía en la que de pronto el verbo mirar, atribuido a las plantas, cobraba nuevo y extraño significado, y me quedé callado, pero luego asistí a una discusión que hizo que me diera cuenta de que el cuidado de estas plantas era fuente de discusión permanente con Agustina. No me corra más el macetero o se lo quito, le oí decir, tiene el balcón hecho una porquería, lleno de bichos de humedad. Y Ana, altiva: Yo entiendo mejor que usted qué exposición necesitan las plantas, no me dé lecciones, que sé lo que es un jardín. Parece que es verdad: Beatriz, a quien le comenté la historia me dice que sabía mucho de plantas y que en La Cumbre tenía un jardín espectacular. Es raro, Beatriz no había reparado nunca en este ritual diario con el macetero.

Cuando voy a ver a Ana (y me doy cuenta de que voy más a menudo, por lo menos tres veces por semana) suelo quedarme hasta tarde, bien pasada la hora de la comida que por otra parte sirven muy temprano. Ana come en su cuarto; puntualmente a las seis y media le traen una bandeja con una presa de pollo asado, una porción de puré de papas, y una compota de fruta o un pedazo de torta. El menú es casi siempre el mismo, con mínimas variaciones. Me pregunto si tiene que ver con el hecho de que está desmemoriada y por lo tanto no importa que haya comido lo mismo ayer, o anteayer, o el día antes, porque no se acuerda. Pero me digo que no todos los pensionistas de esta casa sufren de pérdida de memoria; el menú es siempre el mismo porque resulta más barato o porque a nadie le importa cambiarlo. En todo caso, cuando toca torta, Ana invariablemente se queja de que le han traído una cucharita, el postre no se come con cuchara se come con tenedor, esta gente no entiende, me dice, no tiene roce. Me maravilla esta preocupación por la etiqueta de mesa en alguien que acto seguido no vacila en comer el pollo con las manos, deshilachando trozos de carne que se lleva a la boca, limpiándose los dedos en la sábana. Me cuesta mirarla cuando come, cuando de pronto deja de masticar y se queda absorta, como si no recordara cuál es el paso siguiente, y la comida comienza a gotearle por la comisura de los labios. Seguí comiendo, le digo, masticá, y entonces, dócilmente, como quien necesitara ese aliento para recobrar el mecanismo perdido, reanuda el movimiento de los dientes, estaba descansando, me dice. Me voy quedando porque pienso que después, apaciguada por la comida, se irá amodorrando, y que en esa duermevela, distinta de su nebulosidad diurna, acaso surja algo. Pero lo que suele surgir son las obsesiones y las manías, no siempre las mismas. Le tiene rabia, por ejemplo, a la mujer que ocupa el cuarto contiguo y que se ha internado no hace mucho, por voluntad propia, para evitar la vigilante y acaso no desinteresada solicitud de sus parientes. Es de las pocas a quienes les está permitido salir sin acompañante y Ana declara, con tono crítico, que es demasiado paseandera. También es simpática, le digo yo, podrías hacerte amiga de ella. Es judía, me contesta, cerrando el tema. Días más tarde, habiéndome enterado por Agustina de que el hijo de la mujer es organista en una iglesia de Belgrano se lo cuento a Ana, ya ves, no es judía. Son todos iguales, me dice, se convierten.

A veces se queda dormida no bien pronuncia una de esas frases lapidarias, brutalmente críticas, que siempre me sorprenden; es como si la poca razón que le queda se refugiara en esas aseveraciones tajantes, discriminatorias, que pronuncia con tanta satisfacción. Pienso que es una estratagema para asegurarse de que no está del todo ida, algo así como un "critico, luego pienso". Cuando se duerme así suelo quedarme unos minutos más, mirándola. Anoche soñó en inglés, la oí nítidamente. No me dejes sola esta noche, me había dicho con la voz quebrada, y yo le aseguré que me quedaría. Dormiría en el sillón, le dije, pensando que sólo lo haría hasta que se durmiese, hasta que cambiara el turno de las enfermeras y llegara Dora, la única a quien tenía confianza y con quien me sentía unido por no sé qué complicidad. Pero debo de haberme quedado dormido porque de pronto me sobresaltó su voz, pastosa de sueño. No me toques así, decía agitada, no, así no, que me das miedo. Y luego, como respondiendo a la voz muda de la otra persona, sumida en la bruma de su memoria, inaccesible para mí, agregó como con lástima: Cuando ya no te acuerdes de mí, te acordarás de esta caricia, y no sabrás a quién se la hiciste, y ese no acordarte será intolerable. A quién le habla, me pregunto, estremecido por esta última declaración, casi una condena, con la sensación de estar espiando algo que no entiendo. Entonces empezó a gemir y le dije no llores, mamá, aunque no era mi madre. Volvió a sumirse en un sueño profundo y por la puerta entreabierta vi entonces la cara sonriente de Dora que, sin palabras, me invitaba a partir. No llores, mamá, volví a decir, aunque no era mi madre.

XXVI

Visito a Samuel, ya convaleciente, en el Hospital Alemán. Es evidente que se siente mejor porque enloquece a las enfermeras con exigencias y desplantes. Cree que es gracioso, que le tienen simpatía; en realidad están hartas, no ven el momento en que lo den de alta, y en voz baja lo llaman el viejo maricón o, más escuetamente, Pituquín.

Me preguntaba dónde estaba el resto de la familia de Samuel ya que en ninguna de mis visitas –y ya van varias– me he encontrado con Luis Quesada. Samuel me dice que está muy ocupado y que, de todos modos, es tan pesado y se cree tan importante que es mejor que no vaya nunca, es de ésos que cuando se acuestan dejan dicho que los despierten al rayar el alba. Al entrar al cuarto hoy me encuentro con una mujer, a punto de despedirse. Samuel me la presenta como su sobrina, Teresa Costa. Aparenta tener unos cincuenta años aunque, después de haberme equivocado con Beatriz, no podría asegurarlo. Es simpática y desenvuelta, con ese aire algo vulnerable que encuentro en ciertas mujeres argentinas que lo tienen todo y a la vez se sienten tremendamente inseguras, un aire con el cual de algún modo me identifico y que me conmueve oscuramente. No te olvides de hacer lo que te dije, le dice Samuel cuando se va. Me siento excluido y, por alguna razón, celoso: No sabía que tenías una sobrina, le digo, como un reproche. Si vamos a enumerar las cosas que no sabés de mí, vamos a estar horas, m'hijo.

Me doy cuenta de que, por un lado, me siento como si lo hubiera conocido toda la vida, hemos llegado muy rápido a una confiada amistad; pero por otro, pienso que conozco muy poco de su pasado, salvo lo que me ha contado mi madre y lo que me va contando él ahora en sus anécdotas tan bien armadas. Si fuera un nuevo amante le haría preguntas, le pediría que me contara cosas, cómo eran tus padres, cómo te trataban de chico, saben que sos gay, se lo dijiste, cómo reaccionaron (You've spoiled the word gay for me forever, contaba David que le había dicho la madre), te gusta el ajo, te gusta Marlene Dietrich, te gusta Barbra Streisand, con quién te acostaste por primera vez, qué hiciste, te dolió, quién fue tu primer amor. Pero no es un amante, y no lo conozco lo suficiente como para preguntar, y tiene la edad que tendría mi padre si estuviera aún vivo. Es él quien elige, con ejemplar sabiduría, el material de su narración; yo escucho. De sus relatos me interesaba sobre todo al principio lo referente a mi madre. Con el pasar del tiempo me está interesando también lo referente a él.

Con tu madre había una cuestión de clase de por medio, ¿comprendés?, empieza como si continuara una conversación. Yo pertenecía a esa elusiva categoría llamada "gente bien de Belgrano", categoría que debe su existencia al apasionado esnobismo de la gente bien de Belgrano, dont je suis. Tu madre, en cambio, como es obvio, pertenecía a la llamada aristocracia, las copetudas como las llamaba mamá. Estas sutilezas te parecerán bizantinas a vos que te criaste en Estados Unidos, pero acá tienen, o tenían, su peso. No creo que haya país más atento a los matices de clase que éste. Ni tampoco tan inseguro ni tan snob, desde luego, te acordás aquello de la más sincera de las pasiones argentinas. Tu madre se permitía desplantes de niña bien, yo –porque era varón,

porque era menos bien, porque era homosexual, qué sé yo–
era más circunspecto. Ahora sería distinto.

Hay una frase que ustedes usan en inglés –to go slumming–
que a tu madre le venía al dedillo. Con esa suerte de esnobismo al revés que también es típicamente argentino, a tu madre
le encantaba comer en fondas, tomarse el tren al Tigre y luego una lancha a algún recreo, tomar vermut, comer salamín,
hablar con la gente, imaginarse por un momento parte de
otro mundo, de un mundo no siempre discreto y armónico
de gente que veraneaba en Mar de Ajó y que hacía compras
en tiendas que se llamaban Albion House o La Piedad. Lo que
te cuento parece frívolo y sin duda lo era, hasta que algo pasó
y tu madre cambió. Abandonó ese turismo por las clases bajas
y otras mil afectaciones, dejó de decir "addio" en lugar de
adiós (¿de dónde habrá salido esa costumbre, con la italofobia
que había en esa clase?), lo conoció a Batlle que era más o menos su mentor, y empezó a dedicarse más en serio a la pintura. Fue entonces también que se separó de tu padre, aunque
no creo que el cambio en ella fuera resultado de esa separación. Ella ya había cambiado. Algo pasó.

Entiendo a qué época se refiere porque, por una vez, corresponde a mis recuerdos. Mi madre, en el living que hacía
las veces de taller, y yo en un rincón, haciendo como si leyera, espiándola. Nos habíamos ido a vivir los dos solos, tengo
recuerdos confusos del departamento adonde fuimos a parar, sé (porque ella me lo dijo luego), que estaba en la calle
Ecuador en un edificio de los años treinta, que tenía una pileta de natación en la azotea aunque no recuerdo haber na-
dado nunca en ella. Nos llevamos muebles de la casa de mi
padre (es curioso, a partir de ese momento siempre pensé

en aquella casa como la casa de mi padre, como si hubiera dejado de ser nuestra), eran muebles grandes, más bien pesados, que quedaban raros en esos cuartos tan blancos, de proporciones tan distintas. Nos hemos tenido que reducir, oí una vez que mi madre le decía a alguien, y me llevó un tiempo darme cuenta de que no se refería simplemente al espacio. Con ella me sentía a salvo, como si los dos hubiéramos escapado de algo muy terrible. Desde el rincón donde me instalaba a leer o a jugar veía la puerta que daba a su dormitorio, siempre entreabierta, recuerdo el deslumbramiento que me producía la visión de ese cuarto, con su cama habitualmente a medio hacer como si mi madre se acabara de levantar, infinitamente repetida en las hondísimas perspectivas de las tres fases de un espejo veneciano, con pimpollos de rosa rojos y hojas verdes, de madera, en el marco, un regalo que le habían hecho a mi abuelo, decía mi madre, cuando era embajador. Yo quería mucho a mi madre en ese entonces y no era infeliz.

No le cuento esto a Samuel porque es un momento demasiado especial para mí, difícil de poner en palabras. En cambio le hago un chiste, le digo que para seguir la tradición familiar voy a ir yo también al Tigre, le cuento que Beatriz me va a llevar al recreo donde se mató Lugones. Siendo hija de quien es te hará hacer una visita estupenda, me contesta burlón, es un milagro que no hayan transformado el recreo en santuario. Le digo que siempre me ha interesado Lugones, no sé exactamente por qué, que me impresiona sobre todo su muerte, la minucia con que parece haber planeado los últimos detalles, el cuidado con que cuelga el saco en una percha, y al mismo tiempo la torpeza, el hecho

139

de que tuviera que salir al monte a golpear el frasco de cianuro contra un tronco para romper el cuello porque no tenía con qué abrirlo. Pero Samuel no quiere dejar el tema de los parientes nacionalistas de Beatriz a quienes, por lo visto, desprecia: Son bastante siniestros, lo sabrás por tu madre, me dice. Las mujeres eran todas muy lindas y muy arrogantes, una de ellas cuando se casó entró sola en la iglesia, en la Merced tan luego, sin padrino, la gente se paraba en los bancos para verla. Pero las cosas que pensaban y decían eran por supuesto un espanto, me acuerdo que otra, le decían Tota, era cronista de sociales en el diario, le preguntó una vez a Gerchunoff, sabés quién era ¿no?, le preguntó a Gerchunoff si era judío y él le contestó sí, y cuando usted quiera, Tota, pongo la prueba en sus manos. Gerchunoff era brillante oralmente, compartía la oficina con Melián Lafinur. Era muy macaneador, cuando estaba contando un cuento que, evidentemente, era una invención, se daba vuelta y decía: "¿Te acuerdas, Melián?" y seguía sin esperar contestación. Melián, cuando quedaba solo, le decía a uno: "Yo nunca tuve nada que ver con esto". Pero me estoy yendo por las ramas, no sé cómo caí en Gerchunoff cuando te estaba hablando de la familia de tu prima Beatriz. El peor era desde luego el padre. Y luego, sin transición: A mí me impresiona que haya pedido que lo llamaran para la comida cuando era claro que se iba a matar antes. Es como un detalle excesivo, para afianzar una verosimilitud que él mismo iría a romper momentos más tarde. Entiendo que estamos hablando nuevamente de Lugones y no de Gerchunoff o del padre de Beatriz. No así el vecino de cuarto, ese viejo a quien Samuel a duras penas tolera y que a mí me divierte. Impermeable a las insolencias de Samuel, insiste en hacerse el simpático y meterse en la conversación. Ha seguido las palabras de Samuel con creciente aunque desigual atención. Si no se hubiera casado con una mujer que entró en la iglesia sin padrino, capaz que no se suicida en el Tigre, observa filosóficamente. Samuel hace un gesto displicente y suspira: mi cruz.

Dándole la espalda resueltamente al vecino, Samuel vuelve a Lugones, parece que la mujer, la de la epístola en francés de Darío (no sé bien a qué se refiere pero me callo), hablaba hasta por los codos y daba su opinión a quien quisiera escucharla y a quien no también, las malas lenguas decían que Lugones se había suicidado para que ella no lo interrumpiera más. Y luego, de nuevo sin transición: Te has fijado en la necesidad que tienen los argentinos de atesorar momentos, de preferencia macabros, en la vida de sus grandes hombres. El descarne de Lavalle, el delirio de Alberdi, el suicidio de Lugones, son las grandes escenas de la vida cultural argentina, para no hablar de Barranca Yaco. Te acordás aquello que dice Barrès (le digo que no, que sólo sé de nombre quién es Barrès, pero no me escucha), es algo que dice con mucha gracia, no me acuerdo dónde aunque lo tendría que recordar del Salvador, es un poco como lo de la composición de lugar de San Ignacio, que ciertas vidas son como estaciones ideológicas, tan benéficas, creo que dice Barrès, como las estaciones termales. Es un poco eso, ¿no? Ir a tomar ideología como quien va a tomar las aguas. Quiero decir, la escena memorable como cura, como bálsamo cultural, el Tigre o Huacalera, agrega malicioso, el Vichy o el Evian argentinos. ¿Por qué decís la necesidad que tienen los argentinos y no que tenemos?, le pregunto. ¿Vos dirías tenemos?, me devuelve la pregunta. Para mí es distinto, le contesto amoscado, viendo venir una discusión de la que presiento saldré mal parado. ¿Desde cuándo la primera persona plural es cuestión de geografía?, sigue, adivinando mi punto flojo. Por suerte tercia el vecino, inoportuno como siempre, o acaso por una vez oportuno: Se es argentino hasta la muerte, dictamina. Samuel pone de nuevo los ojos en blanco y aprovecho para despedirme.

Salgo a la calle de mal humor, como si Samuel hubiera ganado la partida en un juego cuyas reglas desconozco. Camino por Anchorena hacia Las Heras, de pronto recuerdo mi sorpresa la primera vez que le oí usar a Michael, el amigo de mi madre en aquella ciudad inhóspita a la que fuimos a parar, un insólito nosotros, decir, por ejemplo, ahora que estamos en Vietnam. Y recuerdo haberme dado cuenta, aun entonces y a pesar de ser chico, de que esa frase sonaba rara, y haberle preguntado a mi madre ¿por qué dice estamos si él no está y además no está de acuerdo con la guerra de Vietnam? Y mi madre me contestó tenés razón, ningún argentino hablaría así, diría ahora que este país está en Vietnam, aun si estuviera de acuerdo, ¿no?

Pienso de nuevo en el momento que mencionó Samuel, el momento en que mi madre empezó a cambiar. Pienso que fue ése el verdadero comienzo de su exilio. Pienso que no sé usar la primera persona del plural para decir que soy argentino pero que cada vez que oigo hablar castellano en Nueva York con acento de Buenos Aires todavía me doy vuelta creyendo que me están hablando a mí. Simón tiene razón: no hay que mirar para atrás.

XXVII

De nuevo la encuentro agitada, ya de vuelta en su cuarto después de haber asistido abajo a la acelerada misa que oficia el cura de la parroquia, una vez al mes. Habla sin parar; la mirada, ida, apenas acusa mi presencia, apenas registra el beso que le doy, levemente, en la frente. ¿Quién es Porfía? No me quieren decir y me mandaron callar, me dice. No sé qué responder y le sugiero (recordando un cuento que leí hace tiempo) que está pensando en alguien que se llama Porfiria. Porfía te digo, me corrige, irritada, hay que llevarle flores, a ella y a María, y yo no sé quién es. A lo mejor es amiga de Julia. Y a propósito, no sabés qué disgusto –me mira torcido, con un ojo que espía para el costado como si la estuviesen siguiendo, mirada que he aprendido a reconocer como signo de profundo desasosiego–, esto sí que te lo tengo que contar y te pido que me creas porque andan diciendo tantas cosas por ahí. Yo a Gerbi lo conocí primero, lo otro vino después, que Julia se deje de macanas. Y, mientras acuso recibo del apellido y lo asocio inmediatamente con lo que dicen que balbuceaba cuando tuvo el derrame, sigue: Creo que me lo presentó Samuel Valverde, no sé por qué habré estado yo con él porque en realidad no éramos tan amigos, sabés, él estaba enamorado de tu madre, en fin, enamorado como puede estarlo un maricón, le festejaba todas sus salidas y creo que se lucía con ella, así son ellos. Pero sí estábamos juntos tomando el té ese día, en una confitería de la calle Libertad que se llamaba La París y que creo que ya no está más, cómo me lo han cambiado todo, y vi que de pronto Samuel saludaba con gran aspaviento a alguien que en ese momento salía, con uno de esos gestos amanerados que divertían a tu madre y a mí me hartaban por lo chocantes. Me acuerdo de tres cosas de Gerbi ese día: estaba mal vestido, con un traje de sastrería demasiado ajustado, levemente guarango, tenía el pelo engominado, y unos ojos azules que te miraban muy fijo, no se te quitaban de encima. Era muy buen mozo pero siniestro.

Te sigo contando para que sepas, porque andan diciendo tantas pavadas por ahí, sobre todo Agustina. Yo no lo busqué a él fue él quien me llamó. Muy poco después, te prevengo, ese alcahuete de Samuel le había dado mi teléfono. Yo vivía sola en ese entonces porque quería estar en el centro y estaba harta de San Isidro, mamá no estaba contenta pero así fue. Me citó en el City Hotel a tomar algo y después fuimos a comer, a La Emiliana, creo, y no sé adónde más, total que esa misma noche acabamos en su cama. Vivía en un departamentucho de la calle San José, tremendamente desprolijo, con ceniceros llenos por todos lados, tenía la cama limpia, eso sí, era muy estrecha, me dijo que era la misma cama en la que dormía desde que salió del Liceo Militar.

Estoy a punto de preguntarle cuándo, en qué año, qué día, fue al City Hotel con este personaje del que aún no sé nada, cuando ella misma interrumpe su relato, como una máquina a la que se le ha acabado la cuerda. Me mira fijo sin de veras mirarme, como sonámbula, la cara entre burlona y desafiante: Y para que no anden hablando por ahí, y vos el primero, te digo que tenía un aparato enorme. Me cogió como nunca lo hiciste vos porque no sabés calentarme.

Me sacude la brutal franqueza y el detalle soez, a los que

estoy más que habituado en mis encuentros sexuales, cuando me divierten y me excitan, pero que aquí y ahora, en este cuarto de casa de viejos, en esa cama de hospital, en esos labios imperiosos, finos y arrugados, los labios de mi tía, la hermana de mi madre, que se está muriendo desmemoriada pero que se acuerda, extática, del tamaño del miembro de su amante y se lo cuenta a un interlocutor que acaso sepa o acaso no sepa quién es, me perturba de manera indescriptible. Sé que no me está hablando a mí, su sobrino. Pero también sé que de algún modo sí me está hablando, a mí, que no la sé calentar y por eso no la cojo bien. ¿Quién soy? Veo que, con deliberación, se empieza a acariciar, noto que la mano debajo de la frazada comienza a moverse rítmicamente y no logro (y tampoco quiero) desviar la vista: a la vez que habla le está hablando a Gerbi, a ese Gerbi que rescata con su memoria averiada y a quien hizo el honor de nombrar antes de perder la razón, le dice cochinadas, lo excita, alaba su proeza, le promete cualquier cosa, que lo querrá siempre, le dice que la hace gozar porque es el mejor, el único, que será su puta, le habla, me habla, como cualquier amante a cualquier amante, me promete cualquier cosa, a mí que miro e inexplicablemente me siento excitado, hasta que acaba, exhausta vuelve la cabeza entrecerrando los ojos, dice qué maravilla. Y mientras siento decaer la quemazón entre las piernas de pronto abre los ojos, me mira fijo, y me dice: ¿Te gusta mirarnos, Charlie?

Al bajar, todavía turbado con lo que acabo de ver y oír, me encuentro con Agustina, solícita y zalamera, ¿cómo encontró hoy a la tía? ¿Usted sabe si mi tía conoce a alguien que se llame algo así como Porfía o Porfiria?, le respondo

145

al azar, porque no se me ocurre otra cosa, y porque pienso
que a lo mejor Porfía es un fragmento de anécdota que vale
la pena perseguir. Agustina me mira sin comprender. Dice
Ana, le explico, que es alguien a quien hay que llevarle flores,
a ella y a alguien que se llama María, dice, y que ustedes no
quieren decirle quién es. Insistió mucho. Agustina se echa a
reír y me mira con lástima, con su tía nunca se sabe, no le digo. Hace una hora no había quien la hiciera callar, se había
quedado después de misa cantando a voz de cuello aquello
de "con flores a María, con flores a porfía" hasta que la hicimos callar, tuvimos que decirle que no le dábamos postre.
Ahora piensa que "porfía" es una persona y no una expresión, qué le va a hacer, concluye filosófica. Pero la encontró
bien ¿verdad? Se pone tan contenta cuando viene a verla.
Qué quiere que le diga, está como más tranquila, menos desesperada, desde que usted apareció.

XXVIII

La mesa del cuarto de hotel está llena de listas, anotaciones desconectadas donde se mezclan cosas que tengo que comprar, diligencias que tengo que hacer, personas que tengo que ver, y preguntas, muchas preguntas, palabras claves que se me ocurren en la noche, no sé si en sueños o en duermevela, palabras que anoto, sin prender la luz, en algún papelito que encuentro al tanteo en la mesa de noche. A veces, al día siguiente, no consigo descifrar mi letra o, más a menudo aún, no consigo recordar qué quise decir, qué recuerdo intenté movilizar con esa palabra. Por lo disparatadas, las listas me recuerdan las que de chico me dictaba mi madre. Mientras pasaba de un cuarto a otro (mi madre, siempre en movimiento) me decía Daniel, anotá, y yo, siguiéndola con lápiz y libreta en la mano, escribía series heteróclitas de palabras inconexas a las que ella luego, como el memorioso de Borges, daba sentido. Yo soy tu secretario ¿no?, le preguntaba, ávido de tener un título que ratificara mi posición privilegiada en sus asuntos. Sos mi aide-mémoire, me decía, y el cargo, cuyo significado me explicaba, me parecía mucho menos importante que el de secretario. Sonaba a bastón, a muleta, a enfermero, hasta que me explicó que era como decir edecán, y que era mucho más importante.

Siento que naufrago. Mis aide-mémoire de papel atestiguan mis movimientos por Buenos Aires pero también mi desconcierto y mi desorden. Voy tachando las cosas que he hecho, las personas a quienes he visto, los números de teléfono que ya no sirven. Me quedan sin tachar las palabras nocturnas, como pedacitos de una realidad apenas entrevista, recordada, soñada, acaso inventada, palabras que no me atrevo a tirar, como el billete de un peso de mi madre. Una vez, bajando la escalera mecánica de Altman's (tienda que frecuentaba, antes de que la cerraran, como melancólico tributo a mi madre), sentí un olor espantoso, ese olor rancio y polvoriento de ropa vieja y sudada, olor como de piltrafa. Miré a mi alrededor intentando localizar su origen, al principio sin éxito: la gente que bajaba conmigo parecía impecable, algunos con ropa pasada de moda (por eso le gustaba tanto esta tienda a mi madre) pero limpia. Por fin vi que delante de mí, como a cuatro escalones de distancia, bajaba una mujer de unos cuarenta años, muy erguida y bien vestida, elegante casi, con un traje seudo Chanel y el pelo negro tirante, recogido en un rodete. Me llevó un momento darme cuenta de la nota discordante, una cartera sobre que apretaba bajo el brazo, no demasiado grande pero tan deformada por los cientos de papeles que parecían constituir su principal contenido que sólo la presión del brazo de su propietaria lograba mantenerla más o menos cerrada. Fascinado seguí a la mujer un piso más, hasta darme cuenta de que el olor provenía, sí, de esa cartera, versión abreviada y portátil de un carrito de ciruja. Recuerdo haberme preguntado si no habría otra cosa en esa cartera, si sólo el papel era responsable de esa vaharada de podre. Seguí a la mujer unos pasos más, intentando ver si había algo en ella, además de la cartera, que delatara su desorden. No vi nada. Caminaba con paso elástico, se detenía a mirar los escaparates, como cualquiera, por fin salió a la calle, pausando levemente para asegurar con la presión del antebrazo su compacta carga de demencia, y se perdió en la multitud.

El recuerdo de esta mujer me desvela. Por un instante pienso en llamar a Simón pero me contengo. Tengo miedo de que se burle, de que me sugiera que me compre una cartera sobre, de que me acuse de ponerme trágico. Salgo en cambio a dar una vuelta, agradecido de que en esta ciudad la gente no parece dormir nunca. En la esquina de Paraguay y Callao hago contacto con un muchacho más bien bajo, fornido, caminamos un rato por Paraguay, hablando de todo un poco, de cuánto tiempo voy a estar en Buenos Aires, no parecés gringo, me dice, y le explico que no lo soy, que sigo siendo argentino, pero no parezco convencerlo, si no fuera gringo pararía con parientes y no en un hotel, ¿no? Me cuenta que trabaja para un distribuidor de pollos y que se llama Esteban, está casado, tiene una hijita, vive en Floresta, siento que esta novela familiar tan llena de detalles me excita, tiene el camión de reparto estacionado a diez cuadras si quiero acompañarlo, cosa que hago mientras siguen acumulándose los detalles de una domesticidad de ensueño, mi mujer se llama Estela y trabaja en un banco, nos va bastante bien, dice, mientras abre las puertas de atrás de la combi blanca. Me detiene el olor, una mezcla de encierro y lavandina, no te preocupes que lo desinfectan después del último reparto, está limpito hasta que lo cargue de nuevo mañana en Quilmes, dice mientras cierra la puerta, enciende una linterna y empieza a desabrocharse, pienso que no soy el primer huésped en este transporte de Pollitos Cargill. Me desabrocho a mi vez, y nos acariciamos pero no es lo que le interesa, suavemente me inclina hasta que me arrodillo en el suelo del camión cubierto con un plástico que, antes de tomar su pene en la boca, alcanzo a observar dice Pollitos Cargill, y despacito, casi como a un chico, lo mamo hasta que él termina en mi garganta y yo también, insólitamente, en el piso. Se ríe de mi desazón e inesperadamente me besa. En casa me dicen Cacho, me dice, y a veces Cachito. A vos seguro que te voy a volver a ver, Charlie. ¿Por qué me decís Charlie?, le pregunto. Porque a todos los gringos les digo Charlie, me contesta. ¿Tantos has tenido?, le insisto. Algunos, me contesta ya molesto, queriendo cortar la conversación, mientras abre la puerta del camión, ¿por qué te interesa tanto? Porque era el nombre de mi padre, hubiera querido decirle, pero me quedé callado.

Vuelvo al hotel al alba, cuando pasan los carros de basura, con carteles baratamente bienpensantes que anuncian que "La droga es basura". Vuelvo a pensar en la mujer de Altman y en mis papelitos, invierto la frase, la basura –mi basura, mi acopio de papelitos– es droga y yo un adicto de memorias ajenas. Decididamente hoy estoy fatal para las digresiones.

XXIX

Sólo dos semanas después del asalto caigo en la cuenta de que además de dinero y tarjeta de crédito he perdido mis señas de identidad. Al principio me pareció más grave el robo de la tarjeta y no le di mayor importancia a la pérdida del pasaporte argentino: estaba vencido, no lo usaba para viajar, era simplemente como un talismán que llevaba a todas partes. Me quedaban restos de miedos ajenos, reforzados por alguna experiencia propia, como mi noche en las barrancas de Belgrano, y a pesar de que todos me decían que ya se habían acabado las épocas en que había que andar con el documento siempre encima yo lo llevaba igual. Es decir, al principio llevaba los dos, el norteamericano vigente y el argentino caduco, por las dudas; pero a medida que se fue prolongando mi estadía empecé a salir sólo con el argentino, diciéndome que, ya que el otro es el que uso para viajar, mejor lo dejo en la caja fuerte del hotel. Cuando pienso en ese gradual reemplazo me sorprendo, es como si quedarse y viajar requirieran nacionalidades distintas.

Al cabo de varios días empezó a preocuparme la pérdida de ese pasaporte. ¿Por qué se habría quedado con él el taxista si no podía servirle, requetevencido como estaba, con la foto de un adolescente con flequillo? Empecé a recordar anécdotas de detenciones por falta de documentos que llegaban de la Argentina años atrás, una que me impresionaba particularmente porque nos la contaba la protagonista misma, una amiga de mi madre que vivía en Nueva York y viajaba con regularidad a Buenos Aires a visitar a su hermana

151

mayor, ya muy vieja, que vivía sola en un caserón de Olivos. Enrique y Ricardo me pusieron en un taxi en Belgrano y al llegar al Puente Saavedra, nos contaba, paran el auto, dos policías con ametralladoras, me piden el documento y yo me doy cuenta de que no lo tengo, cambié de cartera. Se los digo y uno me dicen señora, usted no sabe que estamos en estado de sitio, baje por favor y sígame, tiene que interrogarla el jefe, y el otro le pregunta algo al taxista y oigo que el tipo le contesta en Cabildo y Juramento, un Fiat rojo, y oigo que le da el número de la chapa del auto de Enrique que ha memorizado, y oigo también que dice dos putos medio viejos y el policía le dice está bien andate. Yo lo sigo al otro tipo hacia una casucha improvisada al borde de la General Paz donde se supone que está el jefe y me hacen esperar una hora, nerviosa, te imaginás, y también preocupada porque pienso que Mercedes se va a asustar porque es tarde y no he vuelto, mientras un oficial escribe, o se hace el que escribe, en un libro de entradas. Y finalmente me mira y me dice señora, usted no sabe que estamos en estado de sitio, cómo no tiene documento, sobre todo cuando pasa de capital a provincia, y cómo anda sola tan tarde, son más de las dos de la mañana, y empieza a anotar mis datos, y cuando me pregunta dónde vivo y le digo Estados Unidos me pregunta qué número y yo le digo el país, no la calle, y entonces cambia un poco la cosa, además cuando me pregunta la ocupación le digo ama de casa, imaginate si le iba a decir periodista, pero todavía no me quiere largar. Yo le digo que he venido a verla a mi hermana que está enferma y que vive en Olivos y el tipo no me cree del todo y entonces le digo por qué no la llama y le doy el número, olvidando que Mercedes tiene miedo de contestar el teléfono a la noche y lo deja sonar, cosa que sin duda ocurriría si llamaba el tipo porque ya eran, para ese entonces, las tres. En fin, que me detuvieron por puro gusto dos horas más, cuando por fin me soltaron clareaba y creo que tomé el primer colectivo del día rumbo a Olivos, iba vacío y no recogió a nadie en camino, yo debía de tener cara de miedo porque el colectivero me preguntó si vivía lejos de la parada y cuando le dije en la calle Salta me dijo déjeme que doble por ahí y así la dejo en la puerta, total voy vacío. Cuando entré en la casa, decía la amiga de mi madre calculando el efecto, el silencio era total, Mercedes dormía profundamente, horas más tarde cuando se despertó me preguntó cómo me había ido, ella había pasado una buena noche, y no, no había sonado el teléfono. Nunca sabré si el tipo de veras llamó o si hizo como si llamaba.

Yo recordaba el cuento de la amiga de mi madre con todo detalle porque lo contaba bien (con la eficacia de quien quiere desprenderse de una historia, de ese miedo que revive cada vez que la cuenta, y sin embargo no puede) pero sobre todo, creo, por el detalle de los dos putos viejos, el hecho de que el taxista informante había considerado importante ese detalle, tan importante como la marca y el número del vehículo. Dos putos medio viejos dignos de ser fichados, por haber depositado a una mujer sola y sin documentos en un taxi rumbo a Olivos a la una de la mañana.

Durante unos días salgo sin papeles y me siento curiosamente liberado, empiezo a habituarme al hecho de que sí, se puede vivir sin documentos, como porfía Beatriz, a quien mis temores irritan, y como me insiste Simón a distancia, tú

ya no eres oficialmente argentino, so forget "Argentino hasta la muerte",. te han hecho un favor robándote el pasaporte viejo, ahora eres sólo yanqui. Pero Samuel es quien lo
echa todo a perder, Samuel a quien le cuento la historia para distraerlo de lo que llama, con voz ahuecada, su ardua
convalecencia. Por puro espíritu de contradicción y, sospecho, porque le tiene rabia a Beatriz, me dice que él no estaría tan aliviado, que a veces sí te piden el documento por alguna que otra razón, en el banco, por ejemplo, cuando a mi
sobrina el cajero automático por error le tragó la tarjeta no
te imaginás lo que fue el trámite y todo lo que tuvo que mos-
trarles para que se la devolvieran, por eso –me dice triunfan-
te, recordando el episodio de hace unas semanas– yo no
tengo la plata en el banco y, en tu lugar, tendría mucho cuidado. Con sensación de vacío en el estómago trato de convencerlo de que yo tampoco tengo la plata en el banco y que
el pasaporte norteamericano me basta, pero levanta las ce-
jas y me mira, con la cara de argentino que tenés, me dice
(es la primera vez que alguien me dice que tengo cara con
nacionalidad), va a parecer raro que saques a relucir el otro
pasaporte, sabés que la gente acá todavía les tiene rabia a los
que se fueron, sobre todo si cambiaron de nacionalidad,
por ahí te ponen trabas. Trabas a qué, me pregunto, haciendo esfuerzos por convencerme de lo contrario, diciéndome
que éste es el hombre que guarda sus ahorros en tomos de
Voltaire y que cualquier consejo que me dé carece de sentido común; pero es evidente que ha logrado hacer mella
en mi resolución de no preocuparme. Esa noche sueño
con papeles, con formularios, estoy por empezar la universidad, un lugar que es y no es Princeton, no encuentro la

lapicera para firmar la solicitud y un guardia, a la entrada, no me quiere dejar pasar. A la mañana siguiente decido acercarme a la calle Zevallos, sin decirle nada a nadie, y ver cómo es el trámite para sacar un pasaporte nuevo.

Simple no es. Mi madre decía que el edificio de la policía siempre le había dado miedo, que aún en las épocas buenas (no me queda claro a cuáles se refería) te trataban mal, como si te tomaran examen, decía, como si el documento fuera un privilegio que te otorgaban si aprobabas. Además, las colas, decía, poniendo los ojos en blanco, en un gesto que, ahora me doy cuenta, compartía con Samuel. Había que ir con alguien o recomendado, yo me acuerdo una vez que tu padre había arreglado que el gestor del frigorífico me acompañara pero a último momento no pudo ir y me explicó cómo tenía que actuar, preguntar por el comisario Menéndez y decirle que yo era amiga de la licenciada Liliana Forte, cosa que hice, y aparece un gordo que me recibe muy bien y me hace renovar el pasaporte en minutos, pero mientras esperamos me dice y qué tal Liliana, como anda después de todo lo que pasó, y yo le digo hace un tiempo que no la veo pero creo que bastante bien, y él me dice qué suerte, con la desgracia del marido me la imaginaba todavía muy deprimida, y yo le contesto, puteando mentalmente al gestor de tu padre, usted sabe que tiene mucha fuerza interior, y él me dice, eso es muy cierto, y nos despedimos y salgo volando antes de que me haga otra pregunta. ¿Eso fue para qué viaje?, recuerdo que le pregunté a mi madre, tratando como siempre de fijar hitos en su pasado. No tengo la más mínima idea, me contestó, sólo me acuerdo de la desgracia de Liliana Forte y de ese lugar inhóspito.

Además de inhóspito, lo siento como un espacio concentracionario, se me ocurre esto al ver colas de gente por todos lados, la más larga, en la que me coloco, frente a la ventanilla de informaciones. Sin duda mi percepción se contamina con otros relatos, no sólo el de mi madre. El mismo Samuel, luego de convencerme de que tenía que hacer el trámite había agregado no te envidio, ese lugar está lleno de fantasmas, sabés que allí torturaban a gente. No, no lo sabía; además de la infame Escuela de Mecánica, de la que había oído hablar, recordaba que los escenarios de tortura se habían montado en lugares con nombres más bien simpáticos, hasta poéticos, La Perla, La Escuelita, El Palomar, Malagüeño. Nada tan austero, ni tan obvio, pensaba yo, como este Departamento de Policía donde por fin llego a la ventanilla y me entregan un formulario que comienzo a llenar. Me detiene una sección titulada "Personas que pueden informar". Hay lugar para dos nombres, con sus correspondientes direcciones, pero ¿informar sobre qué, exactamente? El intransitivo es ominoso, parece indicar más que un saber concreto una disposición general: se me piden los nombres de dos informantes. Ponga a alguien que pueda dar datos sobre usted, me dice el hombre que tranquilamente llena su formulario a mi lado y a quien recurro desconcertado, un pariente o el jefe o, agrega con un guiño, la novia si no está enojada. Yo no soy de aquí, estoy a punto de decirle, pero me atajo a tiempo. Lleno uno de los espacios con los datos de Samuel. Estoy por anotar el nombre de Beatriz en el otro cuando me doy cuenta, una vez más, de que no sé su dirección. Y entonces, deliberadamente, pongo el nombre de Ana, mi parienta, mi tía desmemoriada que según los días piensa que soy su sobrino o su amante o algún otro personaje de su teatro, pongo el nombre de Ana y luego, prolijamente, la dirección del geriátrico que llama su casa. Ana podrá informar.

XXX

Cirilo Dowling es primo segundo de mi padre, algo más joven que él, y el único que queda de esa generación. Me digo que será mejor verlo antes de que sea demasiado tarde, y llamo por teléfono a su escritorio adonde sé que sigue yendo todos los días por hábito. No me acuerdo para nada de él; como el resto de la familia angloporteña siempre me resultó una figura borrosa, tanto más cuanto que era inglés (su padre era de York) y no, como yo, medio irlandés. Esas diferencias, por sutiles que parezcan, contaban cuando yo era chico, de algún modo me marcaron. Me recibe con inesperada amabilidad, como si fuera de lo más normal que un pariente lejano, llevado de chico a otro país y desconectado de la familia de su padre durante más de veinte años, resurja de pronto sin más propósito que el de hacerle algunas preguntas. La conversación, al principio torpe, comienza en castellano, un castellano que Cirilo habla con leve acento. Me divierte pensar que el extranjero parece él, que se quedó, y no yo que me fui. Pronto pasamos al inglés, el mismo inglés de colonias que recuerdo hablaba mi padre y sin duda yo también hasta que la práctica cotidiana en los Estados Unidos me lo cambió.

Me decepciona. Lo poco que recuerda de mi padre ha sido reducido a clichés, datos estereotipados, como esas chucherías que se arrumban al fondo de un cajón para que no ocupen demasiado espacio y que al mismo tiempo uno no se atreve a tirar. Se acuerda, sí, de la regata de Henley porque él también era miembro del Senior Eight aunque venía de otro club (hace una pausa que quiere significativa), el Tigre Boat Club, que como yo acaso sepa (no lo sé) tenía los mejores botes de la Argentina, pero a él y a mi padre no les tocó compartir cuartos de hotel en Inglaterra así que no lo vio a Charlie de cerca. ¿De qué club era mi padre?, pregunto, algo curioso. Me mira divertido: Del Canottieri Italiani, que era el club con el edificio más gaudy that you can imagine, a bit of a mamarracho, creo que le divertía que le dijeran che, inglés, tu padre hacía cosas así, to shock people. He always felt different, you know. Aunque estoy seguro de que Cirilo se refiere principalmente a sus propios sentimientos con respecto a mi padre y no a lo que éste pudiera sentir sobre sí mismo, la ambivalencia de la frase me parece justa. Me cuenta que a mi padre se lo veía poco en reuniones de familia, más a menudo en el club de la calle Virrey del Pino, donde en una época había jugado al rugby, había allí una chica muy enamorada de él, una chica inglesa, Doreen Something-or-Other, pero él quiso casarse con una chica argentina y no lo vimos más. Desapareció del club, pasó al otro de la calle 11 de Setiembre, sin duda por influencia de tu madre. He went from being athletic to being social, observa, encantado con el juego de palabras que resume el paso de mi padre no sólo del Club Atlético Belgrano al Club Social Belgrano sino de un mundo a otro. Y no lo vimos más, repite. Recuerdo algo que me contó hace poco Samuel, cómo en un viaje por el sur de Francia hacía muchos años, en un pueblito de los Pirineos, preguntó a unos viejos en un café por qué puerto partían los inmigrantes a principios de siglo, si de Burdeos o de Marsella, y le contestaron que no sabían, que la gente simplemente se iba, ils partaient.

Te daba la sensación de que esa gente, no bien traspasaba las últimas casas del pueblo, desaparecía, dejaba de existir, decía Samuel. Hay algo de esto en lo que me cuenta Cirilo Dowling, una suerte de resignada fatalidad: mi padre se había ido, no se lo había visto más.

Porque no sé qué más preguntarle, y también para ver si puede darme algún detalle que ilumine de algún modo los pocos datos que vengo acumulando, le digo que me he encontrado con nombres, apellidos, cuyo significado y contexto ignoro y que a lo mejor él pueda explicarme. Frueger, le digo, ¿conoce a alguien que se llame Frueger? ¿O Gerbi?, lanzo al azar el nombre que le oí pronunciar en sueños a Ana, aunque no pertenezca al relato de mi padre ni, creo, al de mi madre. ¿Conoce a alguien que se llame Gerbi? Inesperadamente me dice que sí pero me mira con lo que interpreto como desconfianza. Sí, me dice, conozco un Gerbi, qué casualidad. Y enseguida, como reponiéndose: Es un nombre bastante común aquí, ¿a cuál Gerbi te referís? Invento: Creo que a Osvaldo, y eso parece tranquilizarlo. Ah no, a ese no. El que yo conocía se llamaba Vicente, me contesta, A nasty bit of goods, cuanto menos se hable de él, mejor. Frueger no conozco a nadie. Sounds Hebrew, che. Luego me invita a almorzar la semana siguiente en el London Grill así seguimos hablando de tu padre.

A la semana lo volví a ver. Me esperaba en el restaurante y me pareció desmejorado, como encogido de tamaño, impresión que atribuí al hecho de que lo veía fuera del escritorio donde me había parecido investido con el aura de su autoridad. Me recomienda el pastel de carne y riñón porque fuera de Simpson's no hay otro mejor; lo defraudo al pedir un pescado asado, plato que, como el barman del City Hotel, debe considerar apto para señoritas. Pienso con algún desdén que es el prototípico angloporteño, lleno de alusiones irremediablemente anacrónicas a una metrópolis soñada. Con sus referencias a restaurantes de Londres pasados de moda, a partidos de rugby que jugó en el equipo de los Old Georgians, o que jugaron sus hijos y sus nietos, a viajes anuales de sus padres a Inglaterra en el Andes o en el Alcántara, viajes que narra en presente como si la Mala Real todavía mantuviera su itinerario sudamericano, con sus lamentos por lo que han hecho con Harrods y por el cierre del viejo James Smart de Florida y Lavalle, con sus conmovidas descripciones de ciertos jardines de Olivos "dignos de Sissinghurst", ha armado una lingua franca, un medio de comunicación con el que anuncia su cómplice pertenencia a un grupo. Pienso que como método de preservar una identidad es laborioso, por no decir patético, pero esto lo digo porque estoy afuera: si bien reconozco las alusiones, no participo en el sistema que para Cirilo Dowling no tiene nada de laborioso, ni de patético, que le es perfectamente natural o mejor dicho que es su naturaleza misma. Al mismo tiempo me divierten sus citas de la realidad local, también levemente desconcertantes, su declarada afición por el mate que acepto como sincera, sus comentarios sobre la guerra de Malvinas que no de las Falklands, el fervor con que me cuenta cómo animó a un grupo de angloporteños, importantes dentro de la comunidad, a que escribieran una carta a la reina Isabel, to let her know where we stood, carta que publicó, me dice orgulloso, el *Buenos Aires Herald*. Cuando le pregunto, algo perversamente, And where did you stand?, me mira como si le hubiese clavado un cuchillo. Esta hibridez, me digo, hubiera podido ser la mía, si mi padre no se hubiera ido "y no se lo vio más". En cambio, porque mi padre sí se fue, y también más tarde mi madre, de manera aun más contundente, soy un híbrido de otra especie.

Me dice que tiene que encontrarse con Peter, el hijo, para hablar de la posible venta de un campo en Bragado, para un eventual loteo, el camp no da para más, con los impuestos como están, it's a slow death, che. Me maravilla ese pasar de una lengua a otra sin suturas, sin énfasis o efecto de estilo, sin aparente razón: you know how it is, che. Pero no, no sé exactamente cómo es, sólo sé que este bilingüismo es distinto del que practicamos Simón y yo, el nuestro un switching más deliberado, sin duda más irónico, en una palabra, camp, por cierto no en el sentido que usa la palabra Cirilo. Lo oigo hablar y pienso que oigo hablar a mi padre diciéndole a mi madre (cuando todavía se hablaban), tengo que salir así que don't wait up for me, o diciéndome a mí, let's go to the barrancas, che. Cirilo insiste: ¿A lo mejor quiero acompañarlo un ratito a verlo a Peter, así conozco a un miembro más del clan? Rehuso la invitación, fabrico una excusa, postergo el encuentro para otro momento. Este plácido viejo de piel rosada y ojos de ese azul desganado que los ingleses llaman gris me ha invadido de manera inesperada. Creía que sería más bien un encuentro de cortesía, que lo manejaría como fuente de datos. Siento en cambio que es él quien me ha manejado a mí. Además, es la primera vez que hablo inglés, este inglés tan particular, en Buenos Aires. I need to be alone, che.

¿Borges?

XXXI

La ventaja adicional del exilio, dice Simón y lo entiendo perfectamente, es que sales de un contexto sin entrar del todo en otro. Yo en Caracas era judío como sólo se es judío en un país hispano, tolerado como una rareza, un anacronismo, como un cuerpo uncanny que se eliminó definitivamente en 1492 y que entonces, cuando reaparece (porque siempre reaparece) se percibe como doblemente extraño. Por eso era mejor que no me hiciera ver demasiado, que no sobresaliera, quién sabe qué podía pasar, qué me podían decir. En el colegio (por alguna razón, me contaba Simón, sus padres no lo habían mandado al Moral y Luces), para hacerme rabiar, me decían Judío. Un día me quejé a la maestra y me explicó que era un término de apodo, que a otro niño lo llamaban el Inglés. Yo sabía que no era lo mismo pero no supe explicárselo, o me dio miedo intentar, era bastante pequeño. Aquí en Nueva York soy un sudamericano de entre tantos, y si judío so what, mi judería sólo les complica las estadísticas cuando tienen que decidir si soy o no Hispanic o Latino, y ésa es otra historia de clasificaciones aberrantes. Pero aquí soy uno más, un raro entre muchos otros raros. I'm my own man.

Entiendo lo que me dice y no me atrevo a decirle que el que te llamen Inglés tampoco es ideal, porque sé que tiene razón: no es lo mismo. Pero si no te discriminan por razones raciales oscuramente te envidian, aunque tu abuelo haya venido de Irlanda con una mano atrás y otra adelante y no de las minas de plata del Alto Perú, te envidian porque sos distinto, porque hablás otra lengua, por esnobismo, qué sé yo. El colegio al que yo iba era, en principio, un colegio inglés pero más y más concurrían a él chicos que entraban sin saber el idioma, incluso hijos de angloporteños que ya no hablaban inglés en casa. Como yo sí lo hablaba, por lo menos con mi padre, cuando me querían hacer rabiar me arrinconaban en el patio y me decían a ver, Inglés, ¿cómo se dice en inglés la concha de tu madre? Pero como dice Simón esa es, sin duda, otra historia. Lo que sí entiendo es lo de la libertad que da el exilio al descontextualizar. De habernos quedado en la Argentina, no sé bien qué hubiera sido de mi madre porque siempre me costó ubicarla, aún cuando estaba viva, pero sí sé que yo habría seguido los pasos previstos para, como dicen, la gente como uno. Sería a lo mejor abogado, como el sobrino de Samuel, u hombre de negocios, como el primo de mi padre, pero seguramente no bibliotecario y traductor. Me pregunto si habría sido gay, quiero decir gay como lo soy ahora después de haber vivido tanto tiempo afuera: a lo mejor me habría casado, con una chica de buena familia argentina o inglesa, y tendría mis cositas al margen, on the side como dicen en los restaurantes de Estados Unidos cuando uno no quiere que le mezclen los elementos de un plato de comida, cositas como mi encuentro con el repartidor de pollitos Cargill en quien pienso por cierto con bastante frecuencia, o incluso algo más estable, por ejemplo con otro hombre casado, como yo, al que vería una o dos veces por semana. O a lo mejor estaría casado y ni siquiera tendría cositas, sólo una sensación vaga de algo que hubiera podido ser.

A veces (le he dicho más de una vez a Simón en Nueva

York) pienso que un día nos vamos a ir de aquí, que vamos a irnos a un país donde hace menos frío y donde se habla español todos los días, no necesita ser la Argentina o Venezuela, de hecho es mejor que no sea la Argentina o Venezuela, a veces pienso que a lo mejor dejamos todo y nos vamos a instalar por ahí, como esas locas inglesas y alemanas que a fines de siglo pasado se enamoraban de Niza, o de Capri, o de Menton, y compraban una casa, y plantaban arbustos de lavanda, y se quedaban para siempre con sus trajes de dril blanco y sombreros de paja, a veces pienso que terminaremos nuestros días, por ejemplo, en Cuernavaca, sintiéndonos en casa. A veces (me ha contestado más de una vez Simón en Nueva York) pienso que vivo con un demente. Siempre vamos a estar de paso, los dos venimos de países portátiles.

Recuerdo que una vez le pregunté a mi madre si no extrañaba el castellano, si no había días en que se cansaba de hablar en inglés, días en que se equivocaba y en una tienda o en un restaurante, digamos, le salía el pedido en la otra lengua, o se le escapaba una palabra, o usaba un giro que delataba que hablaba desde el otro idioma, el que no correspondía. Me miró como si hubiera dicho algo raro, algo que en lo cual no se le había ocurrido pensar. No hablamos más del asunto, durante años. Mucho después, cuando ya vivía en Orient, un día, inesperadamente, volvió al tema. Te acordás de lo que me dijiste una vez sobre la otra lengua, la lengua que se extraña (no me acordaba), he estado pensando (me lo decía como si fuera algo que yo le había dicho hacía muy poco) y me pasa algo que te va a divertir, hay un montón de granjas por aquí que venden heno para los animales, y los carteles dicen HAY, y por más que esté acostumbrada, mi primer impulso es leer la palabra siempre en castellano, como si fuera verbo, y reaccionar pensando que falta algo, ¿qué es lo que hay? Tengo que hacer un esfuerzo para recordar que hay es heno. Es como estar leyendo desde otro lugar. Lo que no entiendo es cómo me pasa esto tan a menudo, ya tendría que estar preparada, pero el HAY me agarra siempre desprevenida. Es raro, ¿no? Esto me lo contaba en castellano, la lengua que preferíamos hablar cuando estábamos solos. Yo tenía una amiga francesa, continuó mi madre, a quien le pasaba algo parecido, cuando leía ICY PAVEMENT en los caminos, no pensaba hielo, pensaba ici, como aquí: aquí el pavimento. La lengua le hacía una mala jugada. Tu amiga sería medievalista, recuerdo que le dije, orgulloso de mis conocimientos ortográficos recién obtenidos en Princeton; no sabía que tuvieras amigas francesas. Sos un pedante insoportable, se rió mi madre, y hay muchas cosas que no sabés de mí.

XXXII

Mi madre supo lo que le pasaba, claramente, antes que nadie. Esto se me hizo patente al revisar sus papeles, fragmentos de un diario que por fin me he puesto a leer aquí en Buenos Aires porque nunca pude hacerlo allá sino salteadamente: por alguna razón me parecía fuera de contexto. Ha sido un error, lo reconozco. De haberlo leído allá, me habría sentido menos desamparado, hubiera contado con el apoyo si no siempre con la comprensión de Simón. Aquí no tengo a quien recurrir del mismo modo –Beatriz me inspira cada vez menos confianza– y las declaraciones de este diario descosido me asaltan de un modo brutal. Escribe mi madre, por ejemplo, el 28 de noviembre de 1985: "Algo me está pasando, no sé bien cómo describirlo. Hace tiempo que noto que mi memoria está cambiando, que ha cambiado mi manera de recordar. Por eso empiezo a escribir este diario, para dejar constancia de lo mal que me siento pero también para registrar cosas que recuerdo mientras las recuerdo. No sé como explicar lo que siento, lo que creo que me está pasando. Es como si mi memoria guardara recuerdos pero *en otro lado*, y además de manera superficial, sin textura. No creo que consulte médicos ni busque un diagnóstico: *es algo que no tiene nombre*".

Pero mi madre cambió de idea y sí consultó a médicos, varios médicos. Por razones que no logro explicarme, no recuerdo (yo que creo tener buena memoria) dónde estaba yo cuando por fin le dieron un diagnóstico. Sé que no estaba con ella. He intentado recomponer la despedazada historia, vuelvo a ella a menudo, como para desautomatizar mi memoria y así recordar mi paradero en aquellos días, la razón por la cual le fallé a mi madre. Deduzco por estos fragmentos que mi madre fue sola, sin acompañante, a ver a un médico, luego a otro, eventualmente a un tercero, y sola también a hacerse análisis, tests, tomografías, y sola, por fin, logró componer el cuadro –utilizo la gastada metáfora en su sentido más fuerte– que le auguraba un futuro poco feliz. Mi madre, diagnosticaron los médicos, sufría de una enfermedad muy rara, causada por el exceso de ciertos minerales en el cuerpo, sobre todo el cobre, cuyo mayor efecto era la alteración y eventual degeneración de los procesos de la memoria. No se trataba de demencia senil, puesto que sólo tenía sesenta y cinco años, ni mucho menos de Alzheimer, se apresuraban a decir los médicos, los efectos eran más lentos, la alteración se manifestaba de maneras imprevistas, a menudo acompañada de confusión menos temporal que espacial. Más que modificarse los procesos cognitivos se desplazaban. Es como si quisieras pintar un cuadro y todo te llevara a hacerlo fuera de la tela, me dijo mi madre en una de las raras ocasiones en que me habló, directamente, de su mal. Por qué no me hablaste antes de esto, por qué no me pediste que te acompañara a ver a médicos, me quejé. Porque quería hacerlo sola y además vos no estabas, me contestó, y es entonces cuando me di cuenta de que yo no recordaba el motivo de mi ausencia en la época de la cual me hablaba. De todos modos es mejor enterarse de estas cosas cuando se está solo, continuó mi madre, mintiendo, y además nadie se muere de esto, el proceso es tan lento que antes me va a matar otra cosa. Y tenía razón.

Sigue escribiendo mi madre, aquel 28 de noviembre, luego de anotar, por primera vez, los efectos de su enfermedad: "Hace frío como no ha hecho desde que vivo en este lugar. Empezó a nevar después de medianoche y todavía no ha parado. Nunca nieva tan temprano. Me siento atrincherada (no puedo abrir la puerta) y casi no veo el auto, hay por lo menos dos pies de nieve y sigue cayendo. En días como éstos me gusta pensar que estoy sola en el mundo, que *no tengo a nadie*, que lo único que me queda es tratar de pintar, pintar hasta que se me cierren los ojos, pintar esperando que nunca se derrita la nieve, pintar aun cuando ya no me acuerde de cómo pintar. Creo que experimenté algo parecido en Buenos Aires cuando lo dejé a Charlie, creía que iba a sentirme totalmente sola, totalmente libre, y que lo único que haría era pintar pero no conté con la presencia de Daniel. Era muy bueno, se quedaba quietito mirándome pintar, pero yo sabía que estaba allí como pidiendo algo y eso me sacaba de quicio, pobre chico. Yo no quería testigos. Pero después de lo que pasó, no podía dejárselo al padre".

"Daniel se fue hace unas horas, vino con ese Ben que no me gusta nada, es muy blando, también desde luego muy buenmozo, Daniel se pesca berretines y después no los sabe largar, creo que nos parecemos bastante. Por suerte se fueron temprano. Ahora sí que estoy sola, pero me preocupa lo de la memoria. Veo y recuerdo fragmentos que no puedo recomponer. Cuando estoy sola nadie se da cuenta."

Caigo de pronto en la cuenta de que ese día, 28 de noviembre de 1985, fue día de Thanksgiving, la única vez, por cierto, que fui a verla con Ben, sabiendo que no le caía bien, que le parecía, me decía mi madre, medio zanguango, palabra cuyo significado yo ignoraba pero me cuidaba bien de averiguar. Me arrepentí de habérselo impuesto de visita. Fue una comida aburrida, una celebración deslucida donde acatábamos ritos que no eran del todo nuestros, y era claro que Ben estaba con nosotros sólo porque no tenía otra cosa mejor que hacer. Mi madre nos llevó al tren y apenas hablamos, él y yo, en el viaje de regreso. Recuerdo, sí, que cuando salimos de Penn Station empezaba a nevar también en la ciudad. Me maravilla pensar que ese día, anodino para mí, fue un día trágico en la vida de mi madre, el comienzo de esta escritura desordenada que hubiera preferido no leer, un día en que sintió la necesidad de anotar, por primera vez, detalles de su enfermedad y, acto seguido, registrar la necesidad de estar sola, sola como no lo había estado nunca, incluso después de la separación que la libró de mi padre pero no pudo librarla de mí. Pienso que el amor que yo sentía por ella, mientras espiaba por la puerta entreabierta aquel cuarto con su cama a medio hacer, infinitamente repetida en las hondísimas perspectivas de las tres fases del espejo veneciano, era un amor a destiempo: mientras yo, de chico, quería a mi madre y buscaba refugiarme en ella mi madre me veía como un obstáculo más entre ella y esa soledad fecunda que, el día 28 de noviembre de 1985, parecía por fin haber logrado.

A veces pienso que el proceso que comenzó mi madre ahora lo está completando Ana, no de manera lenta e imperceptible, como fue el caso de mi madre, sino de manera llamativa, precipitada, diría barroca. Mi madre se fue borrando del mundo, como ella decía, distrayéndose de él. Ana en cambio interviene en ese mundo que se le va escapando, reordena sus pedazos de acuerdo a una lógica que se reinventa a diario, lo enfrenta, lo desafía. Ana se enoja con ese mundo que ya no controla; mi madre, en cambio, parecía aliviada de no tener que rendirle cuentas. Y pienso que yo también, al visitarla a Ana, al atenderla, al asistir a su implacable derrumbe, también estoy completando un proceso que quedó trunco, porque nunca pude ayudar de veras a mi madre, porque fui su estorbo. Mientras que con Ana puedo jugar a que me necesita y quiere que la ayude, puedo revivir una pérdida y hacerla por fin mía, aunque la mujer cuyo duelo comparto no sea mi madre.

Escribe mi madre: "Después de lo que pasó, no podía dejárselo al padre". El 28 de noviembre de 1985 mi madre recordaba algo que había pasado, lo recordaba suficientemente para pensar que, a pesar de su memoria alterada, no necesitaba ponerlo por escrito. Acaso fuera algo que invariablemente recordaba cuando me veía a mí, acaso yo una vez más desempeñara, con mi mera presencia y no con listas o papelitos en que anotaba lo que ella me indicaba, la función de aide-mémoire. No sé si más tarde siguió recordándolo, cuando se volvió menos comunicativa, huraña, ensimismada. Lo cierto es que si lo recordaba nunca llegó a decírmelo.

XXXIII

Algo que no alcanzo a explicarme ha cambiado mi relación con Beatriz. Hace días que no la veo y hoy, cuando por fin me llamó, me habló como distraída, distante, como si yo no le interesara, casi diría como si apenas me conociera. Es verdad que nuestro último encuentro no había sido fácil. Beatriz se enoja porque le hago preguntas a Ana sobre mi madre, me dice que la dejo más confundida de lo que está, que mis preguntas la agitan, *que no llevan a nada*. Es allí donde se equivoca: mis preguntas llevan a algo, aunque he de confesar que a lo que llevan es a más preguntas. Creo que a Beatriz le molesta que esté preguntando (escarbando, dice ella) como si tuviese miedo de que fuera a descubrir algo, no sé bien qué. Le digo que hablar con Ana, con lo poco que queda de Ana, es la única posibilidad que tengo de recuperar algo del pasado, de mi madre y yo dentro de ese pasado. No te creas, me dice. Le pedí que se explicara y es allí cuando explotó: Lo que te pasa es que no sabés ver, lo que te pasa es que sos ciego, y así te va de mal. ¿Por qué no te volvés y ordenás tu vida y tus recuerdos en tu lugar? Y se dispuso a irse, dejándome plantado como suele hacerlo, pero esta vez con una hostilidad que no le conocía. Con furia arroja un manojo de papeles y postales sobre la mesa. Divertite con esto, me dice, son cartas que encontré. De alguien a nadie, por lo que me importa, pero vos que sos tan sabio sin duda descubrirás de quién y para quién son.

Me deja, como siempre, desorientado, maltrecho, a la defensiva: Buenos Aires es también mi lugar, pienso, ¿quién es ella para negármelo? Ofendido, pido otro café, recojo una tarjeta, leo al azar, en letra que parece ser (pero quizá no sea) de mi madre: "Del lugar no te digo nada porque basta con la tarjeta. Sin vos es como si no lo viera. No te enojes porque me fui sin llamarte, te pido que me entiendas. Te extraño, te quiero". No tiene fecha ni firma, tampoco destinatario, con lo que pienso que fue enviada en un sobre, pero no lo encuentro entre los papeles. Miro el anverso: es una vista de Agrigento. Recojo otra, igualmente sin fecha ni firma, sin duda enviada también dentro de un sobre porque el mensaje escrito cubre toda la superficie de la tarjeta: "Recibí el mensaje justo antes de salir para la estación, es difícil pensar que puedas ser tan cruel. Sos el ser más infantil y egoísta que conozco. A las seis en el Hôtel du Rhin". La letra, desaliñada, como de alguien que escribe muy apurado, se parece algo a la primera, pero no estoy seguro, ya no sé si es o no letra de mi madre. Curioso, revuelvo los papeles, extraigo una carta, de nuevo sin fecha, sólo dice Amiens y octubre. En esta vaguedad sí reconozco a mi madre, de quien tengo cartas encabezadas simplemente Lunes. Comienza con "Dearest" y de nuevo no logro saber a quién se dirige, sólo que es a alguien (no sé si hombre o mujer) a quien parece no haber visto durante un tiempo y que parece estar bastante lejos, le cuenta que Amiens es una desolación, que los signos de la catástrofe (con lo cual entiendo que debe de ser una carta escrita justo después de la guerra) se advierten en las menores insignificancias, hasta en las rositas rojas que brotan en un cerco, dice, y que huelen bien "a pesar" de lo que ha pasado. Prosigue, haciendo literatura, mala literatura: Ese "a pesar" se acentúa con tanta fuerza, escribe, que el brillo y el perfume de las rosas sorprende como un grito en una sala de duelo en que se cuchichea. ¿A quién, me pregunto, están destinados estos dudosos efectos de estilo que acaso (porque sigo sin saber del todo) sean obra de mi madre? Seguramente no a la persona con quien se ha citado en el Hôtel du Rhin (aunque a lo mejor sí), ni a la que recibe la tarjeta de Agrigento. Y ¿cuándo habrá estado mi madre en Amiens, ciudad que asocio con la literatura y con Ruskin y que en vida nunca le oí nombrar? Tampoco creo que esta carta sea para Ana, en Buenos Aires, aunque Beatriz me ha hablado de la correspondencia entre ellas, tan divertida, según Beatriz, tan llena de anécdotas graciosas, perversas. Pero estas cartas y tarjetas no son divertidas sino tristes, complicadas. Además de la catástrofe de la guerra parecería haber otra catástrofe en la vida de mi madre. Sólo al rato, después de meterme el paquete en el bolsillo (hay un par de postales más, una carta más larga que me propongo leer más tarde) y salir rumbo a la calle Charcas, me doy cuenta de algo que me llena de ansiedad: si estas cartas no están dirigidas a Ana, por lo menos no todas ¿cómo han acabado en manos de Beatriz?

Llego a la calle Charcas bastante agitado para encontrarme con una Agustina igualmente agitada en la puerta de calle. Volvió la de Bengoechea pero ellas no, yo ya sabía que esto no iba a funcionar, me prometió que iba a estar de vuelta para las seis. Me lleva un rato entender lo que ha ocurrido porque mecha sus confusas explicaciones con lamentos y vagas amenazas. Me cuenta que Beatriz fue a visitarla a Ana, viene cada muerte de obispo, qué le va a hacer, no sé por qué se le ocurrió hoy, y anunció que la sacaba a tomar el té, aquí no más a la avenida Santa Fe, me dijo, a La Dulcinea, y entonces la de Bengoechea que siempre anda como un alma en pena dijo por qué no me llevan y su prima le dijo que sí, y me prometió que las traía de vuelta para la cena, a mí no me gustó la idea pero como viene tan poco, vio, le dije bueno pero me las trae de veras a las seis en punto, y ella sonreía. Total que a los diez minutos estaba la de Bengoechea de vuelta, sola, asustada, prendida al timbre de la puerta de calle, claro que no pudo decirme qué había pasado porque tiene la cabeza hecha un colador, sólo que no la llevaron, le dijeron que tocara el timbre para volver a entrar, decía que se habían ido a pasear en auto y no la habían querido llevar. Son unas malas, decía. Lo del auto no sé si es cierto pero lo que sí es cierto es que no están en La Dulcinea, mandé a una de las chicas. Usted me dirá.

Pienso: Beatriz vino directamente para aquí cuando nos separamos hace dos horas, cuando se marchó furiosa del café donde nos habíamos encontrado arrojándome el puñado de cartas y tarjetas que tengo en el bolsillo. Sólo nos queda esperar a que vuelvan, después de todo es la hija y tiene derecho, le digo a Agustina. Procuro hablar con tono natural pero me cuesta controlar la voz y creo que se da cuenta. Derechos tienen los que no se olvidan de los deberes, dictamina. Y luego, como deponiendo la guardia, por un instante benévola: derecho por derecho, más derecho tiene usted que viene a verla tan seguido. Ya le dije que está mejor desde que usted apareció. ¿Sabe lo que me dijo el otro día? Lo quiero como a un hijo.

Con la mente en blanco me siento a esperar, incómodo,

en la salita que llaman biblioteca donde se ha congregado buena parte del internado a la espera de la comida. ¿Qué querrá decir, para Ana, quererme como a un hijo? Son las seis y cuarto y la televisión atruena. Azorado reconozco el film, bastante viejo, hago nota, mentalmente, de contárselo a Simón. Es *El imperio de las hormigas*, producción inolvidable que tiene por escenario la selva tropical, y por protagonistas a Joan Collins, impecablemente calzada con altas botas de gamuza que permanecen impolutas a pesar del barro y la lluvia, y un imponente ejército de hormigas anormalmente grandes, de resultas de un accidente nuclear, que se proponen dominar el mundo, empezando por esa selva tropical. Los gerontes de Agustina miran atentamente mientras el comedor adjunto a la salita empieza a llenarse de olores de comida. Cada vez que aparece una hormiga gigante en la pantalla, espiándola o amenazándola a Joan Collins, se oye, como emitida al unísono, una fuerte aspiración, seguida de un susurrado ¡ay, ay, ay!, o de un ¡cuidado, m'hija! Recuerdo la primera vez que Simón y yo vimos este film, fue durante las primeras vacaciones que pasamos juntos, todavía no nos conocíamos demasiado bien. Habíamos alquilado una casita en la playa, en Cape Cod, por una semana, pero el viaje de Nueva York tardó más de lo calculado y llegamos exhaustos a las once de la noche. Mientras yo preparaba un té, Simón prendió el televisor y aparecieron las hormigas y Joan Collins. El film era, como decía Simón, demasiado too much para no verlo y lo miramos un buen rato, pero la fatiga pudo más y nos acostamos. A la media hora estábamos los dos totalmente desvelados. Como animados por un mismo resorte nos levantamos y volvimos a prender el televisor: teníamos que ver

cómo terminaba aquella joya. Todo esto me parece tan lejano, casi ajeno, necesito recuperarlo, pienso, recordando la
frase que me dijo hace unas horas Beatriz, ¿por qué no te
volvés y ordenás tu vida y tus recuerdos en tu lugar? Tiene
razón: mi lugar es allá. Me entran ganas de irme, no sería la
primera vez que interrumpo un proyecto, esta noche hablaré de fechas con Simón, me digo, mientras los viejitos se le-
vantan para ir al comedor, sonriéndome al pasar, y me van
dejando solo en la salita. Una se detiene junto a mí y me pal-
mea la mejilla, como a un chico: siempre decía que usted
hubiera podido ser su hijo. La frase es significativamente
distinta de la que me citó Agustina; pero lo que más me impresiona, y hace renacer mi ansiedad, es el pretérito, como
si Ana ya no fuera parte de este mundo. Luego caigo en la
cuenta de que no sé de quién está hablando esta mujer, acaso ella tampoco. La frase podría aplicarse a cualquiera de las
huéspedes, a cualquiera de sus visitantes.

Me debo de haber quedado dormido porque me sobresal-
ta la voz de Agustina, gritando: Ya volvió. Por un momento no
sé a quién se refiere, ¿dónde está?, atino a preguntar. Ya se,
acostó, me contesta, estaba muy cansada, y por lo visto usted
también. Mi pregunta se refería a Beatriz, no a Ana, pero
viendo que Agustina ha recuperado su tono profesional, distante, levemente hostil, no insisto. La pantalla del televisor
parpadea en blanco, Joan Collins y las hormigas han pasado
a mejor vida. Dócilmente me dejo llevar hacia la puerta, salgo al aire inesperadamente fresco. Sólo al llegar a Plaza Italia
me doy cuenta de que son casi las once de la noche. He dormido mucho más de la cuenta. Para cuando vuelva al hotel
será demasiado tarde, pienso, para llamarlo a Simón.

XXXIV

Suena el teléfono y oigo la voz de Samuel, como siempre imperiosa, comunicándome que lo han dado de alta, que está de vuelta en casa. Le pregunto por qué no me llamó, lo hubiera podido ir a buscar, y me dice muy suelto de cuerpo que Luis y Teresa fueron por él. Entonces me ofendo, le echo en cara –a este hombre a quien hace unos meses sólo conocía de oídas y de quien desconfiaba a priori– su abandono, bastante me necesitaste cuando Luis Quesada estaba tan ocupado, y ahora que tus parientes están tan atentos a tus necesidades yo evidentemente estoy de más. Mirá que te tomás las cosas a la tremenda, me dice con sorna, pero luego, dándose cuenta de que estoy de veras enojado, cambia de tono e intenta aplacarme. No quería molestarme más de lo que ya me había molestado, de mí lo que más quería era la conversación, la compañía, los otros podían ocuparse de las cosas prácticas, ayudarlo a salir del hospital, cargarlo dentro del automóvil, lo vieras a Luis bufando cuando me tuvo que llevar en brazos hasta el ascensor, por amor propio no llamó al portero, para eso están los parientes, sobre todo los que se enorgullecen de su virilidad. Tanto procura conformarme que me da vergüenza haberme quejado y prometo pasar a tomar el té con él.

Ya he dicho lo cómodo que me siento con Samuel, siento una complicidad con él que nunca he tenido con un hombre de su edad, mucho menos con aquel padre de quien recuerdo tan poco. Mi memoria se ha encargado prolijamente de borrar detalles, todo recuerdo substancial que me permitiría encarnar su imagen. De mi padre recuerdo (no sé bien cómo decirlo) una atmósfera de incertidumbre, de violencia reprimida, de miedo. Mis escasos recuerdos son de la última época, es decir de justo antes de que mi madre lo dejara llevándome con ella, cuando aparecía más y más sumido en un mundo propio. Apenas hablaba en la mesa, salvo para pedir, con exquisita cortesía y aparente placidez, que le pasaran la sal, el pan. Mi madre, con igual cortesía, intentaba mantener una conversación insignificante y cordial, más bien un monólogo sin destinatario en el que las reacciones y las respuestas de mi padre (porque yo no contaba) corrían enteramente por cuenta suya. Ya sé que te parece que Samuel es un exagerado, pero fijate lo que me dijo, etcétera etcétera, y entonces, aunque te parezca mentira, yo le contesté, etcétera etcétera, y a que no sabés lo que me dijo entonces, y así interminablemente hasta que mi padre –en general antes de llegar al postre y a menudo en la mitad de la cháchara nerviosa de mi madre– dejaba los cubiertos, con una suerte de violencia contenida, doblaba la servilleta, se levantaba muy tieso (había bebido mucho durante el día aunque en la mesa, quien sabe por qué prurito de decoro, sólo se permitía un vaso de vino) y, mirándonos sin de veras vernos, con una vaga media sonrisa, decía siempre: Good night, my dears, no me esperen. Mudos, mi madre y yo terminábamos la comida como si alguien nos hubiera abofeteado. Lo oíamos ir al vestíbulo, ponerse el sobretodo si hacía frío, y salir a la calle dando un portazo. No sé a qué hora volvería porque yo ya estaba dormido y nunca lo oía entrar. Dormía abajo, en ese escritorio cuya puerta, cerrada noche y día, sólo dejaba pasar una fina línea de luz en la parte inferior que delataba su inquietante presencia. En las mañanas de invierno, oscuras, yo pasaba rápido junto a esa puerta con su línea de luz, camino del colegio, rogando no se abriera. De muy chico entendí que más terrible que padecer odio era padecer desprecio.

Y sin embargo, al anotar estos pobres recuerdos, me acuerdo de otro, muy anterior, tan viejo, en efecto, que me pregunto si no será algo que me contaron y que creo recordar, una falsa memoria estimulada por algún relato de mi madre quien, por alguna razón, cuando murió mi padre quiso mejorar la imagen que yo tenía de él, esa imagen que ella misma había intentado desbaratar durante años. Y es el recuerdo siguiente: yo debo de tener unos siete años y estoy con mi padre en Quequén, me ha llevado una vez más a la playa a ver el barco encallado que no me canso de mirar, es tarde y no hay nadie, además es el final de la temporada, de pronto encuentro el cadáver de un pescado enorme, rodeado de gaviotas que se disputan el festín, corro a abrazarme a la cintura de mi padre, a los muslos de mi padre, él entonces me sostiene, me tranquiliza, que no tenga miedo, el pescado ya no siente nada, está en otro lado, y las gaviotas están muy contentas porque tienen hambre y necesitan comer, everything is all right, dice y, aprovechando que se han alejado un instante, recoge una enorme pluma blanca y me la da. Recuerdo que esa noche volví muy contento al hotel con esa pluma, suerte de trofeo macabro con que me había premiado mi padre. O acaso recuerde oír a mi madre contarme que esa noche volví muy contento al hotel con mi pluma. Sin embargo, creo recordar que mi padre también me decía the fish doesn't hurt anymore, y agregaba, no one should hurt anymore. Y ese recuerdo es sólo mío, no lo podía haber sabido mi madre.

Mirá que tenés recuerdos literarios, me dice Samuel cuando se lo cuento, intentando ver si consigo hacerlo empalmar por el lado de mi padre en lugar de hablarme siempre de mi madre. Inútil decir que no recoge el desafío. Hoy, de nuevo en casa como en una recuperada heredad, instalado en su vieja cama de caoba de una plaza que, ya me lo ha dicho mil veces, es la cama en la que dormía de chico, acomodándose sin cesar en las tres almohadas (a ver si me subís una para que me sostenga la nuca, che), Samuel no quiere hablar de mi padre ni de mi madre, quiere hablar de sí mismo. Hablar de sí mismo, para Samuel, es engañar al interlocutor haciéndole creer que quiere hablar de él. Así, cerrando los ojos, me dice contame algo, che, que estoy aburrido, y cuando empiezo –se me ocurre hablarle de mis intentos de traducir a Virgilio Piñera– me detiene en seco. A Virgilio lo conocí bastante cuando vivía en Buenos Aires. Fijate que apareció por el diario una tarde un señor muy bien vestido, con sobretodo de pelo de camello aunque no hacía tanto frío, y pidió hablar conmigo, el suplemento estaba por cerrar y yo lo tuve esperando, y cuando por fin lo atendí resultó ser Virgilio que me traía un cuento y me deshice en excusas. Era difícil hacerse amigo de él porque era muy tímido pero m'hijo quel charme, su misma timidez era un gesto irónico que manejaba como los dioses. Está bien que lo traduzcas, agrega como posdata, y luego me cuenta chismes de traductor, propios y ajenos, como cuando una señora de sociedad le dijo a Jorge que hacía tiempo que no lo veía a Samuel y Jorge le dijo

que Samuel estaba muy ocupado con Emily Brontë y, mirá
si sería bruta, ella le contestó qué cachottier este Samuel
que no me dijo nada, yo no sabía que Emily Brontë andaba por Buenos Aires. O cuando le dieron a traducir el segundo tomo de las memorias de Simone de Beauvoir, no te
puedo decir el tedio, che, como era algo apurado se me
ocurrió darle un pedazo a Martín Delvalle para que me ayudara, le di la parte del medio y yo me guardé el principio y
el final para redondearlo, comprendés, la gente siempre se
saltea las partes del medio. Fijate que este pedazo de animal traduce los diálogos entre Sartre y Beauvoir poniendo
tú en lugar de usted, y sólo me lo dice cuando ya he entregado el manuscrito, diciéndome que sonaba mejor porque
más familiar, cuando the whole point en esa relación era
esa complicidad que crea la distancia. Así que en nuestra
coproducción Sartre y Beauvoir se tratan de usted en la primera parte, luego por razones que el lector ignora se hacen
más amigos y se tutean pequeñoburguesamente en la segunda, y por fin en la tercera, por razones que el lector sigue ignorando, se vuelven a distanciar y vuelven al usted
formal. Sin querer añadimos drama a lo que debe de haber
sido una relación bastante aburrida, ¿no? Pero te das cuenta el bochorno. Como iba mi nombre y no un pseudónimo
(a veces yo firmaba Enrique Tejedor) tuve que avisar en la
editorial y luego me desentendí, preferí no enterarme. Lo
que uno hace para poder vivir en este país. Me acuerdo que
tu madre decía que era duro vivir en el culo del mundo y
luego agregaba: pobre culo. Casualmente me acordé de
ella ayer (además vos me tenés que devolver *La prisonnière*
de Bourdet que a ella le gustaba), cuando vi anunciado un

libro que se llama *The End of the World* y pensé que la traducción adecuada para tal título es, precisamente, *El culo del mundo*. Qué me contás. Y sigue, sin solución de continuidad, fijate que hoy respondí a un test en una revista que me traje del hospital, estaba hecho por gerontólogos, en base a tus respuestas te calculan cuántos años te quedan de vida, yo contesté con *escrupulosa honestidad*, recalca, y descubrí que estaré muerto para mayo del año que viene. Vos también tendrías que hacerlo, me dice distraído.

No acepto la poca tentadora invitación ni intento regresar al tema de mis traducciones de Virgilio Piñera, punto de partida de la deriva vertiginosa de Samuel. Otro día le hablaré de mi relación con la literatura, acaso nunca. Me ha contado que la primera vez que lo fui a ver no las tenía todas consigo, menos por ser yo hijo de mi madre (dice él) que por el temor de que le llevara algo para leer. Carga manuscrito, dice que se dijo al verme llegar, encomendando el alma. Como increíblemente no extraje del bolsillo un manojo de textos y omití cualquier referencia a mi obra inédita (creo en efecto que lo primero que hice fue hablarle del calor que iba a concluir en una tormenta), se tranquilizó y, me dice, sin duda para halagarme, me encontró muy simpático.

Mi madre tenía muchas traducciones de Samuel, algunas dedicadas, como aquélla que decía "Look in my face; my name is Might-have-been", que durante mucho tiempo me llenó de curiosidad. Pensaba que Samuel, a quien yo sólo conocía de nombre, habría sido un amante de mi madre, luego desdeñado, e interpretaba la cita, cuyo autor desconocía, como una declaración de amor no correspondido. Acaso lo fuera: quiero decir, cita y declaración a la vez. Me gustaba hojear esos libros que mi madre había decidido la acompañarían en el exilio, hasta le pedí que me dejara tenerlos en mi cuarto y no en el suyo o en el living de los sucesivos departamentos en que vivimos. Los hice míos y creo que fueron los únicos libros en español que leí durante mucho tiempo. Cuando llegamos a Estados Unidos mi madre sólo me compraba libros en inglés para que recuperara plenamente la que a partir de entonces, invirtiendo el orden previo, pasaría a ser mi primera lengua, libros para adolescentes que sólo medianamente me interesaban porque daban por descontada una realidad que para mí era todavía insólita. En cambio leía a escondidas las traducciones del francés y del inglés de Samuel, con la fruición vergonzante de las lecturas prohibidas. Así, cuando otros chicos leían *The Hardy Boys*, yo leía –o hacía que leía–, en español, a Djuna Barnes, a Henry James, a Genêt (no a Simone de Beauvoir que vino más tarde), sin entender demasiado pero sintiendo que estas lecturas en la lengua dejada atrás me ponían en contacto con un señor argentino que había sido el amante de mi madre, un señor de quien mi madre debía seguir enamorada porque se había traído estos libros a Estados Unidos y no tantas otras cosas que a mí se me antojaban mucho más importantes. A veces se me ocurría pronunciar en su presencia el nombre, Samuel, como al azar y en cualquier contexto, para espiar la reacción de mi madre al oír el nombre del amante. Pero mi madre no reaccionaba; más bien, después de algunas veces, se exasperó y me dijo ¿Samuel qué? ¿Quién es ese Samuel que me mencionás todo el tiempo? Mirá que sos secante. Con lo cual deduje (erróneamente) que Samuel, Samuel

Valverde, había perdido resonancia en la caja de recuerdos de mi madre. Fue entonces que dejé de leer –o de hacer como que leía– los libros traducidos por Samuel.

XXXV

La prisonnière de Bourdet, me contesta Simón cuando le digo que Samuel (a quien todavía no le he devuelto el libro) me ha contado que era lectura favorita de mi madre, o algo por el estilo, *La prisonnière* de Bourdet fue una pieza que causó escándalo en todas las ciudades donde se estrenó. No creas que soy un experto en la materia. Es uno de los tantos datos inútiles que he almacenado de los años que pasé con Felipe. No me acuerdo del color de sus ojos ni de la forma de sus manos pero sí me acuerdo de estos detalles que no sirven para nada. Si quieres te digo más. ¿Primera puesta en escena de la obra en Francia? 1926. ¿Primera puesta en inglés, en Broadway? 1927. Prohibieron la obra inmediatamente, fue un caso célebre, ríete de Mapplethorpe. ¿Se dio en Caracas, o en Buenos Aires, o en Santiago? Como diría tu amigo Samuel, j'ignore. Distraído, lo dejo terminar: estoy acostumbrado a este tipo de performance, producto tanto de su relación con un chileno afrancesado, director de teatro, bastante mayor que él, con quien vivió durante un tiempo en San Francisco, como de su prodigiosa capacidad para recordarlo todo. Mr. Memory, le digo a veces porque es un don que me impresiona; a él, en cambio, parece molestarlo. Me permito pensar durante un instante, mientras sigue su cháchara, cuáles serán los pedacitos de información vacua que retendrá mi mente cuando termine (si termina) mi relación con Simón, me pregunto si algún día será posible recordar la fecha de la primera foto que le tomó Irving Penn a Lisa Fonssagrives ("Woman in Chicken Hat", 1949, seis años antes de nacer yo) y no el azul imposible de los ojos de Simón. Me digo que lo quiero a Simón, me digo que lo extraño, no imagino mi vida sin él, y al mismo tiempo dilato absurdamente mi estadía en Buenos Aires, postergo mi regreso. No estoy listo para volver.

Nadie se acuerda de esa pieza hoy en día, concluye Simón, y estoy seguro de que tiene razón. Resulta difícil imaginar una representación de *La prisonnière* que hoy causara escándalo; mejor aún, resulta difícil imaginar que alguien se tomara el trabajo de poner la pieza en escena. Como inmediatamente me informa Simón quien por otra parte no la ha leído, es un period piece del peor period, es decir de finales de los años veinte. Pienso que es una pieza que le debía gustar a John Godfrey de Princeton, quien sin duda la conocía; lo que no entiendo del todo es por qué le gustaría tanto a mi madre. Irene de Montcel, le cuento a Simón, se niega a acompañar a su padre a Roma en función diplomática porque algo, que no se dice, la retiene en París. El padre huele algo raro porque Irene pasa mucho tiempo fuera de casa y miente acerca de sus salidas, se ve sin cesar con un matrimonio que conoció en Italia la temporada anterior, un matrimonio compuesto de un buen burgués francés y, ojo, le recalco a Simón, una *extranjera*, para peor, austríaca. Desde luego como te imaginarás Irene se ha enamorado perdidamente de esta mujer, a quien nunca vemos en escena, great role, comenta Simón y le digo que se calle. En todo caso, prosigo, Irene, para poder quedarse en París, le cuenta al padre que tiene un asunto con Jacques, un joven amigo de la familia a quien Irene pide ayuda, revelándole que tiene un amor secreto que el otro supone es hombre. Jacques acepta participar en la impostura pero, como ama de veras a Irene, está celoso de su misterioso rival. Enfrenta al marido de la austríaca de quien fue compañero de colegio, para averiguar la verdad. La escena no tiene desperdicio porque Jacques piensa que el otro es el amante secreto de Irene mientras que el marido de L'Autrichienne, sin hacerse rogar demasiado, le revela que, esperá que te leo, "No sólo un hombre puede ser peligroso para una mujer... En algunos casos, puede serlo una mujer", y Jacques por fin comprende. El marido le aconseja a Jacques que renuncie a Irene porque, esperá que te leo de nuevo, "¡Pasarás toda la vida persiguiendo un fantasma que no alcanzarás jamás! Porque no se las alcanza jamás, son como sombras. ¡Hay que dejarlas pasearse entre ellas en su reino de sombras! Sobre todo no acercarse. Son peligrosas".

¿Cómo puedes seguir leyendo ese mamarracho?, me dice Simón, aunque adivino por su tono que el melodramático reino de sombras le ha gustado. Lo leo porque es una pieza que le gustaba a mi madre, contesto sin confesarle que a mí también me divierte, pero está bien no te cuento más. Por favor sigue, contesta Simón magnánimo, hasta los mamarrachos tienen su razón de ser, y le cuento cómo Irene le pide a Jacques que se case con ella para salvarla de esa "prisión a la que no puedo no volver", todo esto sin decirle que ama a una mujer. Jacques, que ya lo sabe, se casa con ella porque quiere salvarla pero entonces empiezan los verdaderos celos y las sospechas: ¿Irene le esconderá algo, seguirá viendo a la otra o no? Irene le dice que la otra le ha escrito cartas que ha devuelto sin abrir, aunque por fin le confiesa que sí, sí la vio, y está muy enferma, y tiene que ir

a Suiza (consumptive sublime, apunta Simón), y quiere que
Irene la acompañe (necesita enfermera, dice Simón), y le
ha pedido que vaya a verla dentro de dos horas para darle
su respuesta, y por supuesto vas a ir, le dice Jacques con pesada ironía (no podía ser de otra manera, dice Simón), sa-
bes que no iré, le dice Irene (oh yes you will, dice Simón),
pero hasta cuándo resistirás, insiste Jacques, mírate al espejo, con la respiración jadeante, la mirada extraviada, las manos que te tiemblan, todo porque la acabas de volver a ver
(loca la de la locura, añade Simón). Y aquí la frase lapidaria
de Jacques: "Hace un año que vivo junto a una estatua y ha
bastado que esa mujer vuelva a aparecer para que la estatua
se anime, para que se vuelva un ser vivo, capaz de sufrir y de
estremecerse", de tressaillir, dice el texto, que es un verbo
que a mí me encanta (la muy putilla, dice Simón, impostando un acento castizo, no sé si refiriéndose a Irene o a mí).
Le cuento entonces que Jacques sale, pretextando un compromiso, e Irene queda sola en el escenario, y la mucama le
trae un ramo de violetas que son las flores que la otra solía
mandarle, y ella mira las flores, y las besa, más bien las roza
con los labios, así, muy despacito, suave, muy suave (te voy
a matar si sigues así, dice Simón), y luego las aleja, y mira hacia la puerta por donde ha salido Jacques, como reprochán-
dole que la haya dejado sola en este momento en que tiene
que elegir, y luego mira de nuevo las violetas, e incapaz de
"résister plus longtemps à l'appel qui en émane", se levanta
y sale. Y entonces, guess what, Jacques, que no se había ido
de veras, sólo había simulado irse (machito noble, comenta
Simón) vuelve, comprueba entristecido que Irene ya no está en la sala, y entonces se oye el ruido de la puerta de calle

que se cierra (a esta obra no le falta nada, dice Simón) y él queda solo en escena mientras cae el telón. Debe de haber sido bastante eficaz, agrego, como para disculparme de haberme explayado. Lo suficiente para haberme tenido media hora en el teléfono a larga distancia, tressaillant como te gusta a ti, concluye Simón.

Me pregunto si mi madre tendría amigas lesbianas, trato de imaginarme las relaciones entre esas Atalantes como las llama Samuel, desenterrar del pasado compartido con ella alguna alusión que explicara su gusto por esta pieza. Porque, le digo a Simón, la única razón por la cual te podría gustar este mamarracho, como vos decís, es por la razón que nos gusta leerla a vos y a mí, es decir, porque de alguna manera nos reconocemos, y además nos divierte la intriga, el drama, la cursilería incluso, la atmósfera de misterio, la inminencia de la revelación. Es como si alguien nos contara un chisme, un secreto que nos une. Con ese razonamiento, la obra no habría tenido el éxito que tuvo y sólo la habrían leído, visto y apreciado homosexuales, me contesta Simón, tu razonamiento no funciona. Fíjate que me acuerdo que cuando yo tendría quince años, sigue Simón, oí que una de las amigas de mi madre, una señora muy elegante de Caracas, bastante mayor que ella, le recomendaba que leyera *El pozo de la soledad* porque, decía, era un libro buenísimo y terrible de tan amargo, y te puedo asegurar que tanto la señora como mi madre distaban de ser lesbianas, lo que les gustaba era la atmósfera melodramática, eran ya entonces drama queens, así que tu razonamiento funciona perfectamente al revés: esos textos en su época eran leídos por todo el mundo, es sólo ahora cuando los leen únicamente los gays. Pero, termina condescendiente, no quiero cortar tu pesquisa sobre la presunta sexualidad de las amigas de tu madre, pregúntale, por qué no, a tu amigo Pituquín. Se llama Samuel, atino a decirle, furioso de haberle contado la historia del hospital, antes de colgar.

XXXVI

Beatriz me ha citado temprano en Retiro para ir al Tigre, con la promesa de que volveremos a la ciudad a la hora de comer. Es curioso: Beatriz dice ciudad, no dice centro, o Buenos Aires, me recuerda las direcciones viejas de los sobres que encontré entre los papeles de mi madre y que eran, creo, de mi abuela, sobres de cartas escritas mucho antes de que yo naciera, donde se ponía simplemente ciudad en lugar de Buenos Aires, como si no hubiera otra alternativa, como si fuera la única ciudad del país. Además, he notado que como tantas mujeres de clase alta (aunque suelen ser mayores que ella), Beatriz tiene la costumbre de usar circunloquios para mencionar ciertos objetos, como si la exigencia del mot juste no tuviera vigencia frente a algunos productos de la modernidad ante los cuales se expresa todavía cierta falta de costumbre, cierta incomodidad. A la manera de esas señoras bien que se empeñan en decir aparato de aire por acondicionador, como si la ignorancia de la técnica fuera una marca de clase y la palabra ya científica ya utilitariamente descriptiva fuera muestra de cursilería, Beatriz cae en esos eufemismos antiguos y levemente ridículos. Yo, a propósito, busco irritarla, mecho la conversación con palabras como cronograma ("empleo del tiempo" me corrige ella, con inevitable galicismo), o bien le pido explicaciones ¿qué querés decir con aparato de aire, un ventilador?

El propósito de la excursión de hoy es ir al recreo del Tigre donde se mató Lugones, algo que en un momento me había interesado hacer pero que ahora me parece frívolo y me pone de pésimo humor. La idea es tonta, hasta cursi, producto de un voyeurismo que no lleva a nada, un manotazo más de mi parte para intentar inventar algo que me haga sentir un poco más ubicado, no sé, un poco más vivo. Simón, con quien tengo discusiones telefónicas cada vez más desagradables, tiene razón en reírse, en acusarme de liviandad. Estoy como picoteando pasados ajenos, probando un poquito de aquí y otro de allí, estoy jugando con otras vidas para hacerme creer, a mí mismo, que tengo vida propia. Por eso estoy de mal humor, por eso llego tarde a propósito (pero no tanto), por eso le contesto a Beatriz sólo con monosílabos hasta que por fin cedo a su seducción –hace ímprobos esfuerzos por hacerme reír– y le confieso que el ejercicio necrofílico en el que nos he embarcado (la insistencia en ir ha sido siempre mía, ella sólo me sirve de guía) me parece de una inutilidad ejemplar. Preferís no ir, me pregunta de pronto muy seria, cuando estamos a dos pasos de la ventanilla. Todavía tenés tiempo de echarte atrás. Le hubiera dicho que sí, pero hay algo en su manera de decir "echarte atrás", como un tono de sorna, que provoca como un desafío. Le aseguro que no, que iremos y la pasaremos bien, la dejo que compre los boletos que más tarde le reembolsaré. Una vez comprados, se vuelve hacia mí desde la ventanilla y me dice, con ancha sonrisa, ahora ya es demasiado tarde.

Tomamos el tren que he tomado tantas veces de chico, cuando la acompañaba a mi madre por la tarde a hacer compras al centro y volvíamos, siempre con atraso, a Belgrano. Corríamos para alcanzar el tren de las ocho y treinta y tres que nos depositaba, con suerte, en el andén de Belgrano C (como entonces se llamaba) a las nueve menos cuarto en punto. De allí caminábamos rápido las cuatro cuadras que nos separaban de casa donde mi padre, cada vez más moroso al ver que no llegábamos, apuraba whiskey tras whiskey mientras nos esperaba para comer. Por alguna razón, en esa casa desorganizada donde había pocas reglas y menos ritos se comía siempre a las nueve en punto. Entrábamos apurados, como chicos cómplices que han hecho alguna travesura, para hacer frente a algún comentario agresivo de mi padre, y luego comíamos en silencio, hasta que mi padre se levantaba antes de terminar, como un resorte, siempre con la misma frase cortés e indiferente, Good night, my dears, no me esperen, y se marchaba dando un portazo. Esas noches, recuerdo, nos sentíamos menos mal que las otras, primero porque nos considerábamos de algún modo merecedores de esa cortedad por haberlo hecho esperar pero sobre todo, pienso, porque el recuerdo de la tarde que habíamos pasado juntos nos volvía impermeables a su agresión. Mi madre me sonreía al verlo marcharse y me decía, si era verano, si querés te llevo a tomar un helado a Zanettin. Me daba tanto miedo la posibilidad de que si salíamos podíamos llegar a toparnos con mi padre, que casi siempre, mintiéndole, le contestaba que no, que no tenía ganas de tomar un helado. Las pocas veces que me dejé tentar y bajamos las barrancas hasta Juramento, la sola idea de que mi padre podía andar por ahí, agazapado detrás de algún árbol, espiándonos, fue suficiente para empañar cualquier placer que podía proporcionarme la salida o el postre.

Ahora estoy en el mismo tren, pero no bajamos en Belgrano C, seguimos hacia el Tigre. Me siento excitado, la cabeza liviana, como si estuviese adentrándome en territorio no

No va a Tigre (es el de R.)

explorado. De hecho, el recorrido es para mí nuevo. Que yo recuerde, nunca tomé este tren hacia el norte, a pesar de que mi padre tenía primos en Olivos a los que alguna vez visitábamos. Supongo que siempre habremos ido en automóvil, le comento a Beatriz, por decir algo para romper el silencio: me sigue incomodando la idea de esta excursión, o peregrinación, no sé a ciencia cierta cómo llamarla. Eso no puede ser, me dice, te habrás olvidado. Tu madre te llevaba bastante a menudo a San Isidro, a casa de unas amigas, y seguro iban en tren porque después del accidente dejó de manejar, tu padre se lo había prohibido, y no me los imagino a ustedes dos en el colectivo 60. En fin, no me la imagino a ella, concluye Beatriz, mientras yo registro mecánicamente por la ventanilla fondos de casas modestas, conventillos, algún paso a nivel con sus barreras descascaradas, un chico con camiseta azul claro y cara aindiada a punto de cruzar las vías, el cartel de la estación Nuñez, intentando sobreponerme al desconcierto múltiple que provoca en mí su respuesta. ¿Cómo es posible que yo no recuerde lo que me cuenta, yo que creo recordar cada uno de los momentos pasados en Buenos Aires con mi madre? Que otros detenten el pasado de mi madre, de mi padre, es una cosa, pero que detenten una parte del mío, una parte que me es ajena porque la ignoro o la he olvidado, se me hace intolerable. Es verdad que mi madre no usaba mucho el auto en Buenos Aires pero ¿de qué accidente me está hablando Beatriz? ¿Quiénes eran esas amigas a cuya casa de San Isidro me llevaba? ¿Cuándo ocurrieron estas salidas? Pero más que nada ¿cómo está al tanto Beatriz de todo esto, de detalles de la relación entre mis padres, Beatriz que nunca ha mencionado a mi padre, que dice acordarse tan poco de mi madre, Beatriz que ve borrosas las caras del pasado? ¿Y cómo es posible que yo, después de haber musitado un pero claro, casi me había olvidado, que seguramente no ha convencido a Beatriz en lo más mínimo? ¿Cómo es posible que yo no logre convocar, mientras veo desfilar más carteles de estación, Rivadavia, Olivos, La Lucila, ningún detalle, ningún residuo, que me permita recobrar el recuerdo de esas salidas?

Todavía estoy en ese estado, procurando disimular mi agitación, cuando llegamos al final del viaje. Me digo que no es el momento para pedirle más precisiones, que lo haré más tarde, de vuelta en el centro. Mis conversaciones con Beatriz sobre el pasado suelen transformarse muy pronto en peleas, puntuadas con frases tajantes y sarcásticas que sirven para cortar la discusión, no para resolverla. Es como si mi insistencia en recobrar datos la pusiera a la defensiva y suscitara no sé qué antagonismos: ya van varias veces que lo compruebo. Así que me digo que el día, hoy, es de Lugones, no mío ni de mi madre, y que ya pensaré en estas revelaciones y le pediré más detalles esta noche, o mejor mañana.

El tren se detiene y nos bajamos, hemos llegado al final de la línea. En cuanto nos lanzamos a andar por las calles tan arboladas, de hecho tan frescas que hasta creo que siento frío, tengo la sensación de estar en otra ciudad. Es curioso: esto no me ha ocurrido en otros barrios de Buenos Aires. Por lo pronto, las calles, muy verdes y sombrías, con viejas casonas de principios de siglo, grises y melancólicas, cuyos jardines del frente están llenos de enormes helechos negros y relucientes, con sus viejos y espléndidos clubes de remo, locuras arquitectónicas que conjugan la Belle Epoque con el manor inglés o el palacio ducal de Venecia, parecen telón de fondo para otra vida, otros personajes, como un set de cine abandonado en el que se oyen retumbar, lejanamente, voces que narran historias caducas. No hay nadie en las calles, sólo de vez en cuando un gato que atraviesa el empedrado, alguno que otro transeúnte, una mujer vieja entrando en una de esas casas con una bolsa llena de provisiones, un chico que se nos acerca para proponernos un almuerzo a precio fijo en el Canottieri Italiani, club al que, recuerdo, pertenecía mi padre. Por un momento me tienta la idea de entrar pero Beatriz se resiste, quiere que lleguemos cuanto antes a El Tropezón. Durante la semana esto está desierto, tendrías que ver cómo se pone los sábados y domingos, me dice, añadiendo que hay un centro comercial muy activo a unas pocas cuadras. (Me pregunto si viene a menudo, parece saberlo todo.) Acepto lo que me dice aunque me cuesta imaginar la actividad de ese centro comercial; es como si este suburbio al borde del delta del Paraná por el cual caminamos, en un día luminosísimo de noviembre que acaso la proximidad del agua vuelva aún más luminoso y más suave, se hubiera quedado para siempre atrás, en no sé qué reino de sombras. Pienso en el título de Herrera y Reissig que he catalogado más de una vez, *Los parques abandonados*, y la ocurrencia me divierte, como homenaje perverso a Lugones, cuyo lugar de muerte estamos a punto de curiosear.

Nos acercamos al muelle para tomar la lancha. Hay más movimiento al borde del agua, gente sentada o acodada a la balaustrada que da al río, algunos pescando otros simplemente mirando pasar el agua, todos levemente adormilados, sin curiosidad. Persiste en mí la sensación de estar en otro mundo, pero ya no es un mundo del pasado, simplemente un mundo paralelo, un mundo de río y de islas que obedece a otro tiempo, a otro ritmo, que vive mirándose en el reflejo de estas aguas apenas rizadas, perezosas. De las lanchas desembarca gente con valijas o bultos y se dirige rumbo a los comercios o a la estación de tren, lentamente, como quien acaba de despertar de un sueño agradable. A esta hora del día son pocos los que van en dirección contraria, rumbo a las islas. Nuestra lancha está a punto de salir y sólo estamos nosotros, una pareja de turistas escandinavos, un muchacho con una caja de herramientas, y el lanchero, con la cara tostada y muy arrugada. A último momento, cuando la lancha está por arrancar, sube una mujer vieja más bien baja, de pelo casi blanco, algo agitada. Oigo que pregunta si para en El Tropezón. La coincidencia me parece extraña, levemente ominosa, pero Beatriz me asegura que es un recreo como cualquier otro y que sigue abierto al público, o vos creés que lo transformaron en museo. Sin razón aparente, me acuerdo de pronto que Lugones estaba lleno de tics, vivía acomodándose los puños de la camisa y metiéndose el dedo mecánicamente en el zapato, evidentemente inconsciente del estupor que provocaba en sus interlocutores. Entonces zarpa la lancha rumbo a la confluencia del Paraná de las Palmas y el canal Arias. El exceso de luz, el calor de mediodía, la excitación, algo hace que me sienta agotado. Pese a mis esfuerzos por mantenerme despierto me vence el sueño y dejo caer la cabeza en el hombro de Beatriz.

FIN DE LA PRIMERA PARTE

SEGUNDA PARTE

XXXVII

Me cuesta acostumbrarme a mi nuevo lugar. Pienso que acaso haya cometido un error al dejar el City pero, después de hacer cálculos y comprobar que al paso que iba pronto me quedaría sin fondos, encontré más atractiva la propuesta de Beatriz y la acepté. En realidad me conviene, le dije a Samuel quien desaprobaba (y sigue desaprobando) la mudanza, el departamento está vacío desde que murió el padre, no lo alquilan, lo tienen cerrado, de vez en cuando pasa unos días en él no sé qué tío que vive en Venado Tuerto, yo me ahorro unos cuantos pesos porque Beatriz no quiere que pague alquiler, y el departamento está más cuidado y se siente menos solo, le sigo diciendo a Samuel citándole aquella frase de mi madre que tenía la teoría de que a las casas no hay que dejarlas solas porque se vuelven malas y se vengan. Tu madre, como sabemos, era de un rigor científico ejemplar, me dice Samuel, pero el que tiene que cuidarse sos vos, de esa familia no esperés nada bueno, te lo vas a encontrar a Pedro Salvadores debajo de la mesa del comedor. No entendí la referencia y tampoco le pedí aclaración; a pesar de que su solicitud curiosamente me conmovía, quería terminar la conversación cuanto antes. En cuanto a que Beatriz no te está cobrando, agregó Samuel, sos un iluso.

Esto ocurrió hace ya unas semanas, justo después de volver enfermo del Tigre. Nunca sabré bien del todo qué me pasó aquél día, siento como si a mi vida le faltara un pedazo, como si hubiera estado fuera de mí durante buena parte de aquella tarde, no logro recordar nada. Me dice Beatriz que nunca llegamos a El Tropezón, que en cuanto salió la lancha empecé a tiritar violentamente, como si tuviese muchísima fiebre. Yo recuerdo haber pensado que mientras no encontrara cómo salir de esa situación, mientras no supiera, siquiera, si había una salida, no debía dormirme, porque la salida que me esperaba en el sueño tal vez era demasiado atroz. Pero igual me dormí, empecé a tener convulsiones, y entre Beatriz y la mujer que había subido a última hora a la lancha me habían hecho bajar en un recreo que conocía la mujer, era de unos familiares, me recostaron en un sofá de la sala mientras el pariente de la mujer, creo que era un hermano, había llamado una lancha ambulancia que vino enseguida y el médico logró estabilizarme y luego me llevaron al hospital de San Fernando donde recobré el sentido, me dice Beatriz, aunque yo no recuerdo nada tampoco del hospital, cómo no te acordás del médico que nos atendió, muy simpático, hasta te dijo algo en inglés porque te prevengo que te despertaste hablando en inglés, como delirando, le pedías a alguien que te mirara en los ojos, look in my eyes, no tenía ningún sentido, parecías borracho. Lo que me cuenta me mortifica, ese desvarío en inglés fuera de mi control del que ella se acuerda y yo no, por más que me esfuerzo no logro reconstruir la escena y menos entender las palabras que me dice pronuncié. Sin embargo, tengo de pronto recuerdos que (lo juraría) me llegan de un sueño y que no corresponden a lo que me cuenta Beatriz, recuerdos de haber llegado, sí, a El Tropezón, recuerdos de un altercado, algo muy violento y pesado que yo veía y a la vez sentía por dentro, y luego una voz de mujer, ronca y con algo de acento, que decía, medio nerviosa, hacé algo con ese chico porque seguro va a decir algo, y otra voz de mujer que decía no ves que se está durmiendo, tiene los ojos fríos, si parece un muertito. No le digo nada a Beatriz de todo esto, le pregunto en cambio cuál fue el diagnóstico del médico. Arritmia pasajera, me dice, nada que tengas que preocuparte. Te preguntó si estabas con mucho stress y vos le dijiste que no sabías, pero yo le dije que sí porque salta a la vista que estás ansioso, irritado. Ah, me dice extendiéndome un frasquito con una etiqueta indescifrable, me dio estas pastillas para que tomes por si te sentís de nuevo mal. No voy a tomar algo sin saber qué es, le digo molesto. Allá vos, me contestó. Fue entonces cuando me ofreció el departamento, convenciéndome de sus ventajas, y yo acepté, aunque en el estado de desconcierto en que estaba creo que me hubiera dejado convencer de cualquier cosa. Y así fue cómo, hace quince días, dejé el hotel y me instalé en este departamento, agradable aunque algo melancólico, en la calle Paraguay. Al salir del City tuve la impresión de que me iba de casa y sentí algo de miedo.

Te gustaría este lugar, le digo en vano a Simón para apaciguarlo, por qué no te largás por unos días a visitarme, sólo pagás el pasaje y yo te doy casa y comida. No hay caso: parece compartir la desconfianza de Samuel con respecto a Beatriz, sin duda aumentada por la sospecha de que mi mudanza resulte en la prolongación de mi estadía. Le aseguro de que no será el caso aunque ni yo mismo estoy seguro de lo que digo. Desde la visita al Tigre tengo otro sentido del tiempo y he resuelto no obligarme a nada, aceptar las cosas como se den, sin provocarlas, sin pretender controlarlas.

El departamento es, de hecho, muy cómodo y sorprendentemente (diría casi inquietantemente) tranquilo. Mira a un fondo de manzana al que dan, además de un par de edificios como éste, casas viejas de una o dos plantas con patios llenos de macetas o con pequeños, desordenados jardines. Desde la ventana del living sigo a diario a una mujer en su ritual de mínimos quehaceres. Primero riega las plantas de unos maceteros descascarados, luego da de comer a dos gatos, luego cuelga una poca ropa, dos o tres prendas y un repasador, al sol, luego se sienta a tomar mate. Esto lleva aproximadamente una hora y media, de ocho a nueve y media, porque la mujer es muy vieja y se mueve lentamente. La distancia (yo estoy en un octavo piso, ella en planta baja) la hace parecer minúscula y posiblemente más lenta de lo que es, es como mirar una hormiga. Pienso que estoy haciendo con esta mujer lo mismo que mi madre hacía con Marion y Marion con ella, pienso que a lo mejor esta mujer también está atenta a cuándo descorro las cortinas del dormitorio, cuándo abro la puerta del living que da al pequeño balcón, cuándo me siento con mi taza de café ante esa puerta abierta para recibir el aire y tomar un poco de sol. Pero no creo que se fije. Está bastante encorvada y siempre anda con la cabeza baja, sólo cuando se sienta a tomar mate mira para arriba y para entonces yo ya he terminado mi café.

Son curiosos estos pequeños ritos que me invento para jugar a que vivo en Buenos Aires. Poco a poco me he desprendido de las cosas que todavía, en mi cuarto del City, me hacían pensar que estaba de paso, y que yo conservaba precisamente con ese fin. El ejemplar requeteajado del *New York Times* que compré en Kennedy la noche que me embarqué, hace ya más de un mes, con sus titulares caducos y el

suplemento de *House and Home* (era un jueves) dedicado,
oh ironía, a la nueva popularidad de los pueblitos de Long
Island, entre ellos Orient, ha ido a parar, por fin, a la basura. También la papeleta con mensajes y números de teléfono
que la gente me había dejado en el contestador de la universidad y a los que nunca respondí, también las cartas diversas
que me traje para, quizá, contestar en mis momentos libres:
sólo Simón me mantiene unido, tenuemente, al mundo de
allá, sólo Simón (cada vez más seco conmigo y lo entiendo)
me insiste, didácticamente, en que mi vida no está aquí, que
por favor ponga un plazo a mi estadía. Ya van casi dos meses,
me dice: yo creía que habíamos convenido en que volverías
a Nueva York para las fiestas, por lo menos para fin de año.
Lo escucho, lo quiero, lo extraño, y sin embargo me dedico
a familiarizarme con el barrio, a ubicar el supermercado, la
farmacia, la parada del colectivo, me compro un pantalón
más liviano y un par de remeras porque entro en cuenta de
que sí, se viene el verano, y estoy mal preparado para tanto
calor. Cuando al cabo de una semana, el vendedor de diarios
de la esquina empieza a saludarme, me siento en casa.

XXXVIII

Después de las lluvias de anoche, hoy ha amanecido muy nublado, húmedo; tan húmedo, de hecho, que, después del sofocante calor prematuro de las primeras semanas de noviembre, hasta parece que hace frío. El cielo está encapotado, las nubes tan bajas que desde mi ventana apenas distingo la ciudad. Éstos son los días tramposos, los días en que me digo, mirando el cielo por la ventana y abstrayendo los edificios, que no estoy aquí sino en otra parte, en el otro lugar, que no es el comienzo del verano sino el comienzo del invierno, que no estoy en Buenos Aires sino en Nueva York, que en cualquier momento se va a abrir la puerta y va a entrar Simón, o David, o va a sonar el teléfono y no va a ser necesario atajarme justo a tiempo antes de decir hello, éstos son los días en que pienso que será mejor que me compre un sobretodo antes de que empiece de veras el invierno hasta que caigo en la realidad de que está por comenzar el verano y que no estoy en el otro lugar sino en éste. Lo mismo me pasa en Estados Unidos, pienso, recordando el desconcierto de David, en Princeton, cuando le decía, a fines de mayo o principios de junio, que el perfume de ciertas flores, esas gardenias que para mí eran jazmines, o las magnolias en flor, me hacían pensar siempre en Navidad, o recordando mi propio desconcierto, siempre renovado, ante el hecho de que mi cumpleaños, que en la Argentina coincidía con el final del invierno cuando los días comenzaban imperceptiblemente a alargarse y la luz era distinta, en el hemisferio norte marcaba –sigue marcando– ineluctablemente el melancólico final del verano.

Es una pena que haya cambiado tanto el tiempo, me dice Peter, el hijo de Cirilo Dowling y, por lo tanto, primo tercero mío, cuando pasa a buscarme por el departamento para llevarme a pasar el día a la quinta de los padres. The old man is going to be in a vile mood. Peter es joven, tiene unos diez años menos que yo, es buenmozo, seguro de sí y, según mi primera impresión, gay. Durante el viaje a Hurlingham, en un viejo Peugeot que maneja con el desparpajo de quien está al volante de una Porsche, lo espío de costado, buscando confirmar mi primer impresión. No lo logro: al revés de su padre, transparente a base de estereotipos, Peter Dowling es un texto hermético que rechaza mi lectura. Hablamos de todo un poco, me cuenta que ha viajado varias veces a Estados Unidos pero casi siempre a Washington, como miembro de una comisión asesora de la OEA en asuntos agrícolas. Pienso que es demasiado joven para el cargo pero también pienso que es ésa siempre mi reacción cuando alguien me cuenta que ocupa un cargo institucional que requiere responsabilidad y eficacia. Veo desfilar barrios que Peter enumera y que para mí sólo son nombres, Villa Devoto, Villa del Parque, pienso en mi padre y me pregunto si Peter lo habrá conocido pero no me atrevo a preguntarle. De pronto surge un recuerdo que tenía del todo olvidado, me veo con mi padre en su escritorio, un día en que no ha ido a la oficina, acaso un sábado incierto y nublado como hoy porque si no habría ido a jugar al tenis, estoy sentado al lado de él en un viejo sofá de roble tapizado en un color indefinido, posiblemente beige, mi padre está de buen humor, creo, de pronto me pregunta (en respuesta a alguna ocurrencia mía que lo ha hecho reír y que yo no logro recordar) what do you want to be when you grow up?, y yo le digo (tendré unos cinco años) carpintero porque me gusta Ramón, el muchacho que acaba de instalar unas bibliotecas en la casa, y él me dice you can do better than that, pero que a fin de cuentas puedo hacer lo que yo elija, y que no me olvide que soy yo quien tiene que elegir, que no deje que la vida elija por mí, y tampoco Mummy and Daddy. Me lo decía con mucha vehemencia, por lo menos así lo recuerdo, me pregunto ahora si sentía que alguien había elegido en su lugar (¿quién habría sido?) porque él se dejó estar. Esto voy pensando mientras el automóvil sigue corriendo hacia el oeste, dejando atrás más barrios que seguramente no conozco, Santos Lugares, Caseros, Palomar. Hubiera podido venir por mi cuenta, le digo a Peter, más cortés que sincero. No quería que te perdieras, contesta burlón, con decirte que Hurlingham tiene no una sino dos estaciones de tren y una de ellas no se llama Hurlingham. Y cuando le pregunto cómo se llama me dice Rubén Darío, very poetic, pero es un ramal que dicen lo hicieron los militares para que el tren llegara a Campo de Mayo. Nada que ver.

Cirilo está en su esplendor, rosado y brillante, exudando afabilidad y buenas maneras. Es el perfecto dueño de casa, me ofrece un jerez, me muestra la quinta, cuya proximidad al Hurlingham Club, del cual es miembro, es fuente infinita de satisfacción, sonríe y hace chistes pero siento que maneja a su familia con puño de hierro, acaso como lo manejó a él su padre, un inglés del norte de rostro anguloso, bastante brutal, cuya fotografía domina la biblioteca de la quinta, y a quien todavía se refiere con respeto: That's Father, dice, respondiendo a la interrogación que ve en mis ojos, no dice

My father. La mujer de Cirilo también es angloargentina, de familia de campo, menos aferrada, parecería, a su filiación británica que el marido. Creo incluso detectar un leve acento argentino cuando habla inglés. Durante el almuerzo noto que al dirigirse a Peter su primer impulso es hacerlo en castellano. Peter se maneja sin dificultad en los dos idiomas, inglés con el padre, castellano con la madre, inglés conmigo y, noto sorprendido, castellano con su hermana menor, Susana. Se lo hago notar, me dice, sacudiéndose de hombros, no vivimos en Inglaterra. Percibo que la respuesta molesta a su padre, when you were children we all spoke English, dice irritado, se van a olvidar de lo mejor que les he podido dar, otro idioma, el castellano igual lo iban a aprender en el colegio y en la calle pero en casa hubieran podido seguir hablando inglés. Tengo la impresión de haber desencadenado, con mi mera presencia, una vieja y estéril discusión, me siento como un juez a quien uno y otro bando intenta convencer para que falle a favor suyo. Para evitar intervenir en la discusión, y porque francamente no me interesa demasiado, le pregunto a Cirilo si conoció a mis abuelos, yo no tengo datos de ellos, le digo, sé que eran irlandeses y poco más. No, tu abuela no era irlandesa, me dice algo picado, sólo tu abuelo, ella era inglesa, del norte, como Padre, pero no de York sino de más arriba, de Durham, creo, es curioso cómo vinieron varios de esa región, ¿no? Claro que la recuerdo, tenía cuentos muy divertidos de cuando lo acompañó a tu abuelo que trabajaba en el ferrocarril, él sí que era irlandés, a bit of a wanderer, recuerdo que ella contaba que vivían en un vagón de tren que iba avanzando a medida que los peones ponían los rieles, era el ramal del Ferrocarril Andino que iba de Villa María en Córdoba a Mercedes, en San Luis, a tu abuelo lo habían hecho capataz, automáticamente, porque hablaba inglés, lo llamaban Míster Patrick, decía tu abuela, the men loved him. Esto sería por los ochenta, más de veinte años antes de nacer tu padre que fue, como dicen, hijo de la vejez, tu abuela contaba que, cuando paraban para almorzar, los obreros hacían fuego a la vera del tren para el asado, y también contaba cómo, en el apuro de recoger todo cuando el tren volvía a arrancar sin previo aviso, el peón de cocina solía olvidar en las brasas la pava con agua para el té, y tenía que salir corriendo a buscarla. Nunca se acostumbró al mate, agrega Cirilo, risueño, porque él sí ha adoptado el mate como detalle autóctono quaint y por lo visto matea todas las mañanas, además tu abuela hablaba muy mal castellano, sabés, she didn't have an ear for Spanish, y eso que vivió aquí mucho tiempo. A tu abuelo no lo conocí, murió cuando tu padre era chico. Si hasta me acuerdo... Pero se interrumpe y me mira, but you must remember your grandma, precisely because of Spanish, no?

No me acuerdo. Sólo sé que mi abuela murió muy vieja cuando yo era muy chico, y que yo le di un disgusto. Esto último no lo recuerdo yo pero me lo decía mi madre –mirá que le diste un disgusto– y me lo decía con tono tal de triunfo, de complicidad, y de secreta venganza, que, para no defraudarla, yo no me atrevía a preguntar y fingía recordar también el incidente del cual me hablaba. Hoy me siento más libre, casi irresponsable con respecto al pasado, el haber salido de la ciudad me vuelve preguntón. No, le digo al primo segundo de mi padre, no, no me acuerdo de ella y qué tiene que ver el idioma. Cirilo sonríe, satisfecho de tener una oportunidad para seguir hablando. Te llevaron a visitarla para un cumpleaños a la casa de la calle Freyre, debe de haber sido el último porque estaba muy enferma, habíamos ido todos por eso me acuerdo. Ella estaba arriba, ya no salía de su cuarto, tu padre te cargó en brazos, eras muy chiquito, y subieron a verla. Fue entonces cuando por fin le dijiste algo en inglés, porque hasta entonces parece que te habías negado, sólo le hablabas en castellano, así me lo contó tu padre cuando bajó a tomar el té, he finally said something in English, le dijiste algo sobre el color de los ojos, Grandma's eyes are as blue as the sea, o una cosa por el estilo, y ella festejó tu primera frase, y también toda la familia.

No me acuerdo, por más que haga esfuerzos, y lo que me cuenta Cirilo me desconcierta. Mi madre decía que yo le había dado un disgusto a mi abuela; Cirilo, y por lo visto mi padre quien le contó la historia, consideraban en cambio que le había dado un gusto. Todo tenía que ver con el idioma, con una resistencia al lenguaje que hoy en día me parece extraña pero que sin duda habré experimentado. Me pregunto si de veras le habré dicho algo a mi abuela en inglés; si no habrá sido algo que inventó mi padre, para quedar bien con su familia y, de paso, para hacer rabiar a mi madre quien, a pesar de haber aprendido inglés de chica y de hablarlo perfectamente, insistía en que mi lengua materna era el castellano, que el inglés igual lo aprendería más tarde en el colegio.

Cambiamos de tema, empiezan a preguntarme sobre mi vida en Estados Unidos, qué ciudad difícil, Nueva York, con tanta violencia, tanto problema racial, tanta droga, hay muchos atracos ¿no? Estoy acostumbrado a estos clichés, los dejo pasar, omito recordarle a Cirilo que él mismo me dijo en alguna conversación previa que evitara tomar el tren en Retiro y que me corriera de vagón si había poca gente. Pienso en lo que decía un venezolano muy desenvuelto, amigo de Simón, que hacía turismo sexual en lugares poco recomendables de Nueva York, contaba que la situación más peligrosa en la que se había encontrado, una noche en un galpón abandonado, había sido cuando le preguntaron qué versión de los lieder de Strauss prefería, si Gundula Janowitz o Elizabeth Schwartzkopf: por un momento, decía teatralmente, vi desfilar mi vida ante mis ojos. Nunca le pregunté qué había respondido. Joan, la mujer de Cirilo que casi no ha abierto la boca, me pregunta si tengo muchos amigos argentinos y cuando le digo que no mi respuesta parece sorprenderlos a todos, sobre todo a Cirilo. So most of your friends are American?, comenta desconcertado, no extrañás la Argentina, they're so different over there, che.

Pretextando un compromiso, le pido a Peter que me lleve a la estación pero insiste en llevarme a casa. He pasado un día agotador, como si estuviera permanentemente en situación de examen, le comento a Simón esa noche, sólo que las reglas cambian permanentemente así que nunca das con la respuesta justa. Más de una vez durante el día me pregunté qué significaba yo para esta gente (esta gente: por ahora no puedo pensarlos como familia), si alguna vez en estos años se habrán acordado de mí, se habrán preguntado qué habrá sido del chico de Charlie, o si yo también, como mi padre al pasar de una comunidad a otra, como los inmigrantes vascos al pasar de un país a otro, había partido y no se pensó más en mí. Pero si apenas los tratabas, me responde Simón con impaciencia, ¿cómo pensabas que se iban a acordar de ti? Además de los niños nadie se acuerda, give it a rest.

El viaje de vuelta a la ciudad, lejos de apaciguarme, me intranquilizó aún más. Peter me pregunta si recuerdo a Alfred Hussey. El nombre no me dice nada pero Peter insiste, Alfred dice que fueron juntos a Sunday School, creo. El nombre sigue resultándome opaco, me pregunto si sería el chico que me decía que le iba a engordar el pito, el único que recuerdo aunque no sé cómo se llamaba. Él se acuerda de vos porque llorabas cuando te dejaba tu madre y además porque cantabas muy bien en el coro. A lo mejor te divertiría verlo, agrega, mientras acerca el coche al cordón para dejarme salir. Me digo que por lo visto ha hablado bastante de mí con este Alfred para que el otro le contara tantos detalles. ¿Es muy amigo tuyo Alfred?, le pregunto desde la vereda. He's a very good friend, me dice, arrancando, con lo que deduzco que, probablemente, muy probablemente, sea su amante.

XXXIX

Le recuerdo a Samuel aquella dedicatoria suya a mi madre, "Look in my face; my name is Might-have-been," y hace una mueca, hubiera sido mejor firmar "un ojalá no fuera", me dice; me equivoqué de cita. Continúa: supongo que habré estado enamorado de tu madre, ya que insistís en preguntarme. Caminaba como un muchachito, aunque te prevengo que no era por eso que creo que estaba enamorado, más bien estaba enamorado de su manera de ser, de su desenvoltura, de cómo sabía poner a la gente en su lugar, con un gesto. Era lo que ustedes llaman heartless, perfectamente insensible, acaso cruel, no necesariamente perversa aunque algo de eso también había. ¿Cómo te diré? Estaba sólo atenta a su estilo, todo en ella era representación que ofrecía a sus espectadores para que, precisamente, se enamoraran de ella, y para que ella, a su vez, les destrozara el corazón. No sé como explicarte, yo me veía al lado de ella, nos veía como pareja, nos veía representando algo y eso me era enormemente atractivo. Pasaba todo el tiempo junto a ella, es decir, todo el tiempo que podía robarle a Charlie (yo nunca lo llamé Boy, sabés) que, además de estar casado con ella era muy celoso, y además la necesitaba para otra representación, la del matrimonio feliz que, nos consta, dice mirándome fijo por encima de los anteojos que se le han resbalado a media nariz, no era el caso.

Conocí a tu madre en París, tu padre había ido a Europa en no sé que viaje de negocios, algo que tenía que ver con frigoríficos, era justo después de la guerra, sería por el

214

47 o el 48. Simpatizamos, y como tu madre no tenía mucho
que hacer mientras él andaba de reunión en reunión, pasaba todo el tiempo conmigo, era un momento extraño para
estar en Europa, combinación de alivio, melancolía, y a la
vez de euforia, sobre todo en París, sentías que la ciudad había renacido de sus cenizas, que lo malo había quedado detrás, de pronto todo el mundo se había olvidado de la ocupación y todo el mundo, naturalmente, decía haber estado
del lado de la Resistencia, prácticamente militando en sus fi-
las, sabés cómo son esas cosas. Pero volviendo a tu madre,
ella me deslumbraba y yo trataba de divertirla, estaba, literalmente, a sus pies. Me veo con ella en casa de unas elegan-
tes argentinas que, después de haber pasado la guerra en
Buenos Aires, se habían vuelto a vivir a París, todas parecían
llamarse Nena o Nenette o cosas por el estilo y el name
dropping que practicaban era fatal, que Caraman Chimay
de aquí y La Rochefoucauld de allá y Beauvau Craon de más
allá, muy pesadas, me comprendés, porque lo hacían sin gracia. En fin, me veo una tarde, en casa de una de estas estira-
das, sentado en un banquito a los pies de tu madre mientras
tomábamos el té, ella riéndose de mis chistes. No te puedo
decir lo que eran esas casas, dice distrayéndose, todas muy
pensadas a lo Eugenia Errázuriz o Jean Michel Frank. Me
acuerdo haberle oído contar a Seligmann muchos años después cómo iban las argentinas a verlo y para todo decían lo
mismo, sea cual fuere el objeto admirado que acababan por
comprarle, qué monada, *monadá* pronunciaba Seligmann.
Riche comme un Argentin, decían en Francia. Un día tu
madre me arrastró a Chantilly a visitar a una amiga cuya casa había sido ocupada durante la guerra por los alemanes,

215

había sido (y seguía siendo) una de las mujeres más festejadas y mejor vestidas de Europa, contaba con mucha gracia cómo los soldados alemanes le habían usado todos sus trajes de Vionnet y de Chanel para bailes de disfraz, reíte de Visconti. También contaba esta mujer cómo semanas después de volver, recorriendo el bosque de Chantilly, encontró el espejo de su tocador tirado en la maleza, a unos cinco kilómetros de su casa, me acuerdo que me pareció un toque melancólico increíblemente eficaz, se lo comenté a tu madre que también se había quedado muy impresionada.

Hacíamos de todo juntos, tu madre y yo, habíamos alquilado bicicletas porque escaseaba el combustible en París, íbamos a almorzar a Bagatelle, por la noche al teatro –Jouvet acababa de estrenar *Les Bonnes*– o a escuchar jazz en Saint-Germain-des-Prés, o a ver las revistas del Casino de París, había una me acuerdo que se llamaba *Extra-Dry*, muy apreciada por los provincianos franceses y por los soldados americanos que todavía quedaban en la ciudad y que eran simpatiquísimos. Una día fuimos al Théâtre des Champs Elysées a escuchar el *Sacre du printemps* y estaba Misia Sert, eterna, envuelta en martas cibelinas por el frío, no había calefacción en la sala, me acuerdo que despotricaba contra la interpretación de Munch, creo, pero a la gente a su alrededor no le importaba nada, en el entreacto lo único que se decían los unos a los otros era: On solde chez Hermès. Nadie tomaba nada demasiado en serio.

No sé dónde estaría tu padre, él y tu madre no llevaban mucho tiempo de casados. Éramos inseparables, te digo, tu madre y yo. Lo cual no me impedía, te prevengo, salir de levante de noche, recuerdo con pelos y señales, por así decirlo, unos encuentros bastante imponentes de aquella época. Qué raro es todo, no, por un lado te estoy contando lo enamorado que estaba, enamorado de manera muy complicada, muy intensa, sin duda bastante literaria, que era mental pero también era física (se me paraba cuando pensaba en ella) y por el otro me acuerdo como si fuera ayer de un senegalés muy competente que levanté una noche por esa época en el mingitorio a la vuelta de l'Etoile, creo que en la rue La Pérouse, hasta del olor te diré que me acuerdo, y de la voz de un hombre que nos espetó al pasar "Nénuphars de pissotière", qué raro es todo, no te parece.

Entiendo lo que me dice, pero estoy acostumbrado a esas incongruencias, le digo, algo molesto de que me cuente que pensar en mi madre lo excitaba sexualmente. Que estés acostumbrado y que ya sepas que las cosas son así no impide que sea *muy raro*, me dice enfático y algo irritado, dónde tenés la imaginación, a esos desniveles uno no se acostumbra nunca, a lo mejor uno se resigna al hecho de estar compuesto de fragmentos contradictorios, pero uno sigue maravillándose (y aquí la voz se le pone más y más chillona) de que todo es *muy raro*. Contame más de mi madre, le digo para aplacarlo. Te parecía linda, ¿no? Linda, lo que se dice linda no era, ya me lo has preguntado mil veces y ya te lo he dicho, pero tenía empaque, me contesta, recuperando su aplomo narrativo. Cuando me la presentaron pensé que era una niña bien más, intercambiamos tres pavadas, me dijo de pronto que le gustaba mi corbata, le agradecí el cumplido, me dijo que cómo se veía que era argentino, un francés hubiera contestado: Vous trouvez? Furioso (sobre todo porque tenía razón) le contesté secamente que no era mi intención pasar por lo que no era. En eso se me va la vida, me contestó tu madre sin inmutarse y pasó a saludar a otra persona. Creo que fue en ese viaje cuando conoció a Charlotte, o a lo mejor ya se conocían, por lo menos sé que se encontraron en París. Salía menos conmigo y empezaron a andar mal las cosas con tu padre, tardé un poco en entender la situación.

Empiezo a no comprender el relato. La persona que me estás describiendo se parece y no se parece a mi madre, le digo, ¿estás seguro de que no estás mezclando recuerdos? No le conocía ese lado tan snob a mi madre, aunque la descripción que me hace Samuel de su primer encuentro con ella me parece justa, mi madre decía en efecto que pasar por lo que no se es podría ser el lema de todo argentino. Cuando una vez, al azar, en un curso sobre autobiografía argentina en Princeton encontré esa misma frase en las *Causeries* de Mansilla, le dije a mi madre que tenía toda la razón. Se lo menciono a Samuel y también le digo, quién era esa Charlotte y de qué situación me estás hablando. Veo que por un momento vacila, como si se le hubiera desautomatizado la narración, me mira con sorpresa como quien descubre algo que no entiende demasiado bien y que por ende prefiere olvidar, y me dice sí, sí, a lo mejor, pero te prevengo m'hijo que a Mansilla lo hemos leído muchos. Y luego, recuperando autoridad, me desafía: Y a vos qué te importa que se me mezclen los recuerdos, en todo caso son míos. No hay memoria pura, ¿sabés? Eso también, por si te has olvidado, está en Mansilla.

Tiene razón en protestar. ¿Por qué cuestiono la pureza de estos recuerdos, por qué vigilo relatos ajenos cuando sé de antemano que no voy a llevarme de aquí el whole story en versión definitiva, fidedigna? ¿Qué pretendo? Yo mismo le he mentido a Samuel, o por lo menos he arreglado las versiones de lo que le cuento. Yo mismo, al contarle cosas de mi madre, he suprimido pedazos de su vida en Estados Unidos, recuerdos míos que no condicen, pienso, con la imagen de ella que conserva Samuel y que sin duda (no sé por qué pienso esto) quiere mantener intacta.

Le propongo salir, no quiero hablar más del pasado, quiero hacerme la ilusión, por un momento, sobre todo ahora que tengo vivienda más o menos propia, de que vivimos, Samuel y yo, en un mismo presente de Buenos Aires, que somos amigos y que nos conocemos desde hace mucho tiempo, él, un viejo intelectual descolocado sin gran cosa que decir en la Argentina de hoy y yo, un joven traductor que se está abriendo camino y lo visita de vez en cuando porque lo admira y aprecia sus consejos que nunca pone en práctica porque son de otro tiempo, de otro mundo. Quiero hacerme la ilusión de que somos amigos por nuestros propios méritos y no porque media, entre nosotros, el recuerdo de mi madre. Consigo mantener la ilusión durante el resto de la tarde, mientras caminamos por Pueyrredón hacia Las Heras, él dando pasitos rápidos y cortos como un pájaro, alerta, encantado de estar afuera acompañado por alguien que no sea la sirvienta chilena que lo hace hacer cada mañana la caminata recomendada por el médico y a quien llama, displicentemente, "la mujer" o bien, cuando está particularmente insoportable, "La Quintrala".

El paseo nos pone a los dos de buen humor, también el hecho de que varias personas saluden a Samuel (y por ende a mí): nos reconocen. Nos sentamos en un banco de la plaza, cerca de la Facultad de Ingeniería, luego de buscar en vano una pequeña fuente que Samuel recuerda, una ninfa andrógina que te ofrece agua en el cuenco de las manos y que te aseguro estaba *aquí* hasta hace muy poco, no sé adónde se la habrán llevado, todo cambia de lugar en esta ciudad. Pero ni la desaparición de la fuente consigue empañar el buen ánimo que viene desarrollando desde la calle Juncal. De pronto locuaz, empieza a contarme chismes, a nombrar a gente, vagos actores del teatro de la memoria de mi madre que de pronto, en la picaresca que traza Samuel, aparecen dotados de inesperada materialidad, como aquel Armandito que se hizo cirugía plástica para parecerse más a su perro y que luego de haber dilapidado dos herencias terminó sus días en un hospicio en la provincia de Buenos Aires donde divertía a sus copensionistas recitándoles Racine; o aquella princesa rusa en el exilio, amiga de Olga Souvaroff, que enseñaba francés en un colegio inglés y a quien Samuel vio una vez inyectarse, como si tal cosa, en un palco del Colón (sacó la jeringa como quien saca, no sé, una polvera y se la clavó en el muslo, a través del vestido, en pleno "Casta Diva") y que, cuando le preguntaban cómo combatía el insomnio, respondía muy suelta: "Je me branle comme tous les Romanoff"; o el gordo Alsina que imitaba a la perfección a Victoria Ocampo (para gran diversión de Victoria Ocampo) anunciando, teatralmente, "el hombre fue mi patria". Estoy por preguntar si alguno de ellos está vivo pero me contengo a tiempo, evitando la torpeza. Como adivinándome el pensamiento me dice: Creo que han muerto todos, el único que a lo mejor todavía vive es Armandito, pero a menos que quieras escuchar *Phèdre* en la pampa te sugiero evites el encuentro. Además qué querés, m'hijo, la gente siempre queda mejor en los cuentos que en la vida real. Y agrega: Sobre todo en los cuentos que cuento yo.

Mientras lo oigo hablar veo que se acerca a nosotros, como si nos conociera, una mujer de unos cincuenta años, dejada, con ropa no muy buena, una mujer de quien mi madre hubiera dicho que era fachuda, expresión que nunca entendí del todo. Tiene algo roto en la cara, como un personaje de Onetti. Se sienta en el banco frente al nuestro, nos sonríe vagamente, y luego de hurgar en una cartera saca un montón de papeles que, me doy cuenta, son cartas, las repasa como para ordenarlas cronológicamente, y luego se pone a leer como quien lee una novela por entregas. Me pregunto quién será esta mujer que también viaja con sus papelitos, como aquella mujer de Altman's o como yo, encuentro que hay algo impúdico en ella aunque su cara no registra en absoluto el contenido de lo que está leyendo, sí la atención, casi dolorosa, que dedica al acto de leer. Alguna vez levanta la mirada hacia nosotros y nos sonríe, como quien está a punto de hablar. Perdido en sus chismes, Samuel apenas parece verla, aunque tengo la sensación de que sabe quién es, que este despliegue textual de algún modo le está destinado. De pronto Samuel exclama que se le hace tarde, que ha prometido estar de vuelta en su casa a las ocho porque espera un llamado. Un llamado de quién, le pregunto, dejándome llevar por la ilusión de confianza que se ha venido armando esta tarde. De una persona, me responde con tono vago, y se pone de pie. Al pasar junto a la mujer me parece que se inclina levemente hacia ella, como quien saluda, pero no podría jurarlo. Volví a verme dentro de unos días, me dice como ausente, cuando lo dejo en el umbral. Ah, y no te olvidés de devolverme el libro que te presté. ¿Cuál?, le pregunto, haciéndome el distraído. Ya sabés cuál, me dice mirándome fijo: es la segunda vez que te lo reclamo.

XL

Te voy a decir algo y no quiero que te enojes, me dice Simón y noto ansiedad en su voz, yo no puedo seguir participando a distancia en esta búsqueda que para ti se ha vuelto rutinaria, familiar, y que a mí, de lejos, me parece maniática, abrumadora. ¿Te das cuenta de que no me hablas de otra cosa, que nuestras conversaciones giran en torno a lo que te dijo alguien de alguien, que estás en un perpetuo chismorreo que tomas por una pesquisa, que no te fijas en otra cosa, no me dices nada de lo que pasa a tu alrededor? Estás en Buenos Aires pero podrías estar en cualquier lado, no me comentas nada de lo que pasa a diario, en el país, o en la ciudad, o en el barrio a donde te has mudado que ni sé cómo se llama, porque no tienes ojos para ver ni oídos para oír, es como si estuvieses en un lugar muerto (es como si estuvieses muerto, creí que me iba a decir hasta que terminó la frase), donde el único lenguaje es el de los recuerdos, un lugar de memoria, de –agrega enfático– muy mala memoria. Encuentro su crítica injusta y se lo digo, pero sí me fijo en lo que pasa y te lo comento, te cuento mis idas al Hospital Alemán, te hablé de mi viaje al Tigre, mi almuerzo en Hurlingham, esas son actividades de todos los días que te dicen algo de donde estoy ¿o no? No, me contesta, ésas no son actividades cotidianas son viajes simbólicos, son parte de tu Gran Peregrinación, qué quieres que te diga. Está enojado, lo sé, y yo estoy preocupado, sé que la muerte de David lo ha dejado mal y que tendría que estar con él, se lo digo, unas pocas semanas más y estamos juntos, prometo llegar para las fiestas. Quiero calmarlo, quiero que me siga queriendo, quiero que se ponga en mi lugar, quiero que me espere allá, como en una orilla segura a la que en algún momento volveré, sobre todo quiero que no se canse de la relación y empiece a buscar a otro. Me temo que eso pueda ocurrir. A veces pienso que ya está ocurriendo.

Te voy a contar algo, me dice Simón, de pronto muy serio como si hubiera preparado lo que me va a decir, hay un personaje que ha quedado en la tradición judía, posiblemente de épocas en que las comunidades se transmitían el Talmud de memoria, a quien llaman el Shass Pollak, Shass es una abreviatura del término hebreo que significa Talmud y Pollak quiere decir polaco. Por alguna razón siempre se trata (mejor dicho se trataba) de un polaco. El Shass Pollak es un polaco que se sabe de memoria todo el Talmud, es capaz de exhibir sus dotes mnemónicas y se presta a experimentos. Por ejemplo, ante un público, elige una palabra, digamos la cuarta palabra del tercer renglón de una página. Luego alguien del público le pregunta cuál es la palabra que está en ese mismo lugar de la hoja pero, digamos, en la página 28, o 36, o 74, y para mayor precisión a veces atraviesa las páginas del Talmud con un alfiler para que la operación sea exacta. El Shass Pollak infaliblemente da con la palabra justa, cuyo lugar, en la página 28, o 36, o 74, marca el alfiler. Pero se trata de una memoria sobre todo verbal, o mejor dicho, espacial, el Shass Pollak, sabe muy poco acerca del sentido o la aplicación del término, no se dedica al contenido. Ningún Shass Pollak ha llegado a ser un sabio eminente porque el Shass Pollak no interpreta. Ésa es la memoria que parecerías querer tener, me dice Simón, una memoria que te permita recuperar todos los datos, con total precisión, una memoria donde no haya huecos, interrupciones. Ésa es la memoria que no te enseña nada, mi querido, porque para entender tienes que aceptar los huecos, incluso provocarlos, tienes que aprender a olvidar.

¿Y qué querés que haga, no llamarte más?, le contesto, picado no sólo porque me está tratando de idiota sabio sino porque tiene algo, o mejor dicho bastante de razón. Llámame cuando estés listo para volver y hablemos entonces, me dice con cautela. No me has dicho nada de Oscar, le digo, cambiando de tema como para alivianar la conversación, porque me cuesta mucho pensar en un futuro inmediato sin Simón, sin la voz irónica, inteligente, querida de Simón. Ya no está conmigo, me contesta, ¿no te acuerdas que te lo dije? No nos acostumbrábamos el uno al otro y el gato estaba triste, Ben se ofreció a tenerlo unos días y parecen llevarse de maravilla así que Oscar tiene nuevo cuidador y yo estoy tremendamente aliviado. No, no me acuerdo de que me lo haya dicho porque nunca me lo dijo, sabe que me hubiera dado un ataque de furia enterarme, por eso me habla con este tono casual, falsamente inocente, como cuando se le dice a un chico que la abuela se fue de viaje o que al perrito lo mandaron al campo donde va a estar más feliz. Cuando vuelvas, agrega, perversamente magnánimo, a lo mejor te puedes hacer cargo del gato tú, si es que no se ha acostumbrado demasiado a Ben. Es lo que quieres ¿no? Atino a contestarle que veremos más adelante, cuando vuelva. Sabe que me ha lastimado, y mucho. Sabe también, como lo sé yo, que pasará tiempo antes de que volvamos a hablar.

Lloré, rabioso, lloré por Simón, por David, por el gato,

por mí mismo. Mirá que sos inútil: la frase de mi madre, que parecía cubrir todas mis inepcias adolescentes y a la que me acostumbré hasta que no me hacía mella su carga de cariñoso desprecio, me pareció de pronto brutalmente acertada, como un diagnóstico en el que el enfermo por fin se reconoce. Soy un inútil: no sólo se me fragmenta el mundo de acá, este Buenos Aires de pacotilla en el que deambulo, sino también el de allá, el que creía firme, el mundo del que salí para poder regresar a él sin que me lo cambiaran.

XLI

Me despierta a las ocho de la mañana una voz que no creo conocer, que incluso me lo dice –usted no me conoce– y que sin embargo resuena en mi memoria como una voz no del todo extraña, una voz que me pide disculpas al darse cuenta de que me ha despertado y declara que me llamará en otro momento. Estoy demasiado amodorrado para atajarla antes de que cuelgue y pedirle que se identifique, me vuelvo a dormir profundamente y, como suele ocurrir cuando duermo de mañana y hace calor, sueño disparates, no exactamente pesadillas, sueños recargados, barrocos, de los que me despierto exhausto como después de un esfuerzo físico o de una discusión violenta. En el sueño aparece García Vélez quien me vuelve a decir, como la primera vez que lo fui a ver, no era santa de mi devoción, pero no queda claro de quién habla, no creo que sea mi madre, quien también aparece en mi sueño pero como una mujer más joven (se me superpone con Beatriz) y me dice tengo demasiados gatos y no sé qué hacer con ellos porque no me alcanza el dinero ni para comer, voy a tener que soltarlos, y yo me desespero porque sé que sueltos se van a morir, y ella me dice por qué te importan tanto ahora cuando antes no los querías como no me querías a mí, no me venías a ver a casa, y ahora mi madre se superpone con Ana y es también Clarice Lispector y García Vélez se superpone con Samuel quien me dice tu madre siempre fue incontrolable, las cosas tenían que terminar así. Me arranca de este espantoso sueño otro llamado, esta vez de una voz que sí reconozco, Beatriz, que quiere saber cómo me encuentro en mi nueva casa. Agradecido empiezo a contarle y me olvido del resto. Sólo mucho más tarde, cuando estoy caminando más o menos a la deriva por Palermo me acuerdo de la voz andrógina del llamado matutino y ya no sé si es, o no, parte de mi sueño. Y también me acuerdo de que Clarice Lispector tiene un libro de cuentos que se llama *Lazos de familia*.

Pero la voz no era parte de mi sueño. Al día siguiente, cuando estaba tratando de cambiar en el contestador la voz de Beatriz por la mía (no logré hacerlo y eso me molesta: mirá que sos inútil), sonó el teléfono y me encontré con la misma voz, ronca y aflautada a la vez, en fin desagradable. Creo detectar un levísimo acento (pero quién soy yo para hablar de acentos) mientras le oigo decir lo mismo que ayer, que disculpe la intrusión, que conoció muy bien a mi madre y por eso querría verme. Le pregunto quién es –adivino que se trata de una mujer pero no estoy completamente seguro– y cómo supo dónde encontrarme, pero evita la respuesta, dice que ha oído por ahí que ando buscando datos sobre mi madre y piensa que a los dos nos hará bien hablar, que ya me dirá quién es cuando nos veamos, que es una sorpresa. Me cita para dos días más tarde, a las seis, en una confitería anodina de la calle Libertad, cómo nos vamos a reconocer, le digo muy nervioso, todavía sin saber del todo si es hombre o mujer. No se preocupe, me contesta con toda naturalidad, yo me ocupo de establecer el contacto. Esto es ridículo, pienso, habla como un espía en una mala película. Entonces cuelga.

Me quedo molesto y a la vez inquieto, con la sensación de que alguien me está haciendo una mala jugada. Se me ocurre pensar que quizá alguien en conjunción con el taxista que me robó la billetera (con el pasaporte, con tarjetas del hotel) me está preparando otra celada: han llamado al City, les han dicho dónde encontrarme. Acaso exagere mis temores pero no sé, desde el episodio del Tigre me siento bastante vulnerable. Pienso que tendría que ir con alguien a esta cita para sentirme más seguro, por lo menos avisarle a alguien del lugar en donde me han citado, pero al mismo tiempo no quiero compartir con Samuel ni con Beatriz este misterioso encuentro y a Peter, otra posibilidad, no le tengo del todo confianza. En vano busco mentalmente una persona neutra, que pueda ayudarme si fuera necesario pero a la que no tenga que darle explicaciones si el encuentro resulta, como sin duda ha de resultar, perfectamente normal, hasta pienso en llamar a Simón para que me aconseje (y de paso para apaciguarlo) pero el teléfono no contesta y no dejo mensaje. Es entonces cuando se me ocurre el hombrecito de los pollos Cargill en quien he pensado bastante (así lo llamo mentalmente, como quien dice el hombrecillo de los gansos) y pienso que en algún lado he anotado el teléfono que me dio, y aunque me molesta algo ser yo quien llame primero (cuando estaba seguro de que sería la inversa), pienso que la precaución vale la pena. Me doy cuenta de que no tengo amigos en Buenos Aires: sólo secuaces, cómplices de mi pasado, de quienes desconfío.

Disco el número y me atiende una mujer que dice ser la madre de Cacho, no se encuentra, en realidad él no vive aquí yo soy la madre, pasa de vez en cuando pero justamente hoy viene a almorzar y está por llegar, le puedo pasar el mensaje, ¿de parte de quién le digo? Dígale de parte de

Charlie, contesto, recordando el apodo que tanto me había irritado, y agrego Charlie del City Hotel, con lo cual pienso que la madre me tomará por el botones o uno de los mozos. El teléfono no tarda en sonar, te mudaste Charlie, me dice, ¿te quedás a vivir por aquí? Tiene una voz chillona que no recordaba y su tono es perezoso, no sé si me gusta. Nos damos cita para el jueves a las ocho, la calle Libertad le queda bien porque tiene un par de repartos tarde, pero te espero en el camión no me gustan las confiterías, estaciono en doble fila en Libertad del lado de la plaza. Aliviado de lo fácil que ha resultado todo le digo, como si fuera un chiste: Si no me ves salir a las ocho, entrá a rescatarme. Bueno, me dice, y no se ríe.

XLII

Yo era amiga de su madre, muy amiga, pero no era amiga de sus amigos, me dice con tono cuidadosamente neutro. Su madre era amiga de todo el mundo porque necesitaba público, vivía de la mirada de los otros, a la espera de ser reconocida. Hay un verso de no sé quién que yo le repetía, alterándolo, porque me divertía hacerla rabiar un poco, le decía que cultivaba "la volupté de se plaire" en lugar de "se taire", porque era tremendamente narcisa. Pero eso usted lo sabe ¿no? Si lo sabré, pienso, reconociendo vagamente el verso (que pronuncia en un francés impecable) pero sin saber de dónde, y mirando a esta mujer alta de pelo gris, todavía erguida pese a su edad que, calculo, sería más o menos la de mi madre, esta mujer de anteojos negros que me hizo un gesto con la mano cuando entré en la confitería y que, a diferencia de cuanta persona he entrevistado, me trata de usted. Me digo que como entrada en materia esta parrafada sobre mi madre no es demasiado amable. Por favor (habla con un leve acento que no logro ubicar), pida algo para tomar, me dice con ademán impaciente. This woman is terribly unhappy and is making others pay for it, pienso en inglés, como para protegerme, reproduciendo la distancia que ella ha establecido de entrada entre nosotros con su tono formal, con su aparente desprecio por mi madre. Me siento amenazado por la inminencia de una agresión de la cual no me podrá salvar el hombrecito de los pollos, contra la que me tendré que defender solo, y recurro mentalmente a la lejanía más eficaz, la de la otra lengua. Me estoy traduciendo, pienso.

231

Esta confitería se llamaba La París, continúa. Aquí cambian todo, echan abajo todo, como si tuvieran que reinventarse continuamente pero cada vez en más barato y con más neón. La mujer empieza a irritarme. Sus quejas hubieran podido ser las mías pero como La París (¿a quién le he oído hablar de La París?) no es parte del Buenos Aires que yo recuerdo, no me resultan simpáticas. ¿Por qué me citó en este lugar si no le gusta?, interrumpo, consciente de mi insolencia. Porque yo me encontraba aquí con su madre, a menudo, antes de que ustedes se fueran de la Argentina, mucho antes, recalca, por eso me pareció el lugar más adecuado. Y mirándome fijo: A usted también lo conocí, de muy chico, aunque posiblemente no se acuerde de mí. Asiento, inseguro. ¿Me acuerdo o no de ella? ¿Se acuerda o no de mí?, insiste, sin dejar de mirarme a través de esos anteojos negros que me esconden sus ojos, como si me estuviera mirando desde arriba, pienso, a pesar de que parecemos tener la misma altura. Me parece que no, le contesto, súbitamente desarmado, incómodo como un chico ante un grande. Mejor así, mejor así, me contesta, complacida, esbozando por primera vez algo parecido a una sonrisa, de ese modo el placer del cuento es mío.

Usted conoció a mi madre en París ¿no?, le pregunto, como queriendo retomar algún control, y recordando algo que me había dicho Samuel, algo de aquella vez en que coincidieron, él y mi madre, en Europa. Usted es Charlotte ¿no? Nos conocimos mucho antes, me dice, sin confirmar su nombre, y no en París, aunque alguna vez hemos estado allí juntas, me dice. Nos conocimos al poco tiempo de haber llegado yo a la Argentina, a principios de los cuarenta, en casa de unos benefactores míos que vivían en San Isidro y que eran también amigos de su madre. No, no soy francesa, me dice atajando mi posible pregunta. Soy belga y soy judía, dos identidades incómodas en aquellos años. A lo mejor siempre incómodas, agrega filosófica, encendiendo un cigarrito negro muy delgado con el que puntúa su relato. Lo cité para ver en qué se había transformado el muchachito que decía *picicleta*, me dice, sospechando (justificadamente) que el detalle probará, de una vez por todas, que me conoce, y me conoce bien. Quería verlo para ver si se sigue pareciendo a su madre, aunque ver es demasiado decir para mí en este momento. Tengo problemas con la vista, añade, señalando los anteojos que no se ha quitado pese a la escasa luz, veo borrosa la cara de la gente. Me escudriña, como un joyero que examina una piedra dudosa, qué lástima, dice, ahora también se le ve el padre, en la boca, aunque todavía está la forma de la cara de ella, la curva de la mandíbula. Y de pronto, sin aviso, ahuecando la mano me la pasa por el mentón. Disculpe, me dice, apenas turbada, se me fueron las manos.

En Buenos Aires había un ambiente extraño cuando llegué, como si el país estuviese viviendo dos tiempos simultáneos. Uno era el tiempo de Europa –yo tenía una amiga, Germaine (le decían Mémène) que había jurado no usar un collar que tenía, muy valioso, hasta que los alemanes dejaran París, otra amiga que no se sacaba de la solapa un gallito tricolor con la cruz de Lorena– y el otro era el tiempo local, al que mucha gente, y no sólo esta Mémène, no prestaba atención. Esa desatención era muy notable para el que venía de afuera, con una historia que quería olvidar o por lo menos poner en suspenso, y quería saber qué ocurría en el país, como para aferrarse a una nueva realidad. Porque como usted sabe, pasaban cosas en la Argentina en ese momento. Pero la mayor parte de la gente que conocí parecía estar en el país de paso, lo primero que me decían, creyendo por otra parte halagarme, es cuándo se podrá ir de nuevo a París.

Sí, coincidí con su madre en Europa pero nunca estuve con ella en Grecia, debe de haber ido con otra persona, continúa en respuesta a una pregunta mía. Estuvimos allí poco después de la guerra, pero no fuimos juntas, ella fue con su padre y yo, por mi cuenta, para liquidar unos asuntos en Bruselas. Como le digo, coincidimos. Hicimos, sí, alguna que otra escapada, ella quería ver Europa después de la guerra como sólo la quiere ver una persona que nunca ha experimentado una guerra, creo que quería convencerse de que lo que ustedes seguían de lejos, aquí, como si ocurriera en otro mundo, había ocurrido de veras allá. No era exactamente turismo de posguerra o por lo menos a mí, que me tocó servirle de guía, no me pareció así. Me acompañó a Bélgica y de allí insistió que fuéramos a Alemania adonde yo no quería ir pero acabé yendo, a la parte ocupada por los ingleses, en el puerto de Hamburgo nos mostraron una cosa curiosísima, una montaña de campanas robadas de iglesias de toda Europa que los nazis habían llevado para fundirlas y hacer armas pero no tuvieron tiempo. Las estaban clasificando los especialistas, arqueólogos o algo así, a partir de las inscripciones determinaban adónde había que devolverlas. Recuerdo que acababan de localizar la campana de la catedral de Estrasburgo, me impresionó porque yo había vivido un tiempo en Estrasburgo, de chica. Por un momento se queda callada, la mirada ausente. Luego, como reportándose: Llevó poco convencer a su madre de que sí, había habido una guerra en Europa.

Aprovecho la pausa para decirle que me tengo que ir. Todavía no son las ocho pero esta mujer me pone nervioso, con tanta información nueva para la que no estoy preparado, con la familiaridad que parece haber tenido con mi madre de la cual no sé nada, con el hecho de que sabe que de chico yo decía *picicleta*, pero podemos volver a vernos en otro momento, le digo, ¿por qué no me da su número así la llamo...? Vacilo porque no me ha dicho su nombre y yo no me he atrevido a preguntárselo. Mejor lo llamo yo, me responde atajando el gesto que hago para pagar, y no se preocupe: seguro que nos volveremos a ver. Mira la hora en un reloj grande, como de otra época, insólitamente llamativo en su muñeca muy delgada. Me tengo que ir, dice, como si yo no hubiera anunciado mi partida. Y como quien agrega un detalle insignificante contesta por fin a mi pregunta: Sí, yo soy Charlotte.

Salgo a la plaza Libertad. La confirmación de un nombre que ya he oído varias veces desde que estoy en Buenos Aires pero que nunca le oí pronunciar a mi madre hace que me arrepienta de haber interrumpido la sesión. Pero me doy cuenta de que la confirmación estaba destinada, precisamente, a clausurar esa sesión y no a mantenerla abierta, como un señuelo que me mantendría en suspenso, deseante, hasta la próxima vez que a ella se le ocurriera llamarme. Porque es claro que es ella quien maneja las reglas de este juego, no yo. Como Beatriz. Una vez en la calle me doy cuenta

de que faltan veinte minutos para que llegue el hombrecito de los pollos y tendré que esconderme en algún lado para que esta Charlotte no me vea deambular y se dé cuenta de
que mi urgencia en partir era sólo un pretexto. Cruzo a la
plaza, me voy alejando de la confitería hacia Córdoba, veo de
pronto una iglesia y, volviendo a cruzar me refugio en ella,
Nuestra Señora de las Victorias, creo habérsela oído mencionar a mi madre. Desganado me desplomo en un banco, esperando que se hagan las ocho, mirando sin de veras mirar
a las pocas personas, en su mayoría mujeres convencional-
mente bien vestidas, que se han quedado después de misa en
esta iglesia mal iluminada para decir un padrenuestro, un
avemaría más. Cuando vuelvo a asomarme a la plaza veo el
camión de reparto y aliviado corro hacia él. Subo, arranca-
mos, y nos detiene el semáforo. No estabas en el bar, che, me
dice Cacho con tono de reproche y estoy por contestarle
cuando veo a Charlotte saliendo sólo ahora de la confitería.
Cruza la calle en dirección a la plaza, fumando su cigarrito,
pasa justo delante del camión detenido por el semáforo. No
sé si me ve. Me achico en el asiento y no digo nada.

XLIII

Te dije que nos volveríamos a ver, Charlie, dice arrancando bruscamente en cuanto cambia la luz del semáforo, dejando atrás a Charlotte que puede o no habernos visto. El hombrecito de los pollos sonríe, está contento, reluciente con su remera celeste y el pelo, se nota, recién cortado. Pero fui yo quien tuvo que llamar porque a vos te daba lo mismo, le digo, haciéndome el ofendido, secretamente feliz de que haya venido a la cita. El camión huele, como la vez pasada, a lavandina, aunque modificada por algún desodorante floral; el olor, como de peluquería barata, inexplicablemente me excita. Estamos de fiesta, pienso, mientras me acomodo en el asiento y me dejo llevar. Poco a poco se va diluyendo mi ansiedad, me siento a salvo, no sé bien de qué, liberado, con ganas de hacer locuras. ¿Adónde vamos?, pregunto, mientras mis ojos incorporan sin distinción la calle, el tráfico, alguno que otro peatón, el vello de su brazo derecho en el volante. Todavía no es de noche. Adónde vamos, repito, y me contesta al cielo juntos, ya vas a ver. Y agrega, mirándome de reojo, sólo a medias curioso: ¿De qué peligro te tenía que salvar yo, che? Porque no se te ve cara de miedo. Piensa (y acaso tenga razón) que el tinglado que armé ha sido tan sólo una excusa para verlo.

Tomamos hacia Retiro, pasando los hoteles nuevos que despiertan la admiración de Cacho, mucho mejores que ese hotel de morondanga donde te estabas quedando vos, y seguimos rumbo al sur. De pronto me doy cuenta de que estamos repitiendo mi malogrado viaje a la Costanera y siento

ansiedad, por qué no tomás por Corrientes y vamos a comer algo, le digo, deseoso de luces. Porque quiero mostrarte algo, Charlie, me dice con firmeza siguiendo hacia la
avenida Belgrano y me entrego a mi suerte. Hay dos cosas
que extraño del mes de noviembre en Buenos Aires, solía
decir mi madre. Los jacarandás que hacen que toda la ciudad se ponga azul y los crepúsculos que no terminan nunca, esos crepúsculos que te hacen pensar que tenés toda la
vida por delante y que casi te duelen, de lo magníficos que
son. Por primera vez entiendo su frase, maravillado con los
juegos de luz sobre los edificios del puerto. Quiero mostrarte algo, me repite, internándose en dirección al río, sonrien-
do, contento, reluciente con su remera celeste y su pelo recién cortado, el hombrecito de los pollos.

Detiene el camión y me invita a bajar. Por un momento
pienso que hubiera podido pedirle que me llevara al monumento a Luis Viale pero, a estas alturas, ya no me importa.
Hasta hace muy poco no se podía venir por acá, me dice, no
te podías acercar al río, estaba prohibido y había mucha vigilancia, cosas del gobierno, no sé si sabés. Si lo sabré, me
digo, pensando en mi madre muerta, pensando en la cajita
que dejé hace unas semanas, de huésped provisorio, en la
bóveda de la familia de Beatriz. Si lo sabré, le digo, sintiéndome culpable de no haber vuelto a pensar en mi madre,
en la cajita que es mi madre, para intentar cumplir sus deseos. De pronto me encuentro contándole la historia, mientras caminamos hacia el río, bordeando un club de pesca,
cerrado a estas horas, donde deambulan gatos escuálidos,
contándole la historia sin poder evitarlo, con conciencia de
que la confidencia acaso malogre el encuentro físico. Vos

no sabés la suerte que tenés, me dice cuando termino de contar, mientras seguimos caminando. Y como lo miro, sin comprender: Mirá, me dice, mirá lo que tenés delante de los ojos, y decime si no es casualidad. Lo que veo, o creo ver, es un enorme baldío junto al río, lleno de yuyos gigantes, iluminado aquí y allí por un resto de sol, pero me explica que es la reserva ecológica, creada con escombros arrojados al río sin ton ni son y con sedimento fluvial, aquí han venido a parar plantas y animales que han bajado por el Paraná y que se han aclimatado, mi viejo dice que es como el hotel de inmigrantes adonde llegaron sus abuelos, una vez que están y que prenden no los podés mandar de vuelta. Sigo sin entender lo que me dice, mientras bajamos a la reserva, esquivando piedras, matas de yuyos, pasando al lado de un hombre, luego otro, que nos miran fijo. No sólo se han aclimatado los camoatíes, digo. Sí, el lugar no está mal, me dice, pero no pensaba en eso, pensaba en tu mamá. Yo te ayudo a traerla y echás las cenizas aquí junto al agua y cumplís con sus deseos. Sí, me repite más tarde con voz soñolienta, ya caída la noche, recostado contra un árbol con mi cabeza entre sus muslos, éste es un buen lugar para tu mamá. Los botones de su braqueta se me incrustan en la mejilla pero estoy demasiado cansado para moverme o para decir nada. En la oscuridad asiento.

¿Cómo son tus padres?, le pregunto más tarde, de vuelta en el camión. Murieron cuando era chico, en un accidente de auto en el camino a Mar del Plata, cuando era estrecho y le decían el camino de la muerte, parece que mi viejo se quedó dormido al volante, dice con tono neutro, pero los padres de mi mujer son bárbaros, es como si fueran los míos propios. A vos te atendió mi suegra, yo le digo mamá, y al viejo papá. ¿Tu mujer sabe que sos así?, le pregunto, curioso de sus arreglos domésticos. ¿Que soy cómo?, me contesta de pronto vigilante y le digo, incómodo y recurriendo por alguna razón al eufemismo, que te gustan los hombres, y me dice yo puto no soy, que conste, pero soy muy sexual, viste, entonces levanto donde puedo. Con las mujeres es distinto, cuando vienen los hijos se les acaban las ganas de coger, sólo una vez por semana y si te descuidás ni eso. No será puto, pero bien que gozó hace una hora diciendo cochinadas y llamándome papito cuando le rozaba el culo con los labios, pienso, maravillado ante esa duplicidad algo sórdida que para él es, simplemente, un modo de vida. Así sería yo si no me hubiera ido, ya lo sé; así, con mis asuntitos o asuntones on the side, pero puto no soy, que conste. La vas a conocer uno de estos días, me dice y por un momento no sé si se refiere a la mujer o a la suegra, Estela es un amor y sabe un poto de inglés así que pueden hablar. Además quiero mostrarte mi hija que es preciosa. Me está incorporando a su domesticidad, a una domesticidad hecha de tapujos en la que no quiero participar. Mi relación con él es callejera, me digo, arrepentido de haberle contado la historia de la cajita que me deja en deuda con él. Pero debe de adivinar mi resistencia porque agrega, con toda naturalidad: Además tenemos que volver a vernos por el asunto de tu mamá.

A la mañana siguiente me siento menos precavido, menos amenazado por la familiaridad de Cacho. El encuentro con su familia ocurrirá o no, y ya veremos lo que hago con mi madre, me digo mientras tomo un café negro porque me he olvidado de comprar leche. A Cacho sí me gustaría verlo de nuevo. Me encuentro tarareando un bolero que suele cantar Simón, cuando la imita a Olga Guillot, acentuando las ches: "La noche de anoche". Me da pena, algo de vergüenza. Ya van varios días que no pienso en Simón.

XLIV

¿Adónde te llevó a pasear Beatriz el otro día?, le pregunto casi con desgano, sin ninguna esperanza de que me conteste coherentemente. Pero me sorprende: me llevó a ver al abogado, me dice, tenía que firmarle un poder. ¿Un poder para qué?, le pregunto, inquieto, sin saber del todo si hay algo de verdad en esta historia o si, como de costumbre, está inventando. Ay Negro, para lo que son todos los poderes, para autorizarla a vender propiedades y esas cosas. Y quién es el abogado, le pregunto intrigado, consciente de que he pasado a ser otro para ella, otro a quien llama Negro, no sé bien quién; pero cómo te olvidás de las cosas, si vos lo conocés bien a García Vélez, andá a verlo y de paso le pedís la carta de Julia. El nombre de mi madre precipita mi inquietud, de qué carta me hablás, insisto. Pero Ana ya está en otro lugar, después fuimos a dar un paseo muy lindo, por la Costanera, me llevaron a ver la estatua de Lola Mora, a mí me encanta andar en auto pero qué querés, con la vista como la tengo ya no puedo manejar. El auto lo tengo desde hace meses sin moverlo, a lo mejor vos podés sacarlo de vez en cuando para que no se me arruine, aunque estos caminos de ripio son fatales para los elásticos. Resignado, me doy cuenta de que no sólo yo he pasado a ser otro sino que hemos derivado de la Costanera a La Cumbre y estamos hablando de un vehículo inexistente ¿o no? Al azar le pregunto ¿Julia tuvo alguna vez un accidente?, y de nuevo, inesperadamente, me contesta sin vacilar, sí, claro, fue en el Tigre en una noche de carnaval, salió en los diarios y todo, fue justo antes de separarse. Tuvo suerte, no se hizo nada, tampoco el chico, la que anduvo mal un tiempo fue la persona que estaba con ella, casi pierde un ojo, pero después quedó bien. Pero qué pasó, insisto, nervioso, y cuándo fue, el carnaval de qué año, y ella se ríe por toda contestación, te conozco, mascarita, me dice, y sé que ese día no me dirá más.

Estoy seguro de que está fantaseando porque en primer lugar mi madre no habría estado en el Tigre para carnaval, habría estado en Quequén, me digo, adonde íbamos todos los años. ¿O nos habremos salteado alguno? A estas alturas ya no sé. Pero sobre todo pienso que Ana inventa porque evoca un accidente en el que se supone que yo estaba presente, y yo no tengo ningún recuerdo del hecho. Sé que no le puedo pedir más datos a Beatriz porque ya me ha mencionado este presunto accidente, y yo simulé recordarlo; confesar lo contrario sería ahora como admitir un fracaso, mostrarme débil. Es un papel que prefiero no desempeñar con Beatriz. En un momento de arrogancia pienso que me las arreglaré solo, consultaré los diarios, todos los diarios, ya que Ana me dice que el accidente fue noticia. Enseguida cambio de idea. No sabría cómo empezar a buscar, no tengo idea de la fecha. Recuerdo la reticencia, más bien resistencia, de la directora del archivo de *La Nación* cuando intenté consultar la colección de 1895 para ver lo que se decía de Oscar Wilde, y eso que en aquel caso por lo menos tenía idea del año. Ahora mis datos son infinitamente menos precisos y, viniendo de Ana, nada confiables. Pienso que Samuel acaso sepa algo, pienso que mañana se lo preguntaré.

Hace varios días que no lo veía, desde aquella tarde en que paseamos juntos y yo me había sentido curiosamente cerca de él, contento, hasta el momento en que él me había retaceado ese placer, diciendo que tenía que volver porque esperaba un llamado, un llamado de una persona, me había dicho evasivamente cuando, evalentonado por lo bien que me sentía, yo le había preguntado de quién. Lo encuentro triste, de inmediato me siento mal porque no lo he llamado, a la vez que me maravillo de lo fácil que es trasladar culpas, Samuel hasta hace pocos meses era una cifra para mí, ahora su tristeza me afecta como la de un padre viejo a quien no sé consolar. Tampoco me lo permite: desplegando un falso buen humor intenta retomar sus ironías de siempre, sus bons mots a costa de los otros, amigos y enemigos, de Olga Souvaroff, que te prevengo era voluminosa, era de ésas que cuando llegan a la edad en que hay que elegir entre la cara y el culo había elegido la cara, Olga que le preguntaba a Samuel ¿qué suma de dinero tendría que darle yo a usted para que se pasee conmigo por la playa del Ocean?, y él le contestaba Olga esa suma no existe. Pero noto que habla con desgano, las ironías no le salen, como si estuviera representando un papel cuyos parlamentos no lo convencen. De pronto se calla, como vacío, y me dice contame algo, che, y por primera vez me parece que lo dice en serio, que necesita que otro hable. Y le cuento, entonces, cómo ya dos veces oigo hablar de un accidente de auto que tuvo mi madre, dicen que yo estaba con ella, pero no sé si es cierto porque no me acuerdo de nada y eso me da mala espina. Sí, me dice, te han contado bien, tu madre tuvo un accidente, es muy raro que no te acuerdes porque fue un accidente serio, atropelló a alguien, una mujer vieja creo, no, no la mató, añade, viendo mi mirada de alarma,

pero al desviarse estrelló el auto contra una pared y lo des-
hizo, era un Peugeot 403 color gris, y sí, vos estabas en el
auto. Sé que era verano, yo estaba terminando una traducción, debía de ser el *Proust* de Beckett que nunca salió, si te
contara *esa* historia, m'hijo, y había postergado mi partida
a Mar del Plata. Tu madre y yo estábamos distanciados,
comprendés, sé que traté de acercarme, la llamé por teléfono y me dijeron en tu casa que intentara llamar al Hospital Británico adonde tu padre había insistido que te inter-
naran por un par de días, no sé si te habías hecho algo o
no, tu madre se pasaba todo el tiempo allí, sintiéndose sin
duda culpable, a quién se le ocurre. Pero me pareció demasiado complicado el trámite y no la llamé y después supe,
por alguien, no sé quién, que no te habías hecho nada. ¿Te
acordás dónde fue el accidente?, le pregunto, ansioso, porque, a pesar de no reconocer nada de lo que me cuenta, a
él sí le creo, no puedo sino creerle. Vos sabés que es gracioso que me preguntes todo esto, sigue, desatendiendo mi
pedido, porque Beckett habla mucho de la memoria de
Proust, de la mala memoria de Proust, la única que permite de veras el recuerdo. De la otra, dice mirándome con intención, de la memoria total, acumulativa, Beckett dice que
es como una cuerda de tender ropa en la que se alinean los
recuerdos sin ton ni son, como medias o camisas puestas a
secar, sin vacíos, sin intervalos. ¿No lo has leído? Te vendría
muy bien. Y luego, recordando que le he preguntado algo y
me ha dejado sin respuesta, por San Isidro, me parece, creo
que fue en ese lugar donde se estrecha la avenida, justo al
terminar ese club que hay allí que no sé cómo se llama, no
sé cuanto atlético, eso me contaron. No, no sé adónde iban

pero quizá sí a un baile de carnaval, había unos muy divertidos en el Tigre Hotel, aunque me parece que me estoy equi-
vocando de época, ese debía ser a principios de los treinta.
Además si iban a un baile, che, quiero pensar que vos no habrías estado con ella, eras un mocoso. Tu madre era alocada
pero no tanto. Luego anduvo diciendo que los frenos del auto andaban mal y que la culpa del accidente la tenía tu padre
que quería que se matase pero creo que tu madre había visto
demasiadas películas. Suspira, de pronto melancólico: Ésa
hubiera sido la ocasión de reconciliarme con tu madre. La
dejé pasar.

    ¿Por qué estás triste?, me atrevo a preguntarle, sabiendo
que me desvío de la pesquisa, que en cambio tendría que haberle preguntado por qué ha dicho "iban" y quién, además de
mí, estaba en aquel auto con mi madre, por qué estás triste,
repito, ¿te da pena no haber reanudado esa amistad? Estoy
triste porque me han dado una mala noticia, me contesta con
sequedad. Se murió una persona. Y luego, ante mi sorpresa,
carraspea, me toca apenas el muslo, como para cerciorarse de
que estoy allí, y me cuenta que se ha enterado de la muerte
de Jorge, te acordás que te dije que esperaba un llamado,
era de una amiga chilena que ahora vive en Nueva York y que
lo quería mucho. Me contó Fina que lo encontraron muerto,
por lo visto a punto de salir porque estaba muy compuesto, dice Fina con un sobretodo de cachemira azul que era elegantí-
simo, y en el bolsillo tenía dos boletos para la ópera, ¿con
quién iría? Nunca pensé que se iba a morir él antes que yo, dice Samuel en voz muy baja, era tan lindo. Entiendo perfectamente lo que quiere decir. Pienso además: tuvo más suerte
que mi madre, murió arreglado.

Se repone. Fina lo quería mucho ¿sabés? Fina era una chilena muy extravagante, siempre dando fiestas y haciendo escándalo, en Buenos Aires ella y Jorge vivían en el mismo edificio y ella se le metía en la casa cada dos por tres clamando, con tono urgente, préstame la máquina, que tengo que poner un anónimo. ¿Sabés que vivía en Estados Unidos, no? Y cuando ve el desconcierto en mis ojos porque no tengo la más mínima idea de quién es esta Fina añade: Jorge, quiero decir. Sí, lo sé porque me lo ha dicho Beatriz, pero me parece una traición confesarlo y pregunto, como al descuido, dónde vivía. En Nueva York, me contesta, confirmando la versión de Beatriz, esperá que te diga exactamente, dice sacando su libreta de direcciones, de tapas deshilachadas, hojas medio desprendidas y papelitos mechados entre las páginas, esta libreta no será la de Truman Capote, comenta, de la que decían que era la codicia de más de un business boy, pero te prevengo que le sería muy útil a muchos de por aquí, tiene todas las bonnes addresses, aquí está, dice muy satisfecho después de haber barajado las hojas sueltas de la libreta como si fuera un mazo de naipes, Jorge vivía en la calle 46 en Nueva York. Vuelve a entristecerse: Yo no le escribí nunca después de lo que pasó. ¿Qué pasó entre ustedes, y qué te pasó con mi madre?, me atrevo a insistir, por primera vez. Y por primera vez me contesta sin rodeos, mirándome fijo: Tu madre apostó a que lo seducía a Jorge y yo acepté la apuesta. Perdí. Se vieron durante casi un año, después se pelearon. Para tu madre fue un capricho, comprendés, pero a mí se me quebró la vida. Perdí, repite; los perdí a los dos. Y luego, como despabilándose: Ah sí, querías la dirección, vivía en el 335 de la West 46. West, repite: El barrio no es muy bueno ¿no?

Me gustaría poder decirle que no tengo idea, pero no puedo, porque mi madre tenía el taller a dos cuadras, en la 44. No digo nada. Como tantas veces se me han confundido las pistas. He venido en busca de una cosa, me voy con otra, con algo que hubiera preferido no saber, algo que sólo aumenta mi incertidumbre porque no tiene respuesta. Me pregunto si alguna vez, caminando por Hell's Kitchen, me habré topado con Jorge, sin saberlo, me pregunto si Jorge, el amante gay por quien mi madre perdió una amistad y a quien yo nunca conocí, tendría de mí una imagen que le permitía reconocerme cuando yo andaba por ese barrio rumbo a casa de mi madre, saber quién era yo sin que yo supiera quién era él. Curiosamente, esa posibilidad, para siempre inverificable, me inquieta más que el no saber si Jorge y mi madre se veían alguna vez, en Nueva York, si sabían que en el exilio que cada uno había elegido por razones diversas habían acabado tan cerca el uno del otro. A menos de dos cuadras: vecinos.

XLV

Había un restaurante al que iba bastante, era un restaurante alemán. Había varios en Belgrano, uno cerca de la casa de ustedes que se llamaba el Dietze que tenía un jardín, muy agradable en verano, y una orquesta. Si no me equivoco estaba en la calle Echeverría, cómo se escapan los detalles con la vejez, che. También me parece que tenía un pianista que tocaba tangos, bastante bueno aunque no era Juancito Díaz, que era de no creer, hasta aquel escándalo. Era alemán pero no regional, el restaurante, digo, no el pianista, con esto te quiero decir que no era una simple cervecería y había algo más que salchichas y chucrut, era un restaurante alemán fino, y por eso alguna gente decía que era austríaco, como si eso (mirá que los argentinos son brutos a la vez que snobs) le diera algún tipo de lustre. Viena era paqueta, Berlín no. Había otro menos elegante, por ende más cervecería, se llamaba el Bodensee, pero la gente lo pronunciaba en castellano, decía Bodense, como quien dice castrense, mirá que comparación se me ocurre, ese estaba en Belgrano R, más por el lado de la calle Cramer. Por alguna razón yo asocio esos restaurantes con cierta clandestinidad, había como un lado louche pero louche bien, entendeme, nada de gente de mal vivir. Sobre todo me refiero al Dietze, creo que era porque estaba en Belgrano, y la gente iba desde el centro para evitar encuentros indeseados, aunque si iban muchos con la misma intención era clavado que se iban a encontrar de vez en cuando. Eran un poco como aquellas confiterías del bajo, por Olivos o Vicente López, había una que se llamaba

Bucking's donde se decía que había drogas, otra que se llamaba Fantasio, o como esos nightclubs con nombres franceses, como Reviens o L'Hirondelle, aunque esos eran más abiertamente lugares de programas. Yo iba a veces al Dietze con una chica que era alumna mía del secundario, yo tenía unas horas en el Liceo Nº1 de la calle Santa Fe, enseñaba instrucción cívica en el turno nocturno, cosa de mantener el contacto con la juventud, sabés, dice risueño, esta niña (que te aviso no era tan chica, tendría como diecisiete años) era de lo más precoz, con decirte que ella inició el asunto. Y sí, la llevé varias veces a comer al Dietze, no sabés lo que me lucía con esta mocosa, me miraban con envidia, ella siempre pedía el mismo postre, omelette surprise. No te cuento lo impresionada que estaba, que se fijara en ella un abogado importante, después en el auto cuando la llevaba de vuelta a la casa, vivía en Colegiales, conseguía que me hiciera cualquier cosa, de lo agradecida que estaba. Me acuerdo que estacionábamos en la calle Olleros, no sé por qué me acuerdo, a lo mejor por los árboles. Usaba portaligas. Querrás creer que no me acuerdo del nombre de la chica y mirá que me acuerdo muy bien de ella, mejor que de las otras que se me confunden en la memoria, cuando una llega a viejo todo se te mezcla, che.

Hace rato que lo escucho contarme estas bajezas, imaginándome a una chica de delantal blanco (aunque sin duda se lo sacaba para ir al restaurante) en plena fellatio con este viejo verde que se deleita todavía con los detalles, hace rato que le aguanto el relato esperando que diga algo que me interese. Todo empezó cuando le pregunté de nuevo por mi madre, sabiendo que no era santa de su devoción como me dijo un día, pero curioso de saber qué recuerdos tenía de ella, curioso también de saber si la veía socialmente, y entonces en qué lugares, acaso el bar del City Hotel en el año 38. Así fue como se desvió hacia esta perorata sobre los lugares adonde llevaba a sus programas, como los llama, a estas adolescentes a quienes les enseñaba instrucción cívica en el liceo y a quienes probablemente, en recompensa, les ponía buenas notas. Me extiende el vaso para que le sirva otro whiskey y aprovecho para cortar este flujo ruin, he tenido que aceptar su invitación a que lo tutee a pesar de lo que mucho que me cuesta, te preguntaba por mi madre, le digo, si la veías y entonces dónde, en qué lugares. Precisamente por eso te cuento esto, me dice, sorprendiéndome, a tu madre la vi más de una vez en el Dietze, acordate que quedaba cerca de la casa donde vivían ustedes. A veces la veía los domingos, como a mediodía, tomando un jerez o algo así antes de almorzar. ¿La veías con mi padre?, le pregunto, imaginándome algún almuerzo o alguna comida feliz entre ellos antes de que yo tuviera recuerdo. No, me contesta, nunca con tu padre, la vi varias veces con otra gente, me dice mirándome con intención, a lo mejor sabés a qué me refiero.

No, no sé a qué se refiere, ni tampoco por qué dice qué y no quién, como si hubiera algo de lo cual yo tuviera que estar enterado más allá del mero nombre de un acompañante de mi madre. Lo dejo pasar. Es él sin embargo quien no quiere dejar, hoy, el tema de mi madre. En algún momento vamos a tener que hablar más de ella, me dice, pero en el despacho, algún día en que no tiemble tanto, che, y pueda firmar sin hacer garabatos. Hay papeles que arreglar, sabés, me dice vagamente. Es la primera noticia que tengo de que me tocan trámites, gestiones inconclusas que, por lo que insinúa, tienen que ver con mi madre. Pero son cosas de mi padre ¿no? Usted, disculpá, vos y Juan se ocupaban de sus asuntos ¿no? También me he ocupado de alguna que otra cosa de tu madre, me dice, con la satisfacción de que me está contando algo que no sé. Y de alguna de sus amigas también, me dice con tono cómplice.

XLVI

Mis amigos me habían gestionado un visado argentino pero los papeles tardaron más de un año en llegar de Buenos Aires así que pasé ese tiempo en Francia, justo antes del cuarenta, y por fin pude llegar aquí en el cuarenta y dos. Aún así tenía que cuidarme. La primera impresión que tuve de la ciudad no fue favorable, pero creo que es el caso con todas las primeras impresiones, después uno se acostumbra. Yo recordaba aquello de Duchamp, que Buenos Aires n'existe pas. Cuando pasamos inmigración, a bordo, antes de desembarcar, el empleado empezó a mirarme el pasaporte lo cual me puso muy nerviosa, yo figuraba como artista, me preguntó de qué clase, y cuando le dije que era fotógrafa me contestó con sorna mejor cambie el término, acá las que vienen de artistas son, bueno, artistas un poco particulares, usted me entiende. ¿Es judía?, también me preguntó, y sólo atiné a decirle cuántas judías conoce que se llaman Charlotte, y el disparate lo convenció, o lo convenció mi desesperada autoridad porque me selló los papeles. Estaba tan aliviada de que el trámite hubiera concluido que le di profusamente las gracias. Abajo me esperaban los Frueger.

Lo primero que recuerdo de la ciudad es el ruido y luego los colectivos, mucho más chicos que los de ahora, parecían de juguete, y recuerdo la manera en que la gente gritaba "Esquina" para que pararan, ahora se aprieta un timbre y nadie grita. Es curioso cómo uno se acuerda de detalles. Yo viví un tiempo, bastante en realidad, en casa de mis amigos, ellos vivían en la ciudad pero tenían una quinta en San Isidro, en la barranca, al pie de la propiedad había un pequeño pabellón en el que me dijeron me podía quedar todo el tiempo que quisiera, instalar mi taller, un cuarto oscuro, trabajar, no sé, rehacer mi vida. Eso hice. A la ciudad viajaba ocasionalmente, tomaba el tren del bajo, luego cuando interrumpieron el servicio a veces tomaba el colectivo 60, de ahí mis recuerdos de la gente que gritaba "Esquina". Ahora hablan de reanudar aquel tren con no sé qué proyecto de fantasía, como un trencito de juguete, creo, pero no me afecta. Estos días casi no vengo a la ciudad.

A su madre la conocí en una exposición en la galería Witcomb a través de los Frueger, me dice cuando le pido, en este nuevo encuentro en la ex La París, como llamo mentalmente a este lugar, que me cuente cuándo y cómo conoció a mi madre. No me acuerdo quién exponía, quizá fuera Xul Solar, en todo caso yo estaba con ellos cuando apareció su madre, acompañada por alguien, a lo mejor Samuel Valverde a quien sin duda usted conoce ¿verdad? A mí me resulta bastante insoportable aunque es muy inteligente. Estaba a punto de casarse, su madre quiero decir, aclara cuando me ve la sorpresa en la cara. Y suspira. En todo caso salimos todos luego a comer, su madre había bebido bastante, se bebía mucho entonces, era la época de los cocktails, cada cual más fantasioso, y ella los probaba todos. Su madre podía ser difícil, sabe, agrega con melancolía, como una chiquilina a quien hay que cuidar. En fin, que esa noche no podía volver a casa en ese estado y los Frueger insistieron en que se quedase a dormir en casa de ellos, en el centro, y yo me quedé para acompañarla. De todos modos era muy tarde para volver a San Isidro.

La miro mientras me habla, pienso que debe de haber *Charles*
sido muy bella, imponente. Me llamó ayer, justo a la sema- *Swann*
na de nuestro primer encuentro. Se llama Haas, Charlotte
Haas, así se presentó, ahuecando la *a* del apellido como si
pronunciara en francés, cuando atendí el teléfono, de nuevo medio dormido. Discúlpeme, agregó, lo vuelvo a despertar, es evidente que usted no es mañanero, pero ¿tiene ganas
de almorzar conmigo? Provoca en mí una mezcla de curiosidad y recelo: quiero oír lo que me cuenta y a la vez me inspira desconfianza, no porque no crea lo que me va diciendo sino porque siento que entro en terreno nuevo. Ella lo
sabe, me parece que adivina mi incomodidad y la aprove-
cha; me trata como a un chico algo lerdo, que no entiende
del todo lo que le cuentan. Me trata, pienso, como me trata Beatriz. A lo mejor como me trataba mi madre: mirá que
sos inútil.

Mi madre era muy linda, ¿no?, pregunto, para decir algo y porque siempre pregunto lo mismo acerca de mi madre, para que me devuelvan su cara de joven, antes de ser
mi madre, y no la última que le vi, demacrada, en el cajón.
Linda, lo que se dice linda no, mais elle l'est devenu, me
contesta. Su madre era, sobre todo, seductora, nunca nadie
le negaba nada, excepto, quizá, el hombre con quien tuvo
la mala idea de casarse. Su padre, me dice mirándome fijo
y de pronto muy seria, no la hizo feliz. Pero ya le dije que
su madre era seductora y narcisa, continúa algo contraria-
da, como si yo estuviera obligándola a repetirse. Y luego, de
pronto riéndose: Cuando llegué a Buenos Aires me puse a
aprender tangos de memoria, era una manera de aprender el idioma como cualquier otra, y me quedaron en la

mente. Había uno que le cantaba a su madre cuando se arreglaba para salir y pasaba horas frente al espejo, "Ibas linda como un sol, se paraban pa' mirarte", la irritaba profundamente, me dice Charlotte, arrastrando las erres con su curioso acento, y al oírla creo reconocer un tango que a menudo también cantaba mi madre, aunque no estoy seguro. Me acuerdo un verso, "Sol de mi vida, fui un desgraciado" pero no sé si es del mismo tango y no me atrevo a preguntarle, desconcertado por lo que me cuenta Charlotte, esa complicidad, esa convivencia con mi madre (¿en qué casa estaban juntas mi madre y Charlotte, frente a qué espejo?) de la que yo no tenía noticia. Y además noto por primera vez que al hablar de ella no la nombra, nunca dice "Julia" sino "su madre". Ustedes se veían mucho, le pregunto, para no perder el hilo de la conversación. Me mira de nuevo seria y me responde lentamente, como quien comunica una noticia que le da pena dar: Todas las veces que podíamos. Yo estaba muy enamorada de su madre; creo que ella un poco menos de mí. Sí, nos veíamos todas las veces que podíamos. Y tomándome la mano, casi con ternura, antes de irse: si quiere volver a verme, llámeme. Estoy en la guía. O puede pedirle mi teléfono a Beatriz, cuando la vea.

Volví a pie a mi casa. Quería caminar. Es la mejor manera de pensar, de pensar desordenadamente, cediendo a la deriva. Caminaba y pensaba, mi madre y Charlotte, mi madre y mi padre, mi madre a quien no le gustaba del todo que yo fuera homosexual, mi madre a veces tan triste, las peleas con mi padre, mi madre yéndose de casa, yo y mi madre, mi madre en cama con otra mujer (la idea, por razones que no me explico, me perturba), mi madre y las que Samuel llamaba las Atalantes, mi madre aislándose para pintar, mi madre. Y pensaba, además, en otra cosa: la mención, inesperada, de Beatriz.

XLVII

A casa venía una profesora que me enseñaba matemáticas y física, la señorita Gascón, era profesora del colegio, pero además daba clases particulares, y yo era floja en esas materias, no me interesaban demasiado y no prestaba atención. Ella era muy linda, muy segura de sí, y además muy irónica, se burlaba cuando uno se equivocaba. El método era completamente antipedagógico, pero a mí me encantaba y aprendí bastante con ella, en fin, lo suficiente para no irme nunca a examen. Era, eso sí, tremendamente snob, ése era su lado flaco, le encantaba ir a casas de gente bien, te contaba que les daba clase también a Fulanita del Michael Ham o Menganita del Mallinkrodt, que los X o los Y la habían llevado a Punta del Este un verano para preparar al hijo o a la hija para los exámenes de marzo, yo tenía la sensación de que nos coleccionaba, como seres raros y valiosos de quienes se burlaba por su ignorancia o su falta de inteligencia pero a quienes secretamente tenía envidia. Te estoy hablando de principios de los cincuenta, que recuerdo como una época horrible, aunque a lo mejor no lo fue más que las demás. Vos debías de ser muy chico, no sé si te acordás. Yo escuchaba decir cosas en casa del tipo "Perón no sólo ha dividido al país, ha dividido a las familias argentinas", en lo que se refiere a la mía parecía ser cierto, eran todos antiperonistas salvo un hermano de mi padre y se armaban unas peleas enormes, cómo se te ocurre defenderlos a estas alturas, Chino, con las barbaridades que están haciendo, si no es más que una serie de atropellos, y él se callaba y sonreía, y cuando se iba, mi abuela, su madre, comentaba cómo puede ser peronista éste, ni siquiera se ha acomodado.

Fue por entonces que murió Eva Perón y el colegio (como todos los colegios, sospecho), fue invitado para mandar una delegación de estudiantes a despedirse de Evita, la invitación era más bien una orden, y preguntaban clase por clase si querías ir o no, la directora de castellano era muy peronista. A mí me divertía la idea y dije que sí, mis mejores amigas también querían ir, pero cuando volvimos a nuestras casas esa noche nos dijeron a todas pero cómo se les ocurre, por supuesto que no van, aunque luego algunos padres cedieron y las dejaron ir. Mis padres no sabían qué hacer, si ahora les decimos que no le van a tomar rabia, mirá que esa mujer es muy peronista, y Ana entonces consultó con la señorita Gascón, que estaba en casa ese día dándome clase, y ella le dijo señora, ni lo piense, no les va a dar el gusto, Beatriz no tiene por qué ir y yo me ocupo de hablar directamente con la directora para arreglar las cosas. Así fue que me quedé sin ir a despedirme de Evita, yo que tenía tantas ganas y que nunca había visto un muerto, recuerdo que las chicas que sí fueron tuvieron que modificar el uniforme, que era una túnica azul y una corbata verde, para la ocasión, les dijeron que en lugar de corbata verde se pusieran una negra o azul, como de luto, una chica muy revoltosa, se llamaba Mitrani, se puso una corbata que el hermano había comprado en un viaje a Estados Unidos, era azul hasta donde empezaba la túnica, luego más abajo la corbata tenía una mujer vestida con un bikini de lentejuelas pero eso no se llegaba a ver a menos de que ella te lo mostrara. Se fueron todas en un ómnibus del colegio, como si fueran a una fiesta, y yo me quedé sin ir a ver a Evita, culpa de la señorita Gascón.

Pero ahí no termina la cosa, porque juré vengarme y lo logré, aunque ahora, a tantos años de distancia, me arrepiento un poco. Resulta que la Gascón, como le decíamos en el colegio, fumaba, incluso fumaba mientras nos daba la clase particular, la gente entonces fumaba en cualquier lado, me acuerdo de cómo agarraba el cigarrillo, que me fascinaba, y también me fascinaba la leve mancha amarilla, de tabaco, que tenía en el costado del dedo índice, me parecía el colmo de la sofisticación. Y un día, mientras leía una prueba escrita que me había tomado, me dijo Beatriz, me dejé los cigarrillos abajo, me haría el favor de traerme la cartera que dejé a la entrada, junto con el tapado. Siempre nos trataba de usted, tanto en el colegio como en las clases particulares. Yo bajé y desde luego no pude resistir a la tentación de abrir la cartera, que me acuerdo era una copia de la Kelly bag de Hermès, y adentro estaban los cigarrillos, y una billetera, y una libreta de direcciones y también unos documentos que me puse a mirar rápido porque quería saber qué edad tenía exactamente cuando de pronto encontré un carnet de afiliada al Partido Justicialista, y no podía creer que era suyo pero sí, tenía su nombre y su foto. Y entonces le llevé la cartera pero me guardé el carnet en el bolsillo y no dije nada. Cuando se lo mostré a Ana puso el grito en el cielo, esta mujer es una hipócrita o una espía, cómo nos hace eso, nosotros que le hemos abierto la casa y hablamos libremente delante de ella, y cómo se te ocurre a vos guardarte el carnet, creés que no se va a dar cuenta, cómo se lo vamos a devolver sin que se entere, cualquier cosa que hagamos va a parecer raro, cómo se te ocurre. Finalmente Ana optó por devolvérselo en persona, para que no nos tomara por estúpidos, dijo, y me acuerdo de la cara de la Gascón, como descompuesta, señora le aseguro que fue una medida de autoprotección, yo no soy peronista pero usted no sabe cómo es el ambiente del colegio, con esa directora, nos hemos tenido que afiliar todas, y Ana la oía pero no sabía si creerle o no, por fin le dijo mire Alcira (así se llamaba), perdóneme, pero uno no sabe qué pensar, con los tiempos que corren, y sobre todo perdónela a Beatriz que se portó mal. Era casi fin de año y me quedaban algunas clases más en casa pero ya no fueron como antes, la Gascón estaba como desinflada, ya no se burlaba cuando me equivocaba ni se ponía exigente cuando yo me demoraba en hacer lo que me asignaba, era como si me tuviese miedo y al año siguiente ya no me dio lecciones particulares. Creo que tampoco a esas otras chicas de las que se jactaba, pienso que habrá pensado que nosotros les íbamos a contar que estaba afiliada al Partido Justicialista pero eso no hubiera ocurrido porque nuestras familias no se trataban. En fin, que después sólo veía a la Gascón en el colegio, en la hora de matemáticas o de física. A pesar de lo linda que era le tomé rabia y sin duda ella a mí. Hasta el día de hoy me pregunto si era o no peronista. Tiendo a pensar que no.

Beatriz me ha contado esta historia cuando le pregunté, un poco al azar para ver si me contaba algo que me permitiera ubicarla, si tenía recuerdos del peronismo, es decir, recuerdos de la época justo antes de que yo naciera. A pesar de decirme que se siente algo arrepentida, me la ha contado casi

con indiferencia, como si el incidente, que a mí me ha so-
brecogido porque, a medida que me lo contaba me fui
identificando con la señorita Gascón, tan linda y vulnerable
con sus pretensiones sociales y sus ironías mordaces, tan in-
segura con sus incesantes cigarrillos pour se donner une
contenance, como hubiera dicho Samuel; la señorita Gascón, víctima de una chiquilina malcriada y rica (aunque
Beatriz, como mi madre, porfía que la buena vida no alcan-
zó a tocarla), una chiquilina que ya sabía lastimar. Y me pregunto por qué me habrá contado Beatriz esta historia y no
otra, ya que sin duda tendrá muchos otros recuerdos de la
vida en esos años que no impliquen violencia y bajeza por
parte suya como la que acabo de escuchar. No sé qué pensar, salvo que todas las anécdotas que me cuenta Beatriz la
dejan siempre a ella en posición fuerte, en control de la situación, y a mí triste, desconcertado.

XLVIII

Supongo que en el Cementerio Británico, me había dicho Eduardo García Vélez, cuando lo llamé para preguntarle dónde estaba enterrado mi padre, qué barbaridad, cómo no te acordás. Cuando le recuerdo que yo ya no vivía en la Argentina cuando murió mi padre y que su hermano se ocupó del entierro suaviza un tanto el tono, pero insiste, seguro que Juan te lo dijo en su debido momento (seguro que sí, pienso, pero a mí entonces no me interesaba), por qué no le preguntás a alguien de tu familia inglesa, ellos deben saber, che. Pero no, nadie de mi familia inglesa sabe, me informa Peter a quien acudo. Creo que le gusta la idea de que volvamos a estar en contacto porque, cuando me llama para decirme que ni su padre ni su tío saben el paradero de mi padre, inmediatamente se ofrece a ayudarme con las averiguaciones, I'll give you a hand, che.

Pasa a buscarme en su viejo Peugeot y salimos en dirección a la Chacarita, Peter está de buen humor, y como más suelto que la última vez que lo vi. Me impresiona esa soltura como me impresionó la de Ben cuando lo vi por primera vez, cuando entendí, también por primera vez, el sentido de la frase que según John Godfrey decían de Brummel: piensa con el cuerpo. Me da envidia esa inteligencia física de la que yo carezco; a pesar de que sólo le llevo a Peter diez años me siento mucho mayor que él, y además deslucido, torpe. Peter, en cambio, es de ésos que alisa la vida con un simple pase de las manos. ¿Cómo se te ocurrió buscar la tumba de tu padre ahora?, me pregunta con lógica

implacable. ¿Nunca pensaste hacerlo en viajes anteriores?
Murió hace bastante ¿no? Le invento cualquier pretexto,
una vaga necesidad de atar cabos, porque en realidad no
tengo respuesta. Es como si, después del último encuentro
con Charlotte, tuviera que agarrarme de algo mientras or-
deno mentalmente una información que todavía no sé pro-
cesar, algo que no sea mi madre, y no se me ocurre más que
el vago recuerdo de mi padre, no one should hurt anymore,
pero esto no se lo puedo decir a Peter, a este muchacho de
quien tengo la certeza de que es gay, y que maneja su viejo
Peugeot como una Porsche, camino del cementerio de disidentes (el nombre me gusta) como se lo solía llamar. Entonces sigo hablando de atar cabos, hago chistes, le digo que no
puedo traicionar mi lado inglés cuando me ocupo del argentino, que ya que ubiqué a mi madre (le ahorro los detalles del trámite en la Recoleta) ahora quiero ubicar a mi padre, y al hablar cada vez más deshilvanadamente me doy
cuenta de que a Peter no parecen importarle en lo más mínimo estos detalles, más aptos para su padre, tan atento a las
genealogías nacionales, que para él. Y se lo digo, burlón:
your old man would be proud of me. My old man thinks
you're very odd, me contesta de nuevo riéndose. Yo también
me río, sin entender por qué, secretamente ofendido de
que Cirilo Dowling, figura risible, anacrónica, ose llamarme
raro. Y vos, le pregunto a Peter ¿vos también pensás que soy
very odd? No, me dice, pero sos distinto, y eso se nota. A mí
me gusta.

El trámite en el Cementerio Británico, en el cual había
cifrado mis expectativas y sobre todo mis temores (¿qué voy
a hacer si no lo encuentro, o si me dicen que no figura en

los registros, o si lo mandaron a la fosa común?), resultó ser inesperadamente fácil. El lugar era tranquilo, el empleado de la recepción muy amable, sus explicaciones claras. Diez minutos más tarde, luego de haber atravesado varias secciones plantadas de verde, con sus caminitos limpios y sus tumbas en prolijas hileras, luego de haber recorrido con los ojos los apellidos que alguna vez me fueron familiares, los Drysdales, los Ayling, los Botting, los Tanner; luego de haberme detenido en nombres de mujer evocadores de otra época, nombres que ya de chico yo encontraba graciosos, las Madges o Hildas o Gladys o Winifreds que se descomponían tranquilamente en esta amable paz anglosajona; luego de haber saludado en silencio a alguna que otra mujer vieja, de pelo blanco y ojos azules como serían los ojos de mi abuela, Grandma's eyes are as blue as the sea, que limpiaba alguna lápida o arreglaba alguna planta, me encontré ante la tumba de mi padre. Estaba enterrado junto a sus padres, mejor dicho encima de sus padres: las tumbas eran profundas, preparadas para tres cuerpos, mi padre había sido el último. Me sorprendió que la tumba estuviera tan limpia, bien cuidada. En contraste con las placas de mis abuelos, que especificaban lazos de familia, loving husband, loving mother, y algún versículo bíblico, la placa de mi padre era modesta y lacónica: sólo el nombre y las fechas, como si no hubiera sido hijo, ni marido, ni padre de nadie. Además a Juan García Vélez no se le había ocurrido nada mejor que poner el nombre en castellano: no Charles, no Charlie, ni siquiera Boy, como lo llamaban todos, sino Carlos, como no lo llamaba nadie. Mi padre, lo que quedaba de mi padre —de pronto me di cuenta de que no había sido cremado, de pronto pensé en su esqueleto, tan cerca de la superficie– subsistía, para la posteridad, traducido.

Intrigado por el buen estado de la tumba, pregunté a la salida quién se ocupaba de ella. En general los familiares, me dijeron. Protesté, de pronto absurdamente celoso: pero si el único familiar soy yo. Alguien más habrá, me contestaron, y como me vieron la cara, agregaron también hay unas señoras del British Council que se ocupan de limpiar las tumbas abandonadas, quién sabe, a lo mejor fueron amigas del muerto. La idea de esta relación post mortem me reconforta, a mí que corté la relación con mi padre en vida. Me atrevo a preguntarle a Peter si alguna vez en su casa oyó hablar de mi padre, de mi madre, not really, me dice, yo era muy chico. Una vez, sí, le oí decir al viejo que su primo Charlie se había cavado su propia fosa, pero no sé en conexión con qué, seguramente no esto, dice con un gesto que abarca el cementerio de disidentes. Y agrega arrepentido: Disculpame el mal chiste.

Ya en la calle, Peter sugiere que tomemos un café, tiene tiempo, me dice, antes de encontrarse con un amigo para almorzar, aunque wait a minute, a lo mejor quiero almorzar con ellos, porque se trata de Alfred Hussey, te acordás, I told you about him, iba al mismo Sunday School, tengo cita con él en Palermo, nos queda de paso, dice, aunque no aclara de paso para dónde. Sí, me acuerdo, no de Alfred Hussey sino de la manera en que Peter me habló de él, con un tono cómplice que me hizo pensar que eran pareja. Acepto la invitación, con la sensación, que al cabo de pocos minutos se vuelve certeza, de que el encuentro ya estaba planeado. Alfred nos espera a la una, se le escapa a Peter, sin que se dé cuenta. Me dejo llevar. Después de la visita al cementerio –mi padre, allí, descarnado bajo la lápida, a la merced, como dicen, de la bondad de extraños; yo, con un puñado de recuerdos de él que procuro en vano volver queribles para alejar revelaciones sobre mi madre que no logro digerir– necesito distraerme.

Hussey nos espera a los dos, por cierto, en una cervecería pseudoalemana de Palermo, de las pocas que quedan, me dice Peter, en la ciudad, con sus paneles de madera oscura, sus ciervos embalsamados, su artificioso aire Mittel Europa y sus cansados mozos gallegos. No lo reconozco; ¿cómo podría reconocer a un hombre cuando la última vez que lo habré visto sería un chico de nueve o diez años? Pero me tranquiliza comprobar que no es, no puede ser, el chico que me decía que se le iba a engordar el pito. Aquél, recuerdo precisamente, era un chico alto, rubio. Alfred Hussey, a quien Peter llama Alfie, es bajo, de pelo castaño, medio gordito, y buenmozo a su manera, tipo angelote. Además, es sumamente simpático. Trabaja en el Hospital Británico, en no sé qué puesto administrativo, y vive con la madre, me dice, porque está muy vieja y, además, porque éste no quiere que vivamos juntos, agrega señalando a Peter quien se pone visiblemente incómodo, con lo cual queda ampliamente confirmada mi intuición. Lo que no se me ocurre pensar sino al rato es que a mí también se me debe notar, como yo pensaba que se le notaba a Peter, si no Alfie (porque me ha dicho que lo llame Alfie) no hubiera dicho lo que acaba de decir. En estas dudas, en estos reconocimientos fugaces se nos va la vida.

Yo me acuerdo de vos de Sunday School, llorabas cuando te dejaba tu madre, llorabas más que yo por eso me acuerdo.

A vos también te dejaba tu madre, pregunto desconcertado. No, yo lloraba porque era un llorón y porque me trataban mal, era el más chico y el más bajito y me decían pansy
boy. Me asombro porque el recuerdo que tengo de mi paso por el protestantismo es más bien virtuoso y aséptico,
¿los chicos más grandes te camorreaban *en la iglesia*? le pregunto incrédulo. Me decían de todo, según el Bible story
que tocaba, Little Joseph, María Magdalena, Ruth, Marta y
María, cualquier cosa para hacerme rabiar. Pero sobreviví.
Le cuento a mi vez mis encuentros con el chico del pito pero no lo ubica del todo, cree que a lo mejor era Willy Cox,
era un bruto, me dice, y ahora es médico y atiende en el
Británico, es proctólogo, ¿qué te parece? En cambio, continúa, me acuerdo muy bien de tu mamá, era tan linda, yo la
veía cuando te dejaba en la iglesia y te tenía mucha envidia.
¿Sabés que una vez la vi durante la semana, en Olivos? Fue
por casualidad, era un medio feriado y nos dejaron salir del
colegio temprano, nos fuimos unos cuantos al cine York y
ahí estaba tu madre y me le acerqué y le dije yo estoy en
Sunday School con Daniel, y se rió y me dijo entonces debés
de ser muy buenito. ¿Mi madre estaba en un cine de Olivos
sola?, le pregunto, de nuevo incrédulo. No, no, estaba con
una amiga, también muy linda, me dice. Parecían hermanas.

XLIX

De chico me acostumbré a jugar solo. No tenía casi amigos y ni mi padre ni mi madre tenían la paciencia necesaria para jugar conmigo. Mi madre proclamaba a quien quisiera oírla que tratar a los chicos como chicos era insultar su inteligencia ya que solían ser sumamente perspicaces y agudos, a quienes había que tratar como chicos era a los adultos. La boutade, que me harté de escucharle, tenía la gran ventaja de liberarla de cualquier intento de entenderme y entender mi pequeño mundo inseguro, tan distinto por cierto del suyo. Aprendí muy pronto a entretenerme. Inventaba ceremonias, planeaba acontecimientos que hacía desempeñar a unos viejos títeres ingleses que me había regalado mi abuela y que habían sido de su madre, organizaba con ellos bautizos, grandes casamientos, desfiles, entierros, no sé. Creo recordar que también organizaba peleas entre dos de ellos, una pareja de Punch and Judy, pero este recuerdo acaso sea inventado o por lo menos esté sobredeterminado por un año de terapia, ya de adulto, del que guardo impresiones contradictorias.

En todo caso retuve, de mi infancia, ese sentido ceremonial que, al entrar en la adolescencia, orienté en otras direcciones. Me encerraba en el cuarto de baño para masturbarme, acudiendo siempre al mismo ritual, complicado y preciso como el más delicado protocolo. En primer lugar, tenía que ser de tarde, cuando ya no entrara sol por la ventana de vidrio esmerilado: sólo entonces podía abrir las dos puertas del armario y enfrentar los espejos de plaza entera

que cubrían el interior de esas puertas en perfecto paralelismo, sin temor a que la luz los cegara. Estos espejos en-
frentados, que me permitían verme a un tiempo de frente
y de espaldas, eran parte integral del rito, así como la luz,
no demasiado fuerte –sólo la luz de arriba del lavatorio, no
la del techo– que alumbraba mi actuación. Encuadrado
por los dos espejos, me miraba largamente, acariciándome,
más que mirarme el sexo directamente me gustaba espiarme
de espaldas, observar el movimiento de las nalgas, reprodu-
cidas al infinito por el juego de reflejos. Pero mi codicia visual no se satisfacía allí sino pasaba a un segundo estadio que
traía, sí, el clímax, y consistía en cambiar de posición y ponerme de perfil de tal manera que el pene, mi pequeño pene erecto, quedara fuera del marco del espejo y por ende
invisible a mi mirada. Lo único que yo alcanzaba a ver, al
mirar de costado, era el perfil de mi vientre chato que, re-
petido infinitamente, llegaba al borde del espejo, y luego el
movimiento rítmico hacia un afuera; no veía el instrumen-
to de mi deseo ni tampoco su resolución, cercenados por
el espejo aunque muy presentes en mi mano. Ese espacio
más allá del marco era el lugar de mi fantasía, escenario de
un juego variable, reinventable, sin adjudicación fija de sexo (el descubrimiento de mis inclinaciones, como he dicho, vino mucho más tarde) en el que mi pene, como ente
independiente y juguetón, casi como si no fuera mío sino
de otro, hacía de las suyas, entrando en orificios apenas ima-
ginables, proporcionándome (por el mismo hecho de que
yo no lo veía en el espejo) un increíble placer. "Es como si
quisieras pintar un cuadro y todo te llevara a hacerlo fuera
de la tela": ese desplazamiento desconcertante que describía

mi madre como síntoma de su enfermedad, en la única ocasión que me habló directamente de ella mucho más tarde y que puso punto final a su carrera de pintora, ese fuera de marco involuntario y doloroso en ella, había sido para mí, de chico, deliberada fuente de goce erótico.

Volvió a mí esta ceremonia, con la intolerable agudeza del deseo físico, cuando en una librería vi un libro cuya tapa reproducía un Vermeer, un cuadro cuyo título exacto no recuerdo, con una mujer que lee una carta junto a la ventana en un apacible interior flamenco, buena parte del cual queda escondido tras un espeso cortinaje. Como un telón a medias corrido, el cortinaje parte el cuadro de arriba abajo: algo no se ve. Recuerdo el cuadro (lo llamaba mentalmente el cuadro del secreto) porque en un curso de historia de arte en Princeton me impresionó enterarme de que Vermeer agregó ese cortinaje más tarde, velando la casi mitad del cuadro, sustrayendo a la mirada algo que ya había pintado. ¿Por qué? ¿Qué había quedado escondido detrás? ¿Cuál era esa *otra* escena, para siempre vedada al espectador, placentera o terrible o las dos cosas a la vez, como lo era, en mi ceremonia, lo que quedaba fuera del marco del espejo? Entonces hice lo que nunca hubiera imaginado que iba a hacer, pero Buenos Aires se está volviendo, para mí, lugar de lo inimaginable. Salí de la librería, volví al departamento, al dormitorio donde había un ropero con espejo de luna, me puse frente a él, de perfil, y cuidadosamente, amorosamente, reproduje en parte la ceremonia olvidada, con los ojos fijos en el borde del espejo, observando casi clínicamente mi vientre ya no tan chato, mis hombros algo agobiados, reproduje la ceremonia con la mente en blanco, adivinando mi pene que eyaculaba, invisible, fuera del marco del espejo, brindándome exquisito, violento, infantil placer. Luego volví a salir rumbo a la calle Charcas. Iba contento, tarareando casi, recordando cómo de chico solía sentir la misma ligereza, el mismo entusiasmo, cuando, concluida mi ceremonia solitaria, bajaba corriendo las escaleras para tomar el té con mi madre. Iba contento, preguntándome qué relato me tendría preparado hoy Ana y qué papel me tocaría desempeñar en él.

Pero esta vez la visita no se prestaba a la representación. Encuentro a Ana curiosamente sosegada, como con miedo. Qué te pasa, le digo, ¿querés que juguemos? De un tiempo a esta parte (de hecho desde la vez que Beatriz se la llevó por unas horas) nuestra relación ha cambiado, hay más silencio. Con frecuencia la encuentro sentada en el borde de la cama con la mirada perdida, toqueteando el borde del cubrecama, más bien arañándolo, como un gato inquieto, esto es una novedad, le oí decir a Agustina, si sigue vamos a tener que cobrarle el cubrecama a la hija. A veces lleno los vacíos, cada vez más frecuentes y prolongados, con juegos, consigo sacarla de su ensimismamiento. Le gusta jugar a las damas, sorprendentemente no se ha olvidado de cómo jugar, sorprendentemente también suele ganar, y no porque yo la deje. Pero hoy me dice que no, con la cabeza. Algo le pasa. Yo te quiero mucho, me dice lentamente, como si le costara hablar. Cómo lo quería a tu padre que fue muy bueno conmigo. A tu madre en cambio no la quería nada. ¿Quién era mi madre?, le pregunto, para ver por dónde anda. No seas pavo, me contesta, sabés que hablo de Julia, mi hermana. ¿Era tu hermana y no la querías? Nos queríamos tanto de chicas, ella, Alina y yo, nos queríamos muchísimo. Éramos muchas hermanas, sabés, y nos dividíamos en grupos. Pero las familias no duran, tenelo bien en cuenta. Alina se murió, Julia me engañó, en fin, para qué seguir. ¿Qué te hizo Julia que le tenés tanta rabia?, le pregunto. Es la segunda vez que menciona directamente a mi madre, y es la segunda vez que habla mal de ella. Me mira, fijo. Yo estaba de novia con tu padre: Julia me lo robó. Para qué seguir, repite. ¿Con mi padre?, repito a mi vez como tonto, ¿estabas de novia con Charlie? No, con Charlie no, con tu padre, me dice exasperada. Pero a vos yo te quiero mucho, me dice una vez más, como si fueras hijo mío, sos lo único que tengo. La tenés a Beatriz, le digo mecánicamente, mientras me acerco a besarla, porque no sé qué hacer con lo que confusamente me acaba de contar y me siento perdido. ¿Beatriz qué?, me dice, y luego, sin solución de continuidad: me van a llevar a otro lado, se lo oí decir a Dora cuando me dio de comer.

Bajo al primer piso donde encuentro a Agustina, ocupada con un hombre más o menos de mi edad, con aire preocupado. Me doy cuenta de que está haciendo averiguaciones, que está por internar a alguien y se siente culpable. Agustina provee la información, encapsulada, como me la proveyó a mí cuando aparecí por primera vez, excelente cuidado médico, todos contentos en la medida en que pueden estarlo, buen ambiente. Cuando me ve bajar las escaleras me llama con un gesto y antes de que pueda decirle nada me incluye en la conversación, el señor le puede decir, él conoce la casa y sabe lo bien que tratamos a la gente, no es cierto, viene muy a menudo. ¿Su mamá?, me pregunta el hombre tímidamente y antes de que yo pueda decirle que

273

Sylvia Molloy

no veo el gesto de Agustina y asiento, qué más da. Soy un farsante, yo que no me ocupé de mi madre, que simplemente la dejé porque no sabía qué hacer con ella. ¿Qué pasa con Ana?, le pregunto a Agustina después de que el hombre se va, prometiendo llamar al día siguiente porque Agustina lo apremia, hoy tengo una cama libre pero mañana quién sabe, qué pasa con Ana, le pregunto, que me acaba de decir que la van a sacar de aquí. No le digo que hay días en que aterriza y entiende todo, me contesta. Sí, me parece que la vamos a tener que mandar a un lugar más especializado, ya le dejé un mensaje a la hija, aunque ésa no contesta sino cuando le conviene. Está perdiendo los reflejos, ya van dos días que no consigo que se ponga de pie o que coma, la tengo a líquidos porque apenas sabe tragar. Hoy le dije que las piernas eran para caminar y me lo festejó como si fuera una ocurrencia, se reía como un chico. Está perdiendo la memoria física ¿sabe? Ha empezado a olvidarse del cuerpo.

L

Como no sé localizar a Beatriz –su juego misterioso es cada vez más irritante– sólo me queda esperar a que se le ocurra llamarme. Esta vez sí tengo preguntas para ella: acerca de Ana, acerca de Charlotte, acerca de mi padre, acerca de mí mismo. Y esta vez, lo presiento, me hará esperar. Samuel, a quien le comento la situación, me pregunta con sorprendente sentido común cómo no se me ha ocurrido pedir el número en la casa donde está Ana, a vos no te lo habrá dado pero es clavado que allí saben cómo ponerse en contacto con ella. En efecto, no se me ha ocurrido, y sí, sé que están en contacto con ella. Pero aún ahora que me lo sugiere Samuel no me resuelvo a hacerlo, entre otras cosas porque tengo miedo de hablar con Agustina, miedo a que me cuente otra etapa del deterioro de Ana. Y sobre todo miedo de ponerme en ridículo: ¿cómo no voy a tener el número de teléfono de mi prima?

Samuel, mientras tanto, me brinda escaso consuelo y contesta a mis preguntas –porque a falta de Beatriz se las hago a él– con evasivas. Qué querés que te diga, m'hijo, yo creo que a estas alturas has descubierto todo lo que había por descubrir, y ahora te tenés que volver de una vez a Estados Unidos porque tu amigo te necesita y te va a largar si no volvés. No sé si tu padre fue novio de Ana, no creo; me parece que tu padre fue un ítem de la colectividad inglesa que importó tu madre. No era santo de mi devoción ¿sabés?, así que nunca me interesé demasiado por su vida. Ana salía con un tal Gerbi, yo mismo creo que se lo presenté, un tipo muy inteligente y muy ruin, escribía para *Crítica*, era muy popular con las mujeres (y también con muchos hombres) pero creo que las trataba mal, a lo mejor tu madre también tuvo que ver con él. Me parece que el asunto con Ana duró poco. Duró mucho en su memoria, le digo, sin atender a su sugerencia de que mi madre también habría sido amante de Gerbi, y le cuento que cuando Ana desvaría todavía lo evoca, hace el amor con él, le da las gracias. A Samuel le encanta este detalle: ¿le da las gracias?, mirá qué atenta. Cuando yo me ponga gagá, suspira, ¿qué nombre revelaré? Como en aquellos films de principios de los cincuenta, no sé si te acordarás (desde luego no me acuerdo: no había nacido), donde la protagonista, en la mesa de operaciones y bajo efectos de la anestesia, revela algún secreto vergonzoso, por ejemplo que tiene amores con otro hombre que no es su marido, o que el chico que está por nacer es hijo de otro, y el médico y las enfermeras se miran y el médico dice: Esto no sale de estas cuatro paredes. Pero estoy tranquilo, continúa Samuel satisfecho, porque diga el nombre que diga, que será posiblemente el de un personaje totalmente inconsecuente, por suerte no vas a estar vos para iniciar una pesquisa. Como decía alguien, "Amé dieciocho veces pero recuerdo sólo tres". Además en mi vida no ha habido amores borrascosos, "je n'ai jamais brâmé après personne". Por si no sabés, es una frase de Gide pero es tan acertada que la he hecho mía. Samuel hoy me hace pensar en Simón, en la tendencia de Simón a recurrir a las citas cada vez que tiene que emitir una opinión o dar un consejo, Let's not be psychiatric, Miss Hunt. No te conocía cultura cinematográfica, le digo, me hacés pensar en Simón.

Por lo visto no lo suficiente para hacer que vuelvas a él, me dice con sequedad.

En vano he tratado de que me hable de Charlotte, de la relación de mi madre con Charlotte. No le he contado mi conversación con ella, sus revelaciones. Pero ¿qué es lo que me ha revelado Charlotte? Que estuvo enamorada de mi madre, lo cual no necesariamente quiere decir (aunque a lo mejor sí quiere decir) que fueron amantes. Samuel se muestra poco dispuesto a hablarme de Charlotte, lo poco que me dice es meramente anecdótico, que en Buenos Aires tuvo éxito inmediato pero rehusó volverse fotógrafa de la alta sociedad argentina que la festejaba y prefirió hacer fotorreportajes. Renunció a una fortuna, te prevengo, porque la gente le hubiera pagado muy bien, la clase alta siempre quiere perpetuarse en imagen. Pero ella quería ser independiente. Tenía unas fotos muy impresionantes de un viaje a la Patagonia, me acuerdo de haber ido a esa exposición con Jorge. En fin, mi querido, que no te puedo contar mucho más de la amiga de tu madre. Insisto: Pero eran ¿no? ¿Eran qué?, me contesta, ladeando la cabeza, con esa expresión que ya le conozco. Amigas, le digo. ¿O más que amigas?, añado torpemente, como si no pudiera llamar las cosas por su nombre, como si tuviera que mantener un secreto. Eso, m'hijo, que te lo diga ella, me contesta amoscado. Yo no me meto en la vida de los demás y mucho menos en su cama. E inmediatamente, desmintiendo lo que acaba de decir, pasa a contarme más chismes, más cuentos de otra época, con esa habilidad que tiene para distanciarse a través de la ficción de aquello sobre lo cual no quiere hablar. Te voy a contar historias de la farándula, anuncia, y pasa a contarme la visita de Cécile

Sorel a Buenos Aires, sabrás quién es ¿no?, vino en una de esas giras que hacía el Casino de París por América del Sur, venían muchas troupes francesas después de la guerra, sabés, la Sorel ya no actuaba en la Comédie Française porque era eterna, pisaría los noventa, pero aceptó ser parte del show, parece que durante los ensayos la aplaudían a rabiar, tanto actores como tramoyistas, tengo la impresión de que la aplaudían menos por la calidad de su performance que por el hecho de estar todavía viva. Y creo que ella lo sabía, te quiero decir tenía conciencia de esa condescendencia, pero sólo sonreía, emitía una tosecita muy suya, y decía qué buenos son, cómo exageran, y al bajar las escaleras en el acto final, toda emplumada, sonreía y preguntaba: L'ai-je bien descendue?; o el cuento de la vez que Margarita Wallmann –que era régisseur del Colón, me explica pacientemente al ver mi cara de desconcierto– partió con todo el cuerpo de baile a Chile, donde tenían compromisos en Santiago y Valparaíso durante todo un mes y en el momento de la partida se enteraron de que la línea de ferrocarril estaba cortada pero igual se fueron con una centena de automóviles y camiones para atravesar la cordillera, así, con decorados y todo, imaginate *Aída* por los caminos de cornisa en lugar del ejército libertador. Ah, y creo que también fue Charlotte en ese viaje, agrega como al descuido, creo que ella, tu madre y la Wallmann eran bastante amigas. Además Charlotte viajaba mucho, en un momento creo que me comentó tu madre que quería irse a Estados Unidos, qué irónico ¿no?, porque la que acabó yéndose fue tu madre, creo que una vez que dejás tu lugar de origen, sobre todo si te persiguen, como fue el caso de Charlotte, sabés que es judía ¿no?, llega un

momento en que te asentás y no te quedan energías para
volver a levantar campamento. Interrumpo: Yo no soy judío
y no me persiguen e igual me cuesta levantar campamento.
Vos sos homosexual, contesta Samuel con irritación. Además heredaste la necesidad de vagabundear de tu madre,
agrega, dando por terminada la conversación. Y haceme un
favor, no te lo digo de metido: llamalo a tu amigo Simón y
decile que estás por volver.

No sé si habrá sido porque hablamos de orígenes y de
desplazamientos, o porque Samuel sugirió que lo llamara a
Simón, pero de pronto caí en la cuenta de que no había ido
a retirar el pasaporte al departamento de policía donde, hacía semanas ya, había iniciado la renovación. La ansiedad
que me inspiraba el trámite explicaba, sin duda, mi olvido.
De pronto sentí la urgencia de ir a buscarlo, como si fuera
necesario tener todos los papeles en orden, listos para una
partida inminente. Recordé de hecho algo que me había
contado Simón, de cómo su madre le había contado que sus
tíos, que habían ido a parar a Bolivia porque era el único
país que en el 38 todavía daba visas, vivieron durante años
en La Paz con un par de valijas de mano preparadas para
viajar, las tenían en el vestíbulo, justo al lado de la puerta,
para poder recogerlas rápido al salir. Su madre conocía la
historia porque cuando los tíos llegaron por fin a Caracas
vaciaron por fin las valijitas y le pidieron a la sobrina que las
regalara, o las tirara, que ya no las iban a necesitar y, sobre
todo, que no querían verlas más. La madre jugó con la idea
de quedarse con ellas –provenían de un famoso talabartero
vienés– pero terminó acatando el pedido de sus tíos y se las
regaló a una criada.

Algo así me ocurre de pronto con el pasaporte argentino: necesito tenerlo para estar listo para viajar, aun cuando sé que puedo salir sólo con el pasaporte norteamericano. Llego a la calle Zevallos cuando faltan quince minutos para cerrar y los empleados, cansados, están más malhumorados que nunca. Me pongo en la fila que alfabéticamente corresponde a mi apellido; el trámite parece sencillo, la fila es corta, la gente sólo espera unos minutos. Cuando me llega el turno entrego el recibo y es aquí donde la rutina se altera. Mi pasaporte no se encuentra en la caja donde están, por orden alfabético, cientos de pasaportes flamantes. En su lugar, como un banderola blanca en un mar de libretas azules, hay una boleta que el empleado lee antes de volver a la ventanilla. Hay una irregularidad, dice, va a tener que volver y hablar con el jefe de renovaciones. Qué irregularidad, pregunto, oyéndome el temor en la voz. Y luego, como para darme ánimo, me impaciento: Yo tengo que viajar muy pronto, necesito el pasaporte. No le puedo informar, me contesta el empleado, impávido, los trámites urgentes se autorizan sólo con presentación de boleto de avión. Luego, inesperadamente, se apiada: no creo que se trate de nada grave, vuelva con este papel, me dice, extendiéndome la boleta donde consta que tengo cita con un Comisario Longoni, Horacio Longoni, a las 16.00 horas del viernes de la semana siguiente.

LI

Si quiere se lo cocino un poco más, me parece que no le gusta tan jugoso, me está diciendo la mujer cuando interviene Cacho, tratalo bien pero no lo tratés de usted, Estela, que no es extranjero. Finalmente se ha producido la fantasía doméstica del hombrecito de los pollos. Estoy sentado, un sábado de fines de noviembre, caluroso como un día de pleno julio de Nueva York, en el pequeño patio al que da el departamento de Floresta donde viven Cacho, su mujer y su hija. Es mediodía. Me han invitado a almorzar temprano para que pueda ver a la chica antes de que la acuesten a dormir la siesta, además, como me ha anunciado Cacho cuando llamó para invitarme, y reitera ahora, con aire importante, para beneficio de su mujer, por la tarde él y yo tenemos que hacer. Se refiere al proyecto de desparramar las cenizas de mi madre, aunque confieso que hubiera preferido que se olvidara, habiéndome convencido yo, a estas alturas, de que mi madre está muy contenta donde está. Pero Cacho se ha hecho cargo de este nuevo trámite como si se tratara de su propia madre, acaso porque era demasiado chico cuando murió la suya, no sé dónde están enterrados porque los trámites los hizo una prima, la que se ocupó de mí hasta que me las arreglé por mi cuenta, por ahí los enterraron en Dolores, donde pasó el accidente. Por lo visto, nunca se le ocurrió preguntar dónde estaban. ¿Y vos cómo no estabas con ellos?, le pregunté cuando me contó esta historia, no estaba con ellos porque me habían dejado con una señora que vivía en la casa de al lado y que me cuidaba de vez en cuando, ellos querían estar solos ese fin de semana, habían reservado una pieza en un hotel de la playa La Perla, era, le habían dicho a la gente, como otro viaje de novios. Acaso por todo eso, esta vez Cacho quiere cumplir con los deseos de una madre, aunque no sea la suya.

Si querés te lo cocino más, me dice Estela, la mujer de Cacho, una mujer de ojos inteligentes que no dejan de mirarme, como si me estuviese tomando la medida. Sonríe poco pero no es antipática: de hecho, me ha hecho preguntas muy precisas, primero tímidamente, luego con más seguridad, parece interesarse más en mí –en mi persona, quiero decir– que su marido. Me preguntó quién era, qué hacía, y por qué me fui; las señas de identidad del exilio, pensé. Insatisfecha con mi respuesta a la tercera parte de la pregunta, me preguntó por qué en ese momento, no se iba tanta gente de la Argentina entonces, por qué se había ido mi madre llevándome consigo. No supe qué decirle. Me preguntó por mi madre y le conté algo, dos o tres anécdotas, pero también, con cierto orgullo (y como para impresionarla) que había sido pintora. Me preguntó si tenía cuadros de ella. Tuve que decir que no, explicándole que mi madre había destruido buena parte de su obra. ¿Dónde está lo que no destruyó?, me preguntó, y no supe qué decirle. Preguntó si mi madre se había ganado la vida con lo que pintaba; me preguntó cómo se la ganaba cuando dejó de pintar. Tampoco supe qué decir. Me di cuenta de que no la había impresionado. No quería anécdotas graciosas, quería hechos. Normalmente me hubieran resultado intolerables estas preguntas eminentemente materiales y muy antipática Estela, pero no es el caso. En cambio me dejan perplejo, hacen que me pregunte por qué no tengo respuestas para las preguntas de esta desconocida. Hay algo en Estela que me atrae, que me da ganas de contarle cosas, de hablarle de mí.

La casa en que viven es, me cuentan, una casa que había estado vacía desde hacía años, creo que el dueño desapareció o lo desaparecieron, estaba muy metido en política, dice Cacho con tono neutro, y luego, como para que la afirmación sea más llevadera, añade: No sabés lo que era la situación acá, hubo barbaridades de los dos lados. Total, que los herederos, creo que había una viuda y un hijo, se fueron a vivir a México y no quisieron volver, dejaron a un apoderado que quería vender rápido y nos la dejó requetebarata. No te creas que nos aprovechamos, agrega como para atajar algo que yo pudiera decir, estaba barata también porque estaba bastante descuidada, había que hacerle muchos arreglos, no te imaginás, tampoco te vayas a creer que pagamos una bicoca. Tanta explicación me hace pensar con tristeza que sin duda pagaron una bicoca y sin duda se aprovecharon, pero no digo nada. La compramos a medias con el hermano de Estela, agrega, él vive en la planta alta. Me dice Cacho que hablás inglés, le digo a Estela, con ánimo de halagarla y sobre todo porque quiero cambiar de tema, alejarme de la anécdota poco atractiva que acaba de contar su marido. Cacho was right, me contesta con soltura y un dejo de acento que no logro ubicar. Is this a test?, pregunta. I test everybody including myself, respondo grandilocuentemente, molesto de que me tome desprevenido, your English is very good. So is your Spanish, me dice riéndose, y me cuenta cómo aprendió inglés en el Colegio Americano de Acassuso, donde los padres eran cuidadores y adonde ella fue, gratis, como alumna.

Mis padres también hablan pero no muy bien, y tienen mucho acento argentino. Cuando mi padre se jubiló le regalaron un viaje a Nueva York para los tres, él, mi madre y yo, nos quedamos con un hermano de mi padre radicado allá desde hace tiempo, hay muchos argentinos en Queens. Hay muchos argentinos en todos lados, le digo. Continúa, como si no la hubiera interrumpido: Eso fue como hace ocho años, antes de casarme con éste, dice, tocándole el brazo al hombrecito de los pollos. A mí me dieron ganas de quedarme y mi tío se ofreció a hospedarme pero mis padres no quisieron. A lo mejor podés ir a visitarme, le digo por decir, pueden ir, me corrijo, y también Malena. Mentalmente nos imagino, deambulando por las calles de Nueva York, yo harto de hacer de cicerone, ellos hartos de aguantarme, la chica llorando, Simón, en casa, divertido y a la vez irritado por mi repentina dedicación. A lo mejor, contesta Estela, sin convicción.

Tendría que sentirme incómodo con esta gente (parezco Ana cuando se da humos: dice "esta gente") pero, al contrario, lo estoy pasando mejor de lo que esperaba. Mucho mejor, al punto que pienso que es el encuentro más agradable que he tenido desde que estoy acá. Cacho y Estela no conocieron a mi madre, ni a mi padre, ni me conocieron a mí antes de que me fuera. No tengo que impresionarlos hablando de bibliotecas, o de traducciones, o de literatura argentina, o de lazos de familia, porque están en otra cosa y aunque no sé bien qué es esa cosa (y acaso no me interesara si lo supiese), es lo suficientemente distinta para que no me sienta afectado y pueda deponer la vigilancia. Cacho y Estela no tienen información que darme ni yo motivo alguno para pedírsela. Pienso en la frase de Simón: I am my own man.

Me despido de Estela prometiéndole que nos volveremos a ver antes de que me vaya (de pronto la idea del regreso se me hace tangible, como si algo en mí se estuviera disponiendo a volver) y parto con Cacho en el camioncito de reparto, que a estas alturas siento como casi mío, rumbo a la Recoleta. Qué raro es todo ¿no? Pienso en la frase de Samuel cuando hablaba de sentimientos encontrados, pienso en el hecho de que acabo de almorzar, por así decirlo en familia, con una mujer que me ha caído muy simpática y a quien de veras querría volver a ver porque a pesar de sus preguntas, o quizá por las preguntas mismas, tiene la habilidad de hacerme sentir conectado con algo, una mujer que está casada con el hombre que tengo a mi izquierda quien parece muy contento con su matrimonio, muy feliz también con su hija, pero que no bien nos alejamos de la casa donde mujer e hija nos dicen adiós desde la vereda me pone la mano en el muslo, sonriéndome, mientras yo respondo, sin remordimiento alguno, a su caricia. A esos desniveles uno no se acostumbra nunca, uno se resigna, decía Samuel.

Con toda deliberación decidí no decirle a Beatriz que quería sacar a mi madre de la bóveda. Habiendo observado el protocolo la última vez (la vaga explicación, la discreta propina al encargado, disculpe la molestia, Fernández, todo muy rápido), he optado por hacerme cargo yo mismo del trámite. Como corresponde, me digo, sin pensar demasiado en que mi madre se habría quedado donde está de no haber intervenido Cacho en mi vida. Tengo la sensación, eso sí, de estar traicionando la confianza de Beatriz; y eso, que debería preocuparme, por algún motivo me llena de satisfacción.

Estacionamos en la calle Junín y bordeamos el paredón de la Recoleta, por encima del cual sobresalen las cúpulas, los ángeles, las cruces de las bóvedas más ambiciosas, hasta llegar a la entrada. Las veredas de La Biela y de los restaurantes de al lado están llenas de gente que almuerza, o que se eterniza frente a un vino o café, parece un día feriado. Con el calor Buenos Aires relumbra malignamente, no hay nadie en la plaza, la resolana es intolerable. Disimulada bajo una campera que me ha prestado Cacho llevo la misma bolsa de lona que había usado antes para transportar las cenizas de mi madre: así la traje, así me la he de llevar. Cacho que, acaso por nervios, durante el viaje había alternado la ironía pesada con el tono protector (por un lado, "tu madre no sería de tan buena familia porque si no tendría bóveda propia en la Recoleta"; por otro lado, "no te preocupes, Charlie, todo va a salir bien"), Cacho de pronto se ha vuelto silencioso. Me sigue, tímido, impresionado. Mientras caminamos hacia la bóveda de la familia de Beatriz, evitando los grupos que se forman aquí y allí, frente a la tumba de Sarmiento, de Eva Perón (Cacho lee en voz alta: "No me llores perdida ni lejana"), pienso en el comentario que me acaba de hacer sobre la familia de mi madre, acertado. ¿Adónde habrán ido a parar sus muertos, sus padres, sus hermanas, Alina que de chica montaba en pelo, por qué sé tan poco de ellos?

Llegamos por fin a la bóveda de la familia de Beatriz. Impresionado por el barroquismo de su decoración, Cacho sólo atina a decir vaguedades. Yo en cambio observo que falta el candado, lo cual, pienso, simplificará considerablemente la tarea, ni siquiera tendré que verlo al encargado. Entro: me encuentro con la bóveda vacía, el altar desierto. En el centro hay una escalera de pintor, en el suelo varias espátulas, y en el lugar donde dejé a mi madre hay un tarro de pintura. No entiendo, le digo a Cacho, oyéndome la voz aflautada por la ansiedad, no entiendo qué ha pasado. Fernández, a quien busco desesperado y por fin encuentro, sentado a la sombra, tomando un refresco, Fernández a quien le tengo que recordar quién soy, me explica: Hubo que arreglar una filtración detrás del altar por la que empezó a entrar mucha agua, los cajones de abajo corrían peligro, yo ya le había dicho a la señorita Beatriz que la íbamos a arreglar. Peligro de qué, me pregunto mecánicamente, mientras sigo su explicación. No se preocupe, me dice viéndome sin duda la cara, los restos están todos en depósito, los van a volver a poner el lunes cuando se seque la pintura, uno por uno igualito que estaban, quédese tranquilo, para eso está el registro con un diagrama para cada bóveda. Hay un detalle, claro está, del que Fernández no tiene idea, un detalle que me pega en la boca del estómago como si de pronto alguien me hubiera dejado sin aire, un detalle que hace que vuelva muy despacio hacia la bóveda donde he dejado a Cacho, aturdido, tratando de no pensar, caminando muy derecho y con mucho cuidado por las veredas como si en ello se me fuera la vida, un detalle que hace que, una vez dentro de la bóveda vacía que apesta a solvente, me apoye pesadamente contra la pared y me deje caer hasta quedar sentado en el suelo, junto al tarro de pintura que ha desalojado a mi madre. Un detalle que paso a explicarle a Cacho cuando me pregunta qué pasa, por qué estoy tan pálido. No la van a volver a traer, Cacho.

La entramos de contrabando con mi prima, y no figura en ningún diagrama ni ningún registro. Se perdió.

Y así fue. Cuando volví el lunes, esta vez en compañía de Beatriz, ofendida porque no la había incluido previamente en el trámite, encontramos la bóveda tal como la había visto yo la primera vez, sólo que más limpia, y con sus muertos prolijamente alineados. Pero mi madre no estaba. Fuimos a lo que Fernández llamaba el depósito, pero fuimos sin él: a estas alturas se sentía comprometido y quería evitar problemas. Fuimos sin casi cruzar palabra, Beatriz y yo, y nos atendió un hombre circunspecto a quien le explicamos la situación, una situación altamente irregular, cómo se le ocurrió, señora, dice pasándome por alto, voy a tener que hacer una averiguación, agrega con tono severo, como si nosotros tuviéramos la culpa del extravío de mi madre.

Mi madre no apareció en ese depósito donde habían encontrado pasajero alojamiento los fúnebres ocupantes de la bóveda de Beatriz. Nadie se acordaba de la cajita de roble sin nombre, a pesar de mi insistencia y a pesar de las preguntas del empleado que nos atendía: me consta que preguntó a su alrededor mientras nosotros esperábamos, yo cada vez más sombrío, Beatriz cada vez más impávida. Se había perdido esa cajita de roble anónima con las cenizas de una mujer que murió lejos (no me llores perdida ni lejana), la cajita que un hombre, yo, su hijo, trajo un día al cementerio, creyendo que allí, al menos por un tiempo, le comento a Beatriz, resentido, podría descansar. O creyendo que podrías deshacerte de ella, que es más o menos lo mismo, me contesta brutalmente Beatriz.

LII

Mi madre tenía un silbato, de estaño, medio picado, que conservaba en el cajón de su mesa de noche. Era una reliquia más que había traído de Buenos Aires, se la había regalado, contaba, el sereno que todas las noches hacía el recorrido de las barrancas y cada tanto dejaba oír un largo silbido para espantar a maleantes o para que la gente se sintiera segura bajo su vigilancia. Más segura y desvelada, le comentaba yo, lo menos que querés es que en la mitad de la noche te despierte un silbato de policía, estás segura de que había un sereno, yo no me acuerdo de esto para nada. Fue una de las pocas veces que encaré a mi madre sobre el tema de Buenos Aires, de nuestros recuerdos dispares de Buenos Aires. Claro que no te acordás, me dijo sin ofenderse de que pusiera su memoria en duda, te estoy hablando de los años cuarenta. Ya para los cincuenta cuando vos eras chico no había más sereno, ni botellero, ni afilador, desaparecieron todos como el aguatero. Este sereno era simpático, agregaba con tono defensivo, era un vigilante jubilado, en una época en que los vigilantes todavía podían ser simpáticos. Anyway, dejame tranquila, lo guardo para espantar a los ladrones si llegan a entrar mientras yo estoy durmiendo.

La posibilidad era remotísima en Orient, pueblito donde la gente salía sin cerrar puertas con llave o dejaba la llave debajo del felpudo para que estuviera más a mano, y sin embargo, como solía ocurrir con mi madre, ella fue la excepción. Una noche de principios de otoño la despertó algo, a lo mejor un ruido o un movimiento que habían hecho los gatos que dormían con ella, y en la tiniebla vio que los tres animales, con las orejas erguidas, miraban hacia el pasillo al que daba la escalera. Mi madre se levantó, encendió la luz, y desde el descanso de la escalera (estaba tan dormida, me decía, que pensé que todavía vivíamos juntos, que vos estabas abajo haciendo no sé qué), llamó mi nombre. Fue entonces cuando oyó que alguien bajaba las escaleras corriendo y llamó a la policía. Encontraron que el intruso había entrado primero al taller de mi madre, que quedaba siempre abierto, donde se había armado de una espátula, y luego con esa espátula había conseguido tajear una tela metálica y entrar por una ventana. No parecía haberse llevado gran cosa, faltaba una campera aunque mi madre no estaba del todo segura, quizá también unas botas para la nieve. Había dejado la espátula, cuidadosamente, en la mesa de la cocina. El incidente no parecía premeditado, fue una inspiración del momento, decía mi madre, quien parecía no atribuirle gran importancia, aunque pude comprobar que todavía meses más tarde, antes de acostarse, verificaba una y otra vez si había atrancado todas las puertas, todas las ventanas. No le conocía miedos a mi madre; me acuerdo haber pensado que se estaba poniendo vieja.

Desde luego que en el momento en que descubrió al intruso en lo que menos pensó mi madre fue en usar ese silbato, que guardaba en su mesa de noche y que, desde su muerte, llevo yo en mi llavero. Durante bastante tiempo sirvió para recordarme la desazón, acaso la culpa que sentí cuando mi madre me contó que había gritado mi nombre esa noche, pensando que yo todavía vivía con ella. Después me acostumbré. Ahora miro este silbato, testigo mudo de una intrusión que, comparada con ésta más reciente que ha sufrido mi madre, parece nimia, lo miro como si lo viera por primera vez. Está sobre el escritorio, en el llavero que debo de haber arrojado allí cuando volví del cementerio, al lado de mis notas, de los papeles de mi madre, del billete de un peso fechado 15-V-1938 A. D. que dice Lloyd George, del libro de cocina del frigorífico La Negra, del tomo del teatro de Bourdet que aún no le he devuelto a Samuel. Tampoco esta vez le hubiera servido para nada el silbato, pienso.

Leo al azar en su diario: "Si yo hubiera sabido de qué bajezas era capaz Charlie, creo que lo habría matado yo en lugar de esperar a que lo liquidara el alcohol. ¿Qué habré visto en él? Tengo que hacer un esfuerzo para acordarme de que era muy lindo. Siempre me gustaron los hombres lindos aunque no funcionen tan bien en la cama. Me gusta sobre todo tocarlos, como a Jorge. Pensar que me costó la amistad con Samuel. Pero creo que a esa amistad le había llegado la hora. No sé por qué pienso en todo eso hoy. Me preocupa Daniel, lo siento distante. Lo extraño como si viviera en otro país. Cuando pienso en mi madre, que creo que nunca quiso a nadie. A lo mejor estoy compensando sus faltas, quién compensará las mías".

Leo el diario de mi madre porque no sé qué hacer. Llevo una semana encerrado en este departamento, sin contestar el teléfono que ha sonado muchísimo. Al principio oía los mensajes que me dejaban, prestaba atención: pensaba que a lo mejor me llamaba alguien de la Recoleta para decirme que había aparecido la cajita. Luego perdí la esperanza, dejé que se acumularan las voces de Samuel, de Beatriz, de Cacho varias veces, quizá de Charlotte, interrumpidas por los clics de los que colgaban entre los que a lo mejor estaba Simón. Luego las voces se volvieron ruido indistinguible, dejé que se llenara la cinta del contestador para no oír más. Ahora la gente no llama.

"Tengo la sensación de que este lugar está como habitado", escribe mi madre. "Recuerdo que sentí esto al principio cuando me vine a vivir a Orient pero luego la sensación se me pasó. Me habré aquerenciado o tranquilicé a las sombras. Marion dice que la gente que vivía en esta casa tenía problemas y no era simpática, a lo mejor uno de los problemas era la propia Marion. El agrimensor me contó que habían tenido una pelea por una cuestión de límites, también que eran medio gruñones."

"Estoy más y más deprimida, debe ser el diagnóstico. Me parece que al atardecer sale gente del monte, gente vestida de blanco, son como enfermeros que avanzan sin hacer ruido, lentamente rodean la casa, como si vinieran a buscarme para llevarme y quieren asegurarse de que no me voy a escapar."

"Los olores, también. Son como presencias en esta casa. A veces me despierta un olor a cigarrillo y en esta casa no ha fumado nadie desde que vivo aquí. El olor parece salir del escritorio que sin duda era la sala de la casa original. ¿A lo mejor también eso se debe a la enfermedad? Me dijeron que podía experimentar distorsión de los sentidos, el gusto, dijo uno de los que vi, ya no recuerdo cuál, el olfato, a veces la vista. Sólo a mí se me podía ocurrir contestarle entonces pintaré mejor. Reacción, irritado: You're not taking this seriously. Cómo tendría que tomarlo, you idiot, tendría que haberle dicho yo. No me atreví. Si me pongo peor ya me lo dirá el cuerpo. Pero no sé si el olor a tabaco es la enfermedad, más bien creo que es el pasado. Alguien que vivía aquí fumaba y la casa se acuerda."

"A veces tengo miedo, hasta ganas de volver a la ciudad, sugerirle a Daniel que vivamos juntos de nuevo. Sé que es un disparate pero total no cuesta nada fantasear. La vida se me está poniendo muy estrecha. Me acuerdo de algo que decía l'étrangère, tenía tanta gracia, decía..."

Interrumpo la lectura: no puedo más.

No sé cómo volví del cementerio aquel día, creo que en estado medio sonámbulo. Vagamente recuerdo que Beatriz me hizo entrar en un automóvil y que alguien conocido manejaba pero no sé quién, me parece que era una mujer, creo recordar un altercado y luego una voz ronca, extraña, que decía hacé algo y otra voz de mujer que decía pobre, está como dormido. Recuerdo, sí, nombres de calles, como si sólo hubiera retenido los detalles de ese viaje, Ameghino, Sarandí, Uriburu, Ayacucho, Bolívar, y luego recuerdo haber estado en cama, sorbiendo un líquido caliente y oyendo frases descosidas que no tienen sentido, "parece que estuviera despierto pero no", y luego no recuerdo más. Cuando me desperté me encontré con una notita de Beatriz, te llamo mañana, otra de la mujer del portero "para lo que se le ofrezca", otra sin firma que sólo dice Charlie no te quedés solo. He desatendido tanto los ofrecimientos como los consejos. Quiero estar solo con el diario de mi madre, aunque me cueste tanto leerlo.

Ameghino, Sarandí, Uriburu, Ayacucho, Bolívar: sólo a los dos días de ocurrido el incidente en el cementerio, con la mente más despejada, me di cuenta de que la retahíla de nombres no correspondía al recorrido que va de la Recoleta a mi casa, que ni siquiera eran calles consecutivas del centro de Buenos Aires, no sabría decir de dónde son. Miro un mapa de la ciudad: son calles en barrios muy distantes el uno del otro, no hay itinerario posible que las una. Y sin embargo se me imponen con la certidumbre de la memoria, de una memoria visual que, me digo, no puede mentirme. Ameghino, Sarandí, Uriburu, Ayacucho, Bolívar: yo he visto los carteles de esas calles desde el automóvil, con los ojos bien abiertos, yo los he leído en voz alta mientras me traían hasta aquí.

LIII

La voz de Simón, la voz del hombre a quien he llamado para decirle que mi madre ha desaparecido, que las cenizas de mi madre han desaparecido, la voz del hombre a quien he llamado para decirle que por favor me espere, que por favor me consuele, que por favor me ame, para decirle que esta vez, de veras, ya vuelvo, la voz de Simón me anuncia, desde su contestador automático, que no está en su casa y que por favor grabe un mensaje. Calculo que son las tres de la mañana en Nueva York, ya tendría que estar en casa. El número de pitidos que a continuación emite la máquina me indica que ya hay muchos mensajes antes del mío, con lo cual deduzco que Simón o no está en Nueva York o no escucha sus mensajes. Las dos cosas son improbables. O mejor dicho: eran improbables en el Simón de antes; quizá menos en el Simón con quien, desde hace ya varias semanas, no tengo relación. Cuelgo.

Con Simón, con ese otro Simón a quien hoy echo tanto de menos, recuerdo que hice un viaje, hace años, a la Argentina. Quería conocer, me decía él, el país que había producido al hombre que le había tocado en suerte, con la seguridad, continuaba, de que debía ser un lugar bien extraño. Insistía: con lo raro que eres, estoy preparado para cualquier cosa así que atrévete a llevarme. Era un reto: acepté. Aprovechando unas vacaciones de Thanksgiving que logramos extender unos días, yo usando una semana de licencia que me debía la universidad, Simón haciendo que David lo reemplazara en el bar, partimos rumbo a la Argentina. Por razones que aún no me explico no quise decirle a mi madre adónde íbamos, simplemente le dije que pasaríamos dos semanas en una isla del Caribe donde las comunicaciones eran prácticamente inexistentes: yo llamaría de vez en cuando, la mantendría al tanto de mi paradero. No sé si creyó este relato transparentemente falso pero no objetó el arreglo. Así fue como me encontré llamando desde cabinas telefónicas de Buenos Aires, de Salta, de Misiones, lugares adonde me llevó esta curiosa peregrinación en mi patria, haciéndole creer a mi madre que llamaba desde otro lado. Tuve suerte de no encontrarla nunca, le dejaba mensajes. Sobre todo tienes suerte de que en tu país haya marcado directo, imagínate lo difícil que sería convencer a tu madre de que la operadora con acento salteño es puertorriqueña. Recuerdo que mis mensajes eran deliberadamente vagos pero no por ello falaces, que una vez le dejé dicho que a pesar de que Simón y yo hablábamos la misma lengua que la gente del lugar, nos sentíamos extranjeros. No especificaba el lugar, claro está, pero no creo que la declaración fuera menos cierta en Misiones o en Salta de lo que habría podido serlo en la isla de Culebra.

Fue un viaje desapacible y a la vez inolvidable. No sólo no había querido decirle a mi madre que volvía a la Argentina, era como si no se lo quisiera decir al propio Simón, con quien estaba haciendo el viaje. Nos quedamos poco en Buenos Aires, a pesar del entusiasmo de Simón por la ciudad de la que había oído hablar tanto. No me porté demasiado bien, lo confieso, no quise compartir con él lo que recordaba de Buenos Aires, los fragmentos de ese mundo del cual me habían arrancado y que aún conservaba mi memoria, no visité los sitios privilegiados de mi infancia buscando compartir con Simón no sé qué tembloroso reconocimiento, acaso por miedo a que ese reconocimiento no se diera. No sé, me sentí en ese viaje como alguien que, después de años de separación, va a buscar a alguien al aeropuerto, digamos a un hermano a quien no ha visto desde hace veinte años, y se agita al pensar que no lo va a reconocer, y que el hermano va a pasar de largo también sin reconocerlo, que el encuentro no se producirá y que se sentirá más solo que nunca. Aquella vez dejé que Simón explorara la ciudad por su cuenta, embelesado con sus descubrimientos (entre otras cosas que los hombres argentinos son muy bellos), mientras yo me quedaba casi siempre en el hotel pretextando cansancio, no en el City, por cierto, que habría de descubrir más tarde, sino en un hotel mediocre cerca del Congreso, del que yo ni tenía noticia, cuyos huéspedes eran, en su mayoría, opacos corredores de comercio. Nos lo había recomendado un primo de Simón; a extranjeros tengo que recurrir para encontrar esta covacha, recuerdo haber dicho, malhumorado. Si le hubieras preguntado a tu madre directamente en lugar de todo este secreteo, me contestó con toda razón, ella que no es extranjera como mi pobre primo nos hubiera recomendado algo infinitamente mejor que esta covacha, como tú dices. Porque en lo que a ti respecta, por más porteño que seas, te has olvidado de tu propia ciudad. ¿Quién conoce hoteles en su ciudad natal como para recomendarlos?, le contesté irritado. Pero de algún modo Simón tenía razón. Me había olvidado mucho de Buenos Aires.

A los tres días partimos para el Norte donde yo no había estado nunca. Tierra adentro, al corazón de la selva, recuerdo que le dije a Simón al subir al avión que nos llevaba a Posadas. Cállate que esto parece una versión gay de *La vorágine*, tú de Alicia yo de Arturo Cova, dijo Simón, añadiendo, con pose grandilocuente: "Los devoró la selva". Yo me sentía aliviado, ligero, como quien ha salvado un obstáculo. No era responsable de esta parte del itinerario, organizado por una agencia de viajes: a partir de ese momento todo era para mí tan nuevo como para Simón, no se me reclamaba una pericia autóctona. Yo también era extranjero.

No sé por qué me vuelven recuerdos de este viaje secreto, como vaharadas, en este preciso momento, quizá porque en él sentí que empezaba a construir algo con Simón, algo que me hace mucha falta en este momento en que, literalmente, he perdido a mi madre. Quizá también porque fue un viaje sin ataduras, sin memoria, sin rescate, mientras que el viaje de ahora ha resultado todo lo contrario. Me vuelve el momento, cerca de Iguazú, en que paramos en un pueblito a tomar algo y coincidimos con un grupo de gente que esperaba un ómnibus que los llevaría a no sé qué lugar, aún más remoto, de Misiones. Había pocas mesas y tuvimos que compartir, se sentó a la nuestra una pareja de campesinos ya mayores, rubios, bastos y tostados por el sol, que apenas hablaban español. Hablaban guaraní con el mozo, alemán entre ellos, bebían cerveza, nos miraban con recelo, como quien mira a un par de intrusos. Los diferentes éramos nosotros, no ellos. ¿Cuándo habrán llegado aquí?, susurraba Simón en inglés, queriendo saber si eran, como me decía por lo bajo, alemanes buenos o alemanes malos. Pudo averiguar (o creyó averiguar) que esta gente se llamaba Else y que sus abuelos habían llegado a Misiones a fines del siglo diecinueve, con lo cual cabían en la categoría de buenos, aunque uno nunca sabe, decía Simón. Y me contaba historias de la Colonia Tovar, de cómo había empezado a mediados del siglo pasado con alemanes de la Selva Negra, a quienes por estatuto les estaba prohibido casar con venezolanos porque si lo hacían perdían sus tierras, alemanes que hasta el día de hoy hablan el español con dificultad, decía Simón, prefiriendo su dialecto badense. Me vuelve también una noche en el hotel de Termas de Reyes, a la salida de Jujuy, donde Simón y yo éramos los únicos huéspedes, nos estábamos bañando en la piscina de agua tibia y sulfurosa cuando de pronto sentí que me tomaba por atrás, que me bajaba ferozmente el traje de baño y, con un envión brutal, me penetraba. La noche era muy oscura, la luna débil, pero súbitamente se iluminó una ventana de ese hotel solitario y extraño, como una fortaleza al pie de los Andes, y la idea de que alguien acaso nos hubiera visto nos excitó aún más. Simón reía, me decía que oliera el azufre, que era la pinga del diablo, y yo también me reía como un chiquilín. Me vuelve otro momento, habiendo pasado Huacalera donde acabábamos de ver el lugar del descarne de Lavalle, macabramente memorializado, estábamos sacando fotos a la vera del camino cuando apareció una muchachita, apenas tendría once o doce años, que arriaba un par de cabras escuálidas y vendía unas chucherías que le compramos. Le sacamos una foto, y cuando volvíamos hacia el auto nos dijo, con desesperación mal contenida, por qué no me llevan, no quiero vivir más con mi tía que es mala, por qué no me llevan, quiero estar con mi mamá, y cuando le preguntamos dónde estaba la madre señaló hacia la montaña, vagamente en dirección a San Antonio de los Cobres, vagamente en dirección al cielo. Nos fuimos, sin ayudarla. Dickens en el altiplano, dijo Simón, intentando en vano restarle importancia al incidente. Esa noche dormimos los dos muy mal.

Vuelvo a llamar a Simón, a las dos horas, y esta vez atiende. Lo he despertado, me dice con hostilidad. No, no ha salido de la ciudad. Sí, hay muchos mensajes en el contestador. ¿A lo mejor no me acuerdo de que es Thanksgiving? ¿Una fiesta que se celebra en Estados Unidos el último jueves del mes de noviembre para conmemorar el improbable banquete de un grupito de puritanos hambrientos y unos indios, aunque harapientos, hospitalarios y buenos? ¿A lo mejor no me acuerdo de que él tiene amigos y pudiera ser que estuviera comiendo en casa de alguno de ellos? Interrumpo esta catarata irritada con lo único que atino a decirle, desapareció mi madre, le digo, desapareció la cajita con las cenizas de mi madre, Simón, no sé qué hacer. Le cuento la historia. Y lloro. Lloro como no he podido hacerlo desde que perdí la cajita; lloro como no he podido hacerlo desde que perdí a Simón.

LIV

Me doy cuenta de que ha pasado algo grave porque no bien entro la asistente de Agustina me hace pasar a su despacho, ha ocurrido algo terrible, y sin más: falleció su tía. Me apoyo contra el marco de la puerta empuñando el ramo de fresias que le he traído a Ana porque me ha dicho que son sus flores favoritas y por casualidad las he encontrado en un puesto de Santa Fe. A lo mejor no oí bien, la señora Ana, digo, pensando que quizá se confunde, que se trata de la tía de otro. Pero no, se trata de Ana, me lo confirman los ojos inquietos de esta mujer, cuyo nombre se me escapa en este momento, creo que se llama Felisa pero no me atrevo a decirlo de miedo a equivocarme. ¿Cómo se murió?, pregunto, y sin esperar respuesta agrego que quiero verla, voy a su cuarto, por lo menos le pondré las flores. Pero Felisa, o como se llame, me ataja, no está aquí, dice, mejor que hable con la señora Agustina para que le explique, la hija ya se está ocupando de los trámites, costó dar con ella, qué suerte que usted vino.

Espero, interminablemente, en el despacho ordenado e impecable. Sin quererlo mis ojos almacenan detalles inservibles, como el retrato del Papa detrás del escritorio, cruzado por una palma amarillenta procedente de algún lejano domingo de ramos, o el polvoriento diploma de este Dr. Finochietto, dueño del establecimiento, quien se llama Diógenes, detalles que no aclaran nada pero que sé volverán a mi memoria en los momentos más imprevisibles. Una vez, en una lavandería en Nueva York, cuando estaba sacando la

ropa de la lavadora para ponerla en la secadora, asegurándo-
me de que no quedaran pelusas depositadas en el filtro, una
mujer que usaba la máquina de al lado me dijo a que no sabe qué hacen con esas pelusas, las juntan todas y las mandan
a las funerarias donde las usan de relleno para las almohadi-
llas de los féretros, así dijo, féretros y no cajones, es un negocio redondo. Desde entonces, siempre que veo a un muerto
en un velorio, pienso en las pelusas de la lavadora, y siempre
que saco las pelusas de una lavadora, pienso en mi madre
muerta. Sospecho que al mismo vaciadero donde almaceno el
dato del paradero de las pelusas irán a parar el papa Wojtyla y
el nombre Diógenes, que recordaré cada vez que en el futuro
piense en Ana.

La perturbación de Agustina es tan intensa que por un
momento pienso que es deliberada, una manera de evitar
mis preguntas aturdiéndome con su muy visible agitación.
Esto no tiene nombre, dice, nunca ha pasado nada igual, no
quiero pensar en las complicaciones, pobre su tía, pero está
mejor donde está, más contenta también, me dice, con mirada de reproche, ustedes sabrán muchas cosas pero lo que es
ocuparse de los viejos, no mucho. Se interrumpe. Sin darme
por aludido, hablándole muy despacio, le pido que me cuente desde el principio y entonces se recompone. Su tía se escapó antes de ayer, en mala hora la dejé salir aquella vez, se
acuerda, con Beatriz, aquella vez que tardaron en volver y yo
me preocupé mucho. La interrumpo. Usted no tiene la culpa, siga contándome. Hace tres días se escapó y no volvió, dimos parte a la policía en cuanto nos dimos cuenta pero tardaron en localizarla, sólo esta mañana ataron todos los cabos
y la ubicaron, un guardia del Botánico la había encontrado

el jueves por la noche cuando iba a cerrar, estaba sentada en un banco, tiritando y desvariando, en camisón con apenas un saquito encima, no supo decir quién era. Parece que preguntaba qué tienen en común un pájaro y un árbol, y ella misma contestaba, con satisfacción: los dos vuelan en el viento. El guardia llamó a la policía y la llevaron al hospital Rivadavia donde le dieron entrada como anónima y la sedaron, a las dos horas murió de un paro cardíaco. El hospital no sabía cómo averiguar quién era, tenía esa cartera de la que no se separaba, se acuerda, pero con sólo unos australes viejos dentro y unos papeles, ninguna seña de identidad. Recién la identificaron esta mañana, a que no sabe cómo. En la cartera encontraron una servilletita que decía La Dulcinea y a un policía se le ocurrió ir a la confitería porque no quedaba muy lejos, y uno de los mozos se acordó de haberle servido algo hace unos días, estaba con una mujer más joven, se acordaba el mozo, y también se acordó de que su tía desvariaba, parece que había pedido un cocktail que no existe, y el mozo pensó que a lo mejor vivía en este geriátrico y se le ocurrió decírselo al agente, y aquí nos tiene, concluye Agustina, con tono enfático: de-ses-pe-ra-das.

Me cuesta comprender todo lo que me cuenta, se me ocurren mil preguntas, pero sólo atino a decirle: Por qué no nos llamó, sin detenerme a pensar quién sería ese nosotros al que acudo porque me siento muy solo. No me venga con ésas, contesta hostil. Si nos cansamos de llamar a su casa y usted no atiende y además tiene llena la cinta del contestador. En cuanto a la hija, sólo dimos con ella anoche. Bonita pareja de familiares. Está arriba, si quiere verla. Y como la miro sin comprender: No, su tía no, está en la morgue del

Rivadavia, Beatriz le digo, fue a identificar a la madre y después se vino para aquí, está empaquetando las cosas. Le contesto que no, que por el momento no quiero ver a Beatriz, que sólo quiero ver a Ana, despedirme de Ana, llevarle, digo absurdamente, estas flores, mirando las fresias medio marchitas que he estado apretando todo este tiempo, me voy para el hospital. Como guste, me dice Agustina, formal. Y agrega: Lo siento, créame. Usted sabe que la apreciábamos mucho.

Pero no fui al hospital. No pude. En cambio caminé despacio hasta La Dulcinea, procurando no pensar demasiado, tratando de compaginar mi vida, la vida de Ana, la vida de mi madre, pensando en las flores del balcón de Ana que ya nadie movería para que miraran al este, al norte, al oeste. Era casi mediodía, me senté a tomar algo, el mozo que me atendió era muy viejo, bastante encorvado, le costaba caminar, hablaba con acento español. La gente tomaba café, un cortado, algún vermut, copas de jerez. Un Lloyd George, le dije desafiante, esperando que me hiciera repetir, que me dijera que no sabía lo que era, brindándome la oportunidad de enfurecerme. Sonrió algo sorprendido, casi con aprobación: hace años que nadie me pide ese cocktail, el señor tiene cultura alcohólica. Se lo voy a preparar yo mismo porque debo de ser el único aquí que sabe lo que es, en otras épocas fui barman. Me pregunto si este es el mozo que recordaba haber atendido a Ana y Beatriz y le había dado el dato a la policía. No quise averiguar, mejor dicho no pude. Habré pasado una hora, acaso dos, en esa confitería de Plaza Italia, ensimismado, sé que tomé varios Lloyd George para tratar de no pensar. Estaba con la mente en blanco, mirando vagamente la estatua de Garibaldi, viendo pasar los chicos de guardapolvo blanco que salían de algún colegio y sin duda iban a casa a almorzar, cuando de pronto me di cuenta de que allí, de pie junto a la mesa, estaba Beatriz. Sabía que te iba a encontrar aquí, me dijo, con tono neutro. Y depositando un paquete de cartas, mal atado con una cinta que alguna vez fue azul, sobre la mesa, me dice miralas si querés, la policía las encontró dentro de la cartera, junto con tus australes. No las pudieron leer. Y como la miro, sin comprender, agrega: están en inglés. Son cartas de tu padre. Dice Agustina que las leía todo el tiempo. Yo no las quiero, le digo a Beatriz, yo no quiero enterarme de una cosa más. Te acordaste tarde, Daniel, me dice, y creo que es la primera vez que me nombra, así, directamente. Agrega que está haciendo los arreglos necesarios para cremar a Ana directamente, en la Chacarita, el trámite es más simple, te voy a avisar, sin duda habrá un responso dentro de unos días, mañana domingo no se puede hacer nada. Entonces, de improviso, se inclina y me besa muy suavemente en los labios, como para acallar cualquier intento de respuesta, y este primer gesto de afecto me conmueve más de lo que podría decir. Y luego se va, dejando el paquete de cartas en la mesa de La Dulcinea.

LV

Sigo leyendo el diario de mi madre: "No sé si algún día voy a poder anotar todo lo que siento contra Charlie pero pienso que si no intento hacerlo aunque sea de a poco y de a pedazos, el recuerdo se va a perder, es decir el correr del tiempo me va a hacer pensar que después de todo no era para tanto. Hoy lo odio, lo odio como una vez lo quise. Era distinto, por eso creo que me gustaba. Pero no tengo que pensar en eso, tengo que pensar en anoche. No puedo olvidar que me acorraló junto a la ventana por eso escribo. No puedo olvidar lo que me dijo mientras zamarreaba a Daniel. Me decía que bastaba un movimiento de la muñeca, a flick of the wrist, decía como complaciéndose con la frase, para tirarlo por el balcón, y entonces yo sí estaría contenta aunque sufriera mi 'corazón de madre', porque habría desaparecido lo único que nos ataba y me encontraría por fin libre para hacer lo que quisiese. So just tell me to do it and I will, decía, porque de otro modo no te doy la separación, ni el divorcio, te quedás conmigo y con el chico aunque te harte verme así, si estoy así es por tu culpa. No me puedo olvidar, y por eso lo anoto. Sólo porque trastabilló conseguí arrancarle a Daniel que lloraba a gritos y salimos corriendo. El taxista que nos recogió se asustó y quiso llamar a la policía. No me puedo olvidar de todo esto y no me voy a olvidar. No me lo va a dejar olvidar Charlotte".

"Me voy a quedar unos días en el City hasta que encuentre algo. Con Daniel no va a ser nada fácil."

"Entre las muchas cosas que me echó en cara, Charlie

me preguntó si alguna vez había hecho el amor con una mujer. Le dije que no pero que las ganas no me habían faltado, para hacerlo rabiar. What does he know."

Leo el diario de mi madre porque no quiero leer las cartas de mi padre, ese atado que finalmente recogí de la mesa de La Dulcinea cuando el mozo insinuó que me fuera. Me había quedado allí toda la tarde, bebiendo más y más Lloyd George, sintiéndome más y más confundido, hasta que el viejo ex-barman, con tono preocupado, me dijo que me iba a traer un café doble y que se veía que yo tenía una preocupación muy grande, que por qué no me iba a casa y lo consultaba con la almohada, total ya era tarde, él había terminado su turno y me ayudaría a encontrar un taxi. Acepté porque sabía que por mi cuenta no podría arrancar, me dejé llevar, dócilmente hasta la puerta de La Dulcinea. El mozo, que con la luz menguante del atardecer parecía todavía más viejo, me empujó hasta la esquina e hizo señas a un taxi que se detuvo. No viejo, yo así no lo llevo, me va a vomitar el tapizado, recuerdo que dijo el chofer, y el mozo le aseguró que no, y al final, para cortar la discusión, dijo está bien yo lo acompaño y me trajo hasta el departamento. Creo que durante el recorrido me dijo que el Lloyd George era un cocktail engañoso, esconde el aguijón, me parece que dijo, pero cómo se le ocurrió pedirlo, a usted que es joven y que no es de acá, añadió. En mi época lo tomaban muchas chicas, niñas bien me entiende, porque era un cocktail fino, sonaba elegante e inofensivo pero ellas sabían que daba flor de sacudón. Cómo sabe que no soy de acá, recuerdo que le pregunté, amoscado. Esas cosas siempre se saben, dijo, y entonces nos callamos los dos. Al llegar al departamento, creo que le pagué de más al taxista, luego quise darle algo al viejo por haberme ayudado pero no quiso aceptar. Sólo me dijo que gracias a mi Lloyd George le habían vuelto recuerdos de los mejores años de su vida, como barman de un lugar elegante y no como mozo de un piringundín, así dijo, de Plaza Italia, las gracias se las tengo que dar yo, niño. Y se fue. Yo subí, con las cartas de mi padre a Ana bajo el brazo, las coloqué sobre el escritorio, junto al silbato de mi madre, junto a mis notas, al billete de un peso, al libro de cocina, a *La prisonnière* de Bourdet. Pero no las leí, en cambio reanudé la lectura del diario de mi madre que me deparó revelaciones que hubiera preferido no tener. Acaso las cartas de mi padre me hubieran perturbado menos. Porque ahora, gracias al diario de mi madre, sé que mi padre, borracho, casi me arrojó por una ventana y que mi madre me salvó; y además me entero, porque no parece quedar ya duda, de que mi madre fue, sí, amante de una mujer, sin duda Charlotte. Pero lo más perturbador, quizá, es descubrir que mi memoria parece estar tan agujereada como la de Ana: no recuerdo para nada los acontecimientos que describe mi madre en su diario. Por terribles que fueran las cartas de mi padre a Ana, no me habrían sacudido más de lo que me ha sacudido este diario.

Sólo que no eran cartas de mi padre a Ana. En un momento, cuando el diario se me hacía insoportable, interrumpí la lectura y medio distraído miré las cosas que estaban sobre la mesa. Vi entonces que había algo escrito con tinta en la cinta de gros descolorida que sostenía el atado de cartas, vi el nombre de mi padre, tenue; pero a continuación, en lugar del nombre de Ana, estaba, casi ilegible, el nombre de mi madre. Aparté la cinta y vi de nuevo su nombre en un sobre, vi también, en una de las cartas que empecé a leer, un sobrenombre que mi padre (porque sí, reconocí su letra) le había dado a mi madre, sin duda cuando todavía se querían, un sobrenombre que yo no habré de repetir ni de olvidar. Fue como espiar una escena que me estaba vedada y me sentí culpable, pero continué mi lectura, leí dos, tres cartas más, hasta que algo me detuvo y no pude leer más. Entonces, como en un trance, sin detenerme siquiera en pensar por qué las cartas de mi padre a mi madre habían estado todo este tiempo en manos de Ana, ni por qué Ana las leía sin cesar, hice algo que no deja de sorprenderme. Fui a la cocina a buscar bolsas para la basura, puse una dentro de otra, para reforzarla, y luego, metódicamente, fui arrojando las cartas, el diario, el billete de un peso, el libro de cocina del frigorífico La Negra. No tiré *La prisonnière* porque el libro no era mío y además (en esos detalles se detiene mi mente de bibliotecario) porque era una primera edición. Tampoco tiré el silbato; me hubiera costado sacarlo del llavero porque las manos me temblaban y además las lágrimas no me dejaban ver bien lo que hacía. Cuando la mesa quedó limpia, até la bolsa, salí al pasillo, y la dejé junto al incinerador en desuso, para que el portero la recogiera y la pusiera en la basura. Lamenté que en Buenos Aires ya no se incineraran los desperdicios: hubiera sido un final adecuado, otro montón de cenizas de lo que fue, en vida, mi madre. Sólo entonces me di cuenta de que la puerta del departamento se había cerrado detrás de mí y que me había dejado la llave adentro. Era más de medianoche; el portero, cuyo timbre por fin toqué, no contestó.

Triste como no lo he estado desde que llegué a Buenos Aires, y a la vez, extrañamente aliviado, salí a la calle.

Caminé por Paraguay hasta Callao, luego me dejé llevar, sin prestar demasiada atención a lo que hacía, en dirección del Congreso. Era una noche tibia, de cielo enorme y estrellado, esas noches de principios de verano que le gustaban a mi madre porque hacen pensar que uno tiene toda la vida por delante. Sólo que yo no tengo la vida por delante, he estado tan ocupado indagando vidas ajenas que he descuidado la mía. Mientras camino por Callao me voy serenando, me entrego al aire tibio, miro la gente. De pronto, parado en el semáforo de Callao y Corrientes, veo un colectivo 60 casi vacío y, cediendo a un impulso, me trepo en él. Saco boleto hasta el final del recorrido y me instalo. A medida que cruza la ciudad pienso que este colectivo, que creo no haber tomado nunca aunque ya no estoy seguro de nada, va enhebrando lugares que se me han vuelto familiares, la esquina de Paraguay y Ayacucho donde estoy parando, la Recoleta, que apenas vislumbro desde Las Heras y Junín, donde por unas semanas descansaron las cenizas de mi madre, la plaza de la Facultad de Ingeniería donde me senté una tarde con Samuel, el Hospital Alemán a tres cuadras donde Samuel estuvo internado, el Hospital Rivadavia en cuya morgue debe de estar todavía Ana, el Botánico donde la encontraron desvariando, Plaza Italia donde pasé buena parte de esta tarde en La Dulcinea, la estación Pacífico a una cuadra de la cual está la casa donde vivía Ana, las barrancas de Belgrano donde transcurrió mi infancia, murió mi padre, y me detuvo la policía, la calle Juramento y la iglesia redonda en cuyo atrio vi una noche a un mendigo ciego que tocaba el violín. Hasta allí reconozco los lugares; luego, a medida de que el colectivo avanza por Cabildo, llega a Nuñez, pasa a Saavedra, cruza el deslinde, entra en la provincia, siento que me voy internando en territorio nuevo y el desamparo que sentí hace una hora se va transformando en expectativa: no tendré la vida por delante pero sí el resto de esta noche.

El colectivo se va vaciando, sólo quedan un muchacho con una caja que parece de herramientas, una mujer vieja, de pelo casi blanco, que está algo agitada, y yo. El colectivero también tiene sus años y parece cansado, tiene la tez muy oscura y arrugada. Va anunciando ciertos hitos, como para que reconozcamos por dónde vamos. Pensé que lo hacía para beneficio de la mujer vieja que no parece saber dónde está, pero de pronto se me ocurre que lo hace por mí: desde mi asiento, justo detrás de él, sorprendo un par de veces en el espejo retrovisor su ojos fijos en mí. Después de anunciar estentóreamente la municipalidad de Olivos y antes de llegar a Martínez, oigo que dice, como al descuido, se escondió la luna, capaz que llueve. Cuando le oí anunciar la estación San Isidro y el Club Atlético de pronto decidí bajarme, pensando que, según los vagos recuerdos de Samuel, el accidente que había tenido mi madre del cual yo también había salido maltrecho debía de haber ocurrido por allí. Grité "Esquina", como Charlotte al llegar de Francia, en lugar de apretar el botón. El chofer me miró con sorna: ¿Tan prontito?, me dijo. Y yo que pensaba que iba a un baile en el Tigre Hotel.

Tomé hacia el río por la calle Sáenz Peña, bordeando el Club Atlético San Isidro y de pronto creí oír la voz de mi

[nota manuscrita al margen: Como en la lancha]

madre que me preguntaba dónde estamos y yo le contestaba, canturreando, "casi en CASI", y ella me festejaba la ocurrencia infantil. Tu madre te llevaba bastante a menudo a San Isidro, a casa de unas amigas, me ha dicho Beatriz. ¿Pero qué amigas y dónde vivían? Llego a la intersección donde Libertador se estrecha, allí donde, según Samuel, ocurrió el accidente pero no reconozco nada. Sigo caminando al azar, ahora por 25 de Mayo, de pronto me encuentro nuevamente en Libertador. No hay nadie en la calle, sólo pasan autos, muy rápido, con las ventanillas abiertas, me llegan risas, retazos de voces, de músicas. Estoy solo. Habré caminado veinte minutos, por veredas mal alumbradas, ya no tenía noción del tiempo, cuando vi el nombre de una calle, apenas iluminado por un foco de luz, que creí reconocer, luego, en la cuadra siguiente, otro: Ameghino, Sarandí. Las calles que había tratado de localizar en Buenos Aires, cuando me llevaron a casa desde la Recoleta, estaban aquí, en San Isidro, en el mismo orden que las recordaba o que las había soñado, Ameghino, Sarandí, Uriburu, Ayacucho. Al llegar a Bolívar, como obedeciendo a no sé qué impulso, crucé Libertador casi corriendo, en dirección al río. Fue entonces cuando sentí el golpe, el ruido de un faro que se rompía. Y después, no sé cuánto tiempo después, una voz de mujer que decía, hagan algo, parece muerto, tiene los ojos fríos.

LVI

Abro los ojos en el hospital de San Fernando, el mismo adonde fui a parar, según me contó luego Beatriz, después de mi visita frustrada a El Tropezón, te trajeron aquí aquella vez porque el hospital de Tigre se había quedado sin luz o algo así. Tengo el brazo derecho muy dolorido, me doy cuenta de que me lo han enyesado. Abro los ojos y me sorprende verla junto a mi cama. ¿Cómo supieron encontrarte?, le pregunto, o creo que le pregunto porque no sé si salen sonidos de mi boca. Beatriz no me contesta, hace señas de que me calle, te han dado un calmante fuertísimo, no intentés hablar. Caigo en una suerte de duermevela, oigo la voz de Beatriz que tranquiliza a alguien, acaso a la persona que me atropelló, va a estar bien, apenas lo rozaron, el médico dice que es una fractura mínima, sí, si quieren déjenme el número de teléfono y los mantengo al tanto, sí, ya sé, es muy distraído, se le pasea el alma por el cuerpo. Tengo sed, intento incorporarme, no tengo idea de cuánto tiempo llevo en este lugar. Quieren que te quedes un par de días, me dice Beatriz, y vuelvo a sumergirme en el sopor. Se me mezclan los ruidos del hospital con voces e imágenes que no consigo ordenar, que acaso sueño. La voz del chofer del colectivo 60 que me habla de un baile, la mujer de pelo blanco que se baja y cruza la calle, luego, o quizá antes, un altercado, entrá al parking de L'Hirondelle y terminemos con esto de una vez por todas, algo muy violento y pesado que yo veía y a la vez sentía por dentro. Estoy acostado en el asiento de atrás de un automóvil, oigo una voz ronca con

313

acento que viene del asiento de adelante, esto no puede seguir tenés que irte, y luego susurros, y después una voz de hombre, fuera del auto, si no van a entrar se van con las porquerías a otro lado este es un lugar decente, y dice otra voz yo no quiero irme de la casa y no es este el momento para tener esta discusión, no te preocupés que no la vamos a tener más, dice la voz ronca, y hacé algo con ese chico porque se hace el dormido, seguro que va a decir algo, lo vamos a tener que poner en uno de los cuartos de arriba, arreglate la cara, se nota que estuviste llorando. Lo vamos a tener que poner en otro cuarto, este es el piso de agudos, oigo que dice una voz de hombre, y entonces abro los ojos. Es el médico de guardia, a quien creo vagamente reconocer aunque a estas alturas ya no sé qué es repetición y qué novedad. Me dice que podré irme dentro de dos días, tuvo suerte, agrega, la fractura es mínima y casi en el mismo lugar que la fractura vieja, qué casualidad ¿no? La erró por dos centímetros aunque en realidad es raro que un hueso se vuelva a romper en el mismo lugar porque al soldarse el tejido se vuelve más resistente. Tuvo suerte, repite, y sale del cuarto.

Antes de que pueda entender bien lo que me dice para hacerle más preguntas –¿cuándo y cómo, esa primera fractura? no la recuerdo– veo, por la puerta entreabierta, acercarse a Samuel. Visto así a distancia, fuera de su elemento, parece muy pequeño, muy viejo, pienso en una palabra que usaba mi madre, ratatiné, que sin duda usaban juntos ella y Samuel para burlarse de alguien –gentiment, me entendés. Saluda a Beatriz con excesiva formalidad, como quien saluda a una duquesa odiosa, reconociéndole el rango privilegiado y a la vez haciéndole entender que, como diría

Eduardo García Vélez, no es santa de su devoción. Beatriz
se levanta y sale del cuarto, para tomar aire, dice, y Samuel
la sigue con la mirada, tiene el empaque de la abuela, dice
con reticente admiración. Está nervioso, le brillan los ojos,
me dice lo aliviado que está de verme vivo. Vos fuiste muy
bueno conmigo cuando yo tuve el accidente, así que éste es
un tit for tat, además de obligatorio placentero, te conté alguna vez aquel cuento de Berenson y Violet Trefusis, lo contaba Nenette, que Berenson después de haberle hecho unos
cuantos feos la invitó a la Trefusis a una comida en I Tatti,
era el nombre de la casa cerca de Florencia, la invitó porque
quería lucirse con ella, y ella rehusó, le mandó una nota por
mensajero que decía "A Tit for a Tatti". No, no me lo había
contado y me impacienta su cháchara pero al mismo tiempo estoy muy contento de verlo, como si viniera a visitarme
un padre bueno, algo chocho, pero un padre que no me haría daño. ¿Cómo te enteraste de que estaba aquí?, le pregunto. Porque me lo dijo Beatriz en el responso de Ana, me
contesta. En la Chacarita, agrega, frunciendo la boca. Y después, con tono de perdonavidas que apenas disimula su desaprobación: será porque la cremaron. De paso, cómo se ha
venido abajo la Haas, che. Era muy seductora.

Caigo en la cuenta de que he estado en este hospital más
de lo que creía. Me entristece pensar que no he podido despedirme de Ana, esa tía que, en su delirio o en su lucidez,
decía quererme como a un hijo y haber sido novia de mi padre aunque no de Charlie, me siento en falta, como si hubiera descuidado por segunda vez a mi madre. Al mismo
tiempo me sorprende la mención de Charlotte, el comentario de Samuel sobre su seducción. Te prevengo que fui a

ese responso por vos, continúa Samuel, fui porque pensé que no habías podido enterrar a tus padres, y que Ana era el único muerto que te tocaría enterrar en la Argentina. Es importante, sabés. Lo que menos pensé es que no te iba a encontrar allí.

Cuando se va Samuel le pregunto a Beatriz que ha vuelto al cuarto oliendo a tabaco: ¿Vos sabías que de chico yo me había roto este brazo, casi en el mismo lugar? Me cuesta aceptar que me haya roto el brazo una vez y no lo recuerde. Sí, me dice, estabas en el auto con tu madre y Charlotte, iban a una fiesta. Chocaron por San Isidro, no me acuerdo bien dónde. Manejaba tu madre, atropellaron a alguien, una mujer vieja, creo, pero desviaron el auto a tiempo, apenas la rozaron. ¿Íbamos a un baile de carnaval en el Tigre Hotel?, pregunto. No, cómo se te ocurre, eras demasiado chico. Una fiesta en la quinta de los Frueger, donde vivía Charlotte. Donde sigue viviendo Charlotte, se corrige. Y añade: Donde también vivo yo.

LVII

Mi madre hablaba poco de su pintura, y cuando lo hacía era a regañadientes, con términos singularmente pobres, como si el esfuerzo que le costaba decir algo le robara una energía que prefería dirigir exclusivamente y sin palabras a sus telas. Yo la recuerdo pintando: primero en la casa de Belgrano, en el desván iluminado por una banderola que había hecho suyo, luego en el departamento de la calle Ecuador, por fin en su taller de Hell's Kitchen. Pero curiosamente la recuerdo más bien a ella –los movimientos de su cuerpo, las idas y venidas, los ruidos que dejaba escapar, medio suspiros, medio gruñidos, mientras alisaba la pintura con la espátula– no recuerdo tanto sus cuadros, sin duda porque no tenía ojos sino para ella, acaso también porque tenía miedo de descubrir que su pintura tenía menos mérito de lo que yo quería que tuviese. Aun de chico se toman esas precauciones.

Cuando mi madre se mudó a Orient yo ya era un hombre, menos expuesto a los desencantos de la adolescencia en lo que respecta el valor de los padres. Hice el propósito de prestar más atención a lo que hacía mi madre, pedirle que me mostrara lo que había pintado con el correr de los años, hacer que me contara su trayectoria y que me hablara de su obra. Este ingenuo plan tendría sin duda bastante que ver con el hecho de que nuestra relación personal, también con el correr de los años, se había deteriorado considerablemente. Había desaparecido la intimidad, el tono cómplice: a veces, cuando la iba a ver (siempre me quedaba poco), pensaba que no era mi madre sino una conocida cualquiera, alguna señora argentina a quien visitaba de vez en cuando. Pero cuando se mudó a Orient, o mejor dicho al poco tiempo, mi madre dejó de pintar. No sólo eso: cuando se mudó a Orient, mi madre empezó a deshacerse de sus telas. Esto lo supe por casualidad, cuando todavía no había puesto en marcha mi proyecto de retomar contacto con su pintura. Estaba un día en un café de Sheridan Square, esperando a Simón con quien tenía que ir al teatro, ya no recuerdo a ver qué, posiblemente a Charles Ludlum que aún no había muerto, cuando se acercó a mi mesa la ex asistente de mi madre. La invité a tomar un café, hablamos de todo un poco, ella enseñaba ahora en el Institute for Fine Arts, pagan pésimo pero el lugar es estupendo, le dije lo mismo de mi trabajo como bibliotecario, me dijo que seguía en contacto con mi madre, lo cual me sorprendió porque creía que mi madre había cortado amarras con todo el mundo, incluso Michael, a quien yo veía de vez en cuando, en compañía de su nuevo amigo, en el Village. De pronto, excusándose por su curiosidad, me preguntó qué le pasaba a mi madre que había empezado a enviar sus cuadros a la Argentina, ella estaba al tanto porque la había ayudado con el trámite con la embajada, un trámite que era bastante engorroso, menos mal que el cónsul argentino en Nueva York era también pintor. Is she going back for good or is she just giving up? Incómodo porque me tomaba desprevenido, con menos conocimiento del que parecía tener ella, le dije que me parecía que mi madre estaba indecisa, y farfullé algo sobre coleccionistas argentinos, algo que acababa de inventar para salir del paso, you know my mother. No recuerdo el final de ese encuentro, no recuerdo si llegó Simón, no recuerdo si llegamos a ver *Irma Vep*, sólo recuerdo mi irritación: mi madre, una vez más, me había madrugado y había logrado sacarme de quicio.

La próxima vez que fui a Orient, sé que le hablé de este encuentro y de la súbita revelación, le eché en cara que no me hubiera consultado, le conté mi plan de acercarme más a su obra, de conocerla mejor, ahora para siempre frustrado, le decía, gracias a lo que has hecho. No me interesaba saber por qué lo había hecho ni qué intenciones tenía para el futuro de su obra, hablaba sólo desde mi amor propio herido, desde mi frustración; medio en chiste medio en serio le dije me estás privando de mi herencia. La escena tomó un giro inesperado; a mi madre se le endurecieron los ojos y sólo me dijo you're a little shit, mejor que te vuelvas a la ciudad, avisame cuando estés listo y te llevo al ómnibus. Fuimos hasta la parada de Greenport en el más absoluto silencio. Arrepentido, me incliné para besarla antes de bajar del automóvil pero desvió la cara. Nunca más volvimos a hablar del tema.

Cuando murió mi madre recordé el incidente, sobre todo cuando me tocó levantar la casa. El taller (en el que yo no entraba desde hacía años) estaba impecablemente en orden y cubierto de polvo. Era claro que mi madre no lo usaba, que había dejado de pintar. Sin embargo, yo recordaba que mi madre seguía haciendo como que pintaba, que Marion ritmaba su vida por la luz que veía en ese taller, y que en la única ocasión en que intentó describirme su enfermedad lo hizo en términos de pintura, me dijo que era cómo quería pintar un cuadro y todo la llevaba a hacerlo fuera de la tela. Pero no había telas en el taller, ni viejas ni nuevas, sólo algunos esbozos y su diario, desordenado, atado con un elástico para que no se desparramaran las páginas. Mi madre, sospecho, pintaba sólo en su mente.

Dije que no había telas en el taller y dije mal. Había, sí, un cuadro pequeño y complicadísimo en un armario, detrás de unas telas vírgenes, tan disimulado que hubiera podido no encontrarlo, un cuadro que me conmovió y me espantó a un tiempo y del que no he podido hablar hasta ahora. Ignoro su valor; es posible que fuera mediocre pero, para mí, resultó inolvidable, aun cuando no lo haya vuelto a mirar. En el ángulo inferior izquierdo se veía un niño, de espaldas, espiando por una puerta entreabierta. El niño tiene pelo rojizo como yo, está desnudo, y de su hombro derecho parece salir algo, como un muñón de ala; espía el interior de un cuarto con una cama a medio hacer, infinitamente repetida en las hondísimas perspectivas de las tres fases de un espejo veneciano cuyo marco tiene pimpollos de rosa rojos y hojas verdes. Y en una de las fases del espejo, reflejada desde un afuera del marco, la cara borrosa de una mujer. En el revés de la tela había escrito mi madre, levemente, con carbonilla: "Este es el cuadro de Daniel".

Este cuadro (que a mi vez arrumbé en el fondo de un baúl) con su oblicua dedicatoria fue el único legado explícito de mi madre. Murió sin dejar testamento, tan sólo aquella carta donde pedía que se la cremara y se echaran sus cenizas en el Río de la Plata, sin mención alguna de otras disposiciones ni de otros legados materiales. Como yo era su único hijo, y no se presentó nadie más de la familia, no tuve problemas en Estados Unidos con la herencia, bastante escasa. Al poco tiempo de su muerte pasé sus acciones a mi nombre y, desatendiendo la sugerencia de Simón de que esperara a ver qué quería hacer, vendí (posiblemente malvendí: estaba apurado) la casa de Orient por una suma que también invertí para asegurarme una renta anual que compensara mi deslucido sueldo, una renta, debo decir, que este viaje a Buenos Aires ha diezmado notablemente. Sólo ahora, en esta cama de hospital donde no tengo otra cosa que hacer, recuerdo las preguntas de Estela sobre el paradero de los cuadros de mi madre, sólo ahora que sus cenizas se han perdido me pregunto dónde estarán aquellas telas que desaparecieron de su taller, que acaso (porque nunca quise creerlo) haya enviado mi madre a la Argentina cuando dejó de pintar, que acaso (aunque no lo creo) tengan algún valor, telas que hoy, varado en esta cama de hospital sin poder moverme y sin saber qué va a ser de mí, se me hace imperioso ver.

LVIII

Para llegar a la casa es necesario bajar por la calle Bolívar hacia el río, bordeando una pared blanca pintada a la cal, que posiblemente sea la quinta que fue de los Frueger. Los dos murieron hace relativamente poco, primero él como hace seis años y después ella hace dos, yo no tenía mucho trato con ellos pero Charlotte los quería como si fueran sus padres, me ha dicho Beatriz. No tenían herederos y le dejaron la casa a Charlotte, continúa, pero ella no ha querido vivir allí, encuentra que la casa es demasiado grande y estaba muy llena de recuerdos ajenos, preferimos quedarnos, dice, pasando con toda naturalidad a la primera persona plural, en el pabellón al pie de la barranca que sí es el lugar suyo, vive allí desde que llegó a la Argentina. ¿Y vos desde hace cuándo vivís allí?, no puedo sino preguntarle, pero sigue como si no me hubiera oído. La casa está alquilada a una embajada pero Charlotte la quiere vender, lo que quiere es separar la propiedad en dos lotes, la casa por un lado el pabellón por otro, así no nos tenemos que mudar. Eso dice pero, conociéndola, dudo que lo haga.

Quiero preguntarle cuándo y dónde conoció a Charlotte, por qué vive con ella, si son amantes, como supongo, y si sí, desde cuándo, y si lo sabía mi madre, y si mi madre y Beatriz, pero no digo nada. Sé que me contestaría con evasivas pero, sobre todo, sé que no soportaría enterarme de una sola cosa más. En cambio pregunto, como al descuido, para seguir la conversación: ¿Los Frueger eran judíos? Para algunos sí, para otros no, depende de a quién le preguntés, me contesta

Beatriz. Ya te conté que tu madre lo llamaba León Hebreo. Mi madre no, me dijiste que tu padre, le contesto con irritación. Y tu madre también, hasta que conocimos a Charlotte y dejó de llamarlo así, me contesta. De nuevo ese nosotros que esta vez incorpora a mi madre, tan cercano, tan íntimo, que me pone incómodo. Me lo tengo merecido: no pregunto más.

Con toda deliberación le había dicho a Beatriz que no me fuera a buscar al hospital para traerme hasta aquí. Quería hacer el recorrido solo, reanudar en pleno día el paseo nocturno que, si mal no recuerdo, quedó trunco muy cerca de aquí. Acepté pasar la primera noche, después de que me dieran de alta, en la casa que comparten Charlotte y Beatriz. Para no sentirme solo, me digo; me daba miedo volver al departamento. Me sentía acosado por temores diversos: por un lado, temía encontrarme con más papeles de mi madre o de mi padre que por descuido mío hubieran escapado a la destrucción, papeles que me depararían más revelaciones; por otro, valga la paradoja, temía sentirme mal por haber liquidado todo lo que liquidé. En un momento pensé llamar a Peter, preguntarle si me podía albergar un par de noches. Cuando lo hice, algo incómodo porque no conocía su casa y no sabía si tendría espacio suficiente, pero incómodo sobre todo porque me sentía invadido por descubrimientos o intuiciones a propósito de mi madre que prefería no compartir con él, el mensaje de su contestador indicaba que se lo llamara a otro número. No quise insistir. Tampoco quise pedirle ayuda a Samuel porque sospechaba que, a pesar de su tirantez con Beatriz, no me hubiera propuesto quedarme con él: era impensable, lo habría vivido como una invasión de su espacio vital y de su rutina diaria. Con Samuel, la distancia era la base misma de la intimidad. Pero reconozco que mis esfuerzos por encontrar alojamiento provisorio distaron de ser exhaustivos. Un llamado al City, que siempre tiene cuartos disponibles, hubiera solucionado el asunto en diez minutos. En cambio me dejé tentar (uso la palabra en su sentido más fuerte) por la amiga y la sobrina de mi madre, quise pasar con ellas mis últimos días en Buenos Aires. Porque sí, por fin, he confirmado un vuelo de regreso para dentro de diez días. He decidido volver a casa.

Esta mañana, al darme de alta, el médico me aconsejó descanso. Cuando lo trajeron no sólo tenía un brazo roto, el corazón estaba conmovido, arritmia pasajera, procure disminuir las situaciones que provocan ansiedad. Como ser atropellado, le digo, tomando el consejo a la ligera. No es un chiste, me dice con irritación. Usted ya tiene una entrada aquí, no vaya a ser que la tercera sea la vencida. Y se va, encogiéndose de hombros. Antes de dejar el hospital pedí a la enfermera que lo buscara; quería darle las gracias y pedirle disculpas por mi insolencia, quizá también conjurar su amenaza de que la tercera sería la vencida. No lo encontraron.

Recordando lo del corazón conmovido, expresión que nunca había oído, bordeé la pared blanca que relumbraba a pleno sol. Me había acercado un taxi hasta Libertador y Bolívar pero desde allí quise hacer el camino a pie, pese a la insistencia del taxista, con el calor que hace ese yeso debe de ser pesado, déjeme que lo acerque más, a qué dirección va. En realidad no tengo la dirección exacta, sólo instrucciones que me ha dado Beatriz. Debo bajar por Bolívar, me ha dicho, en dirección al río, pasar Elortondo y seguir bajando, y luego desaparecen de sus instrucciones los nombres de las calles, sólo sé que tengo que seguir bajando la barranca, y en algún momento doblar, y luego una serie de vueltas, primero a la izquierda, luego a la derecha, luego vas a ver una diagonal pero no la tomes, vas a ver una callecita, casi un camino de tierra que sale hacia la izquierda de la diagonal justo un poquito antes, sobre todo no cruces la vía, si la cruzaste te equivocaste. Mientras voy bajando hacia el río, bordeando la pared blanca que relumbra a pleno sol me doy cuenta de que hace, sí, mucho calor, que el yeso me pesa, y que sí tengo el corazón conmovido aunque no exactamente en el sentido en que lo entendía el médico. Me empalaga el olor dulzón de alguna planta en flor que adivino detrás de la pared, quizá madreselva, quizá esas flores que mi madre añoraba tanto en Estados Unidos y que tantas veces intentó hacer crecer en Orient, siempre en vano, porque el clima era demasiado frío, creo que se llamaban tumbergias. Las calles están curiosamente desiertas, sin gente, sin automóviles, la pared blanca encalada es interminable, me siento mareado, me detengo a mirar las indicaciones que me ha dado Beatriz para determinar dónde estoy. Delante de mí reconozco la calle que sale en diagonal y, tal como me lo indicó, un camino casi de tierra. Y allí, sentado a la sombra de un sauce, veo a un hombre viejo, con tez muy morena y arrugada, que fuma distraído mientras mete el dedo mecánicamente en el zapato, como quien busca sacarse una piedrita. Parece ser de la zona, se diría que me está esperando. Busco a la señora de Haas, le digo, con esfuerzo, apoyándome en el tronco del árbol. Llegó a destino, me dice, incorporándose.

LIX

La casa es sencilla, de una sola planta. Posiblemente en sus orígenes haya sido un galpón, o un depósito, una dependencia en todo caso de la casa grande que fue de los Frueger y que apenas se ve desde lo alto de la barranca. Es evidente que no fue diseñada como vivienda, con sus tres habitaciones en hilera pero desconectadas una de otra como en un conventillo, aunque no alumbrado a querosén, me dice Beatriz al recibirme, dándole las gracias al viejo que me ha llevado hasta allí. Era el jardinero de los Frueger, continúa, cuando se murieron no quiso irse y se quedó a vivir por la zona, creo que tiene una casilla cerca del río pero se pasa el día aquí sentado bajo el árbol, donde lo encontraste. Se llama Rosario y es de Chivilcoy pero ya no le queda familia allí así que se va quedando, está medio desmemoriado. En general anda con luna pero veo que te trató muy bien.

Apenas la escucho mientras me muestra la casa, trato en cambio de registrar todos los detalles que puedo, procurando grabar en mi mente la imagen de este lugar que conoció mi madre, en el que acaso fue feliz mi madre, y en el que (creo, aunque no estoy seguro) nunca estuve yo. Las habitaciones dan a una galería embaldosada que mira al río, cubierta por un alero, parece bastante posterior al resto del edificio; pienso que quizá la añadieron cuando fue a vivir allí Charlotte, como para darle un poco más aire de casa a lo que debía parecer muy poca cosa. Ahora, con sus cuartos en hilera que dan a la galería, sus baldosas rojas, sus celosías pintadas de verde oscuro y su sauce llorón parece a primera vista, le digo a Beatriz, el casco de una estancia. Se ve que no te acordás de cómo son los cascos de estancia en este país, se ríe. En comparación esto es un rancho.

Pero desde luego no lo es. Más allá de la galería hay un jardín muy cuidado en el que detecto el mismo perfume pesado que olí al bajar la barranca, son las tumbergias que tanto le gustaban a su madre, me dice Charlotte que sale de uno de los cuartos a recibirme y me ve tocar distraídamente una flor. Mi primera impresión de la casa queda corregida por lo que veo ahora: no sólo el jardín, muy complejo, sino una serie como de casitas, de tamaño diverso, en distintos puntos de la propiedad. Es una casa de a pedazos, me dice Charlotte pasando a hacerse cargo de la visita, preferí que fuera así en lugar de agregarle cuartos al edificio principal, si así merece llamárselo. Mi vida está hecha de fragmentos, también mi casa: vivir aquí es todo un itinerario, siempre hay que estar moviéndose de un lado a otro. Allí está mi cuarto oscuro, dice señalando un pequeño edificio a la derecha, a unos veinte metros, aunque con estos ojos ya casi no lo uso, allí, y hace un gesto hacia la izquierda, la cocina, por cierto demasiado lejos de la casa, agrega, parece la de aquella Rothschild en Ferrières ¿no?, cuya cocina estaba tan lejos que le llevaban la comida en un trencito. Asiento, sin saber de qué habla. A nosotros no nos molesta, continúa, comemos en la cocina, recurriendo a su vez a la primera persona del plural. Al fondo, si puede ver más allá de los eucaliptus, va a ver otras dos casitas, una es un galpón de jardinería (sospecho que a veces se queda a dormir allí Rosario), la otra una biblioteca y lugar de depósito, luego iremos. Le hemos preparado la cama allí, creo que va a estar más cómodo, la casa es tan chica.

Volvemos a los tres cuartos del edificio principal, me explica que ella y Beatriz ocupan cada una un cuarto en cada extremo, y que el tercer cuarto, en el centro, suerte de sala de estar y de escritorio, es el espacio común. Me pregunto el por qué de esas explicaciones tan detalladas, si su propósito es dejar bien sentado que ella y Beatriz no duermen juntas. Me ofrece algo fresco, usted debe de tener mucho calor, y ese yeso debe de ser muy pesado. Sale un instante a la galería, oigo que le dice algo a Beatriz en el cuarto contiguo, me sorprende oír que hablan en francés. Yo mientras tanto aprovecho para mirar este cuarto, tapizado de libros, en su mayoría en francés o inglés, alguno en alemán, reconozco el libro de fotografías de von Gloeden, esos efebos sicilianos retratados, pienso, por la misma época en que Krupp daba sus artísticas fiestas de Fra Felice y del Club de la Gruta en Capri, aquéllas que discretamente glosaba *La Nación* y que le hacían tanta gracia a Simón, cuando se las comenté hace apenas dos meses, cuando todavía nos reíamos juntos. En otro estante también reconozco, porque el lomo me resulta familiar, un volumen idéntico al que tiene Samuel (y que aún no he devuelto) del teatro de Bourdet, lo tomo por curiosidad para hojearlo, veo que lleva una dedicatoria que ya he leído en otra parte. "Look in my face; my name is Might-have-been", ha escrito mi madre, plagiando la dedicatoria de un libro que Samuel le regaló a ella; luego, debajo de la cita, el nombre de Charlotte y el suyo. Me quedo pensando en la extraña circulación de las citas, los préstamos y los plagios, para expresar la imposibilidad de decir el amor, cuando entran Charlotte y Beatriz, trayéndome un vaso grande de una bebida fría que encuentro deliciosa aunque no sé a ciencia cierta qué es. Charlotte ve el libro en mi mano y me dice, como al descuido, me lo regaló su madre, allí hay una pieza que a ella le gustaba mucho, *La prisonnière*, ¿a lo mejor la conoce?

No sé si fue la combinación del calor y la bebida pero de pronto sentí sueño, mucho sueño y, a pesar del fuerte sol de media tarde, algo de frío. Creo que tengo que recostarme, si no es mucha molestia, me oí decir, y Beatriz me llevó hasta la casita que me había señalado Charlotte como mi pasajero alojamiento, lo que había llamado biblioteca y depósito, al fondo de la propiedad, pasando unos eucaliptus. El contraste entre el violento sol de afuera y la oscuridad de adentro hizo que por un momento no viera nada. Mejor no abro las celosías ni prendo la luz, dice Beatriz, así está más fresco, ya se te van a ir acostumbrando los ojos. Pero mis ojos se cierran de fatiga, Beatriz me lleva hasta un sofá en el que me ha preparado la cama, y me desplomo. Recuerdo que antes de dejarme, Beatriz me tapa con una manta liviana. Luego, dejando la puerta entornada, sale de nuevo al sol enceguecedor.

En el sueño volví a soñar con mi madre tal como aparece en muchos de mis sueños desde su muerte, como una chiquita de meses que llora desconsoladamente en mis brazos. Sólo que esta vez atino a hacer algo, no sé bien qué, hablarle con un tono que parece tranquilizarla porque por primera vez deja de llorar y me mira, y me sonríe, y cierra los ojos. Entonces aparece alguien en el sueño que podría ser Charlotte, o podría ser Beatriz, aunque no se parece a ninguna de las dos, y me dice que entre en un cuarto y la coloque en una cama a medio hacer para que no se le conmueva el corazón, pero cuando intento hacerlo aparece mi padre, borracho, furioso, gritando: See what you've done, you've cut her dead, y con eso no me quiere decir que he ninguneado a mi madre como indica habitualmente la expresión (aunque tal vez también me esté diciendo eso) sino que la he herido, de pronto veo que la chiquita que tengo en brazos está demasiado quieta, tiene un corte que le atraviesa la cara verticalmente, como partiéndosela en dos perfectas mitades, pero es una herida que no sangra, es más bien como una quebradura: me angustia pensar que mi madre se está por romper por mi culpa.

Al despertarme no sé dónde estoy. Por la celosía entornada veo entrar la luz del atardecer, también ese pesado olor a flores que me persigue desde esta mañana, poco a poco voy distinguiendo formas, muebles, me voy orientando. Me duele el brazo, a pesar de que he tomado la precaución de recostarme del lado izquierdo para aliviar la presión del yeso. Una biblioteca y un depósito, dijo Charlotte, pero no veo libros ni objetos encimados, en cambio veo una espacio más bien despojado, con un par de sillones cómodos, además del sofá en que estoy recostado, una enorme alfombra china que cubre casi todo el piso de baldosas, una vieja estufa de leña en un rincón y en las paredes cuadros, muchos cuadros. Incorporándome, empujo la celosía para que entre más luz y pueda ver el cuarto con más detalle. Entonces veo, sí, con claridad el contenido de este espacio insólito; y además veo, con el corazón, sí, muy conmovido, que en las paredes cuelgan cuadros de mi madre. No sé exactamente cómo lo sé porque no creía acordarme de ellos, pero lo sé. Mi mirada se detiene en cada uno, procurando en vano, porque mi mente es un torbellino, fijar algún recuerdo de la tela, el cuándo y el dónde de su composición, procurando pensar si yo fui testigo de su elaboración. Cuando llego al último, que es el que cuelga justo encima del sofá en el que sigo a medias acostado, por eso no lo he visto inmediatamente, entonces sí me incorporo de un salto y enciendo la luz para verlo mejor. En el cuadro hay una puerta entreabierta que deja ver la cabeza y el torso desnudo de un niño (de su hombro derecho parece salir algo, como un muñón), el niño mira al frente, como si espiara desde la tela el interior del cuarto donde estoy yo, como si me espiara a mí, su espectador. Con cuidado descuelgo el cuadro, lo coloco sobre uno de los sillones que tengo enfrente para verlo más de cerca. Al hacerlo, noto que mi madre ya le había puesto título, escribió en el revés de la tela, con carbonilla: "¿Te gustaba mirarnos?". Pero el cuadro está sin terminar, el rostro del niño apenas esbozado, los ojos sin llenar, en blanco: parecen los ojos de un ciego.

LX

Tu madre me fue mandando los cuadros que viste en casa de esa mujer unos años antes de morir, me dice Eduardo García Vélez, a quien he acudido porque es el único abogado que conozco y además porque Charlotte, a quien le pedí explicaciones, me sugirió que hablara con él. Me los mandó con instrucciones explícitas de que eran para ella, para Charlotte Haas, te voy a dar una copia de la carta. Sabés que no era santa de mi devoción, tu madre quiero decir, pero un trámite es un trámite y además yo era, cómo te diré, el abogado de la familia, por la amistad de Juan con tu padre y otras cosas de las que hoy no voy a hablar. En fin, que yo no sólo le hice el trámite a tu madre sino que le facilité todos los trámites de aduana a esa señora, hasta fui con ella a Ezeiza a recoger las telas, fue todo muy simple porque tengo mis conocidos, y así y todo apenas me dio las gracias, si te he visto no me acuerdo, esa gente es siempre así ¿sabés? No le pregunto a quién se refiere al decir "esa gente" porque sé que su respuesta, que le nacerá con toda naturalidad, me enfurecerá. Lo que quiero de sobremanera, en estos días de revelaciones brutales, es permanecer calmo o por lo menos parecerlo. ¿Cómo no me avisaron de la existencia de estos cuadros cuando murió mi madre si soy su único hijo?, me oigo preguntar, con voz que a duras penas controlo. No me entendés, me contesta en un tono en el que noto por primera vez cierto calor humano, los cuadros ya no eran tuyos. Y como sigo protestando, diciendo que sólo yo tengo derecho a ellos como único heredero forzoso de mi madre, y que Charlotte es una intrusa, repite: No me entendés, Daniel, ya no tenés derecho a esos cuadros porque tu madre se los vendió a Charlotte Haas. La transacción de la que te hablo no fue sólo un transporte, fue una compra. Hubo dinero que cambió de manos, como te digo están los documentos para que te convenzas. Y retomando su vulgar tono irónico, abandonado durante el brevísimo momento en que se apiadó de mí, agrega: Era una bonita suma, seguro que tu madre no se la patinó entera y la habrá invertido, así que se me ocurre que no saliste perdiendo.

Pero sí he salido perdiendo. Lo supe en el momento mismo en que, ciego, atolondrado, salí del cuarto que me había asignado Charlotte para pedirle explicaciones. Había caído el sol ya, la temperatura había bajado, se anunciaba en San Isidro una noche perfecta de comienzos de verano como las que añoraba mi madre. Encontré a Charlotte sentada en la galería, con la mirada perdida en dirección al río, fumando un cigarrito maloliente que apagó en cuanto me senté junto a ella. Era como si me hubiera estado esperando. Antes de que pudiera decirle nada comenzó a hablar, con una voz baja, monótona, urgente, que no toleraba interrupciones. Me habló de mi madre, del amor que las había unido, del matrimonio malavenido de mis padres, yo no fui la causa de esa separación usted sabe bien que no eran felices, me habló de los planes que habían hecho, ella y mi madre, para marcharse del país, me contó que mi padre le había jurado que nunca la dejaría llevarme consigo, me habló de las vacilaciones de mi madre, de sus reparos, incluso de sus traiciones amorosas, su madre también era un poco faux jeton, mejor dicho un poco bastante, betrayal was her middle name, me dice inesperadamente en un inglés fuertemente acentuado, además creo que el haberse enamorado de una mujer, porque me consta que estaba enamorada de mí, esas cosas siempre se saben, lo saben los cuerpos, lo sabe la piel, a su madre le daba miedo, miedo de estar metiéndose en algo de donde no iba a poder salir. Porque su madre se las arreglaba siempre para salir con elegancia, ilesa. Pero conmigo era como si hubiese descubierto una parte secreta de sí misma, una parte que le gustaba, que la invadía, y el placer mismo que le daba era una amenaza.

Quise interrumpir este monólogo que me ponía sumamente incómodo, que casi me chocaba. La sexualidad de mi madre pertenecía, o había pertenecido hasta entonces, a lo que no tiene nombre, y ahora los detalles que me daba Charlotte me empujaban a nombrarla. Invadido de pronto por un pudor ajeno, no quería oír revelaciones sobre esa sexualidad que me obligaran a revisar mi imagen de ella, ni que modificaran de modo alguno la compleja relación que ella y yo habíamos tenido. Sobre todo: no quería oír revelaciones sobre la sexualidad de mi madre que me obligaran a pensar en la mía. Pero la voz de Charlotte, curiosamente neutra, continuó su relato, ésta no es la primera vez que usted viene a esta casa ¿sabe? Su madre lo traía a veces los fines de semana, eso fue después del accidente que tuvimos los tres, manejaba su madre y había bebido mucho, creo que yo también, no recuerdo bien lo que pasó pero después del accidente su madre dejó de manejar, su padre con típica lógica de borracho le había prohibido el uso del auto, ella decía que la culpa de todos modos era de él que la había dejado manejar con los frenos mal, que quería que nos matáramos (sabe que su madre tendía a la hipérbole), pero la culpa, si es que se trata de culpa, la tuvimos nosotros, estábamos muy bebidas, nos distrajimos. Para venir aquí ustedes tomaban el tren del bajo hasta que interrumpieron el servicio, continúa, luego tomaban la otra línea hasta Beccar y yo los iba a buscar en auto a la estación, y usted siempre me decía que por qué no los iba a buscar en *picicleta*. ¿Mi madre me traía a menudo?, pregunto incrédulo, aunque entregado a este relato que Charlotte lleva con mano maestra y que, bien lo sé, no dejará de sorprenderme. Su madre venía todos los fines de semana, a usted lo traía de vez en cuando. Pero a lo mejor usted no se acuerda porque era muy chico y además la casa era muy distinta en esa época, dice notando mi desazón, sólo estaban los tres cuartos del frente, en bastante mal estado, era poco más que una tapera. Me sorprende la palabra tan argentina en boca de esta extranjera, por un instante pienso que quizá fuera lo que le decía mi madre, no podés seguir viviendo así, Charlotte (¿la llamaría Charlotte, o tendría para ella un sobrenombre?), tenés que hacer algo con este lugar, che, es poco más que una tapera. ¿No se acuerda, verdad?, oigo que me dice Charlotte, creo que con compasión, a lo mejor también con alivio.

No le pregunté por qué me había asignado la sala donde estaban colgados los cuadros de mi madre sin prepararme para lo que allí iba a encontrar: no quería oír su explicación, si es que explicación había, porque debía de ser retorcida, posiblemente perversa. Charlotte tiene que haber sabido que yo iba a reconocer los cuadros y que ese reconocimiento me perturbaría infinitamente ¿qué se había propuesto al sacudirme de ese modo? ¿Era una venganza contra mi madre que me hacía pagar a mí? ¿Era un asalto a mi mente para forzarla a recordar partes de mi vida en Buenos Aires que por lo visto he borrado prolijamente? ¿Era una victoria póstuma –usted será el hijo pero los cuadros los tengo yo? ¿Era una manera de espiar mi reacción, curiosidad por saber qué sentía? ¿Habrá gozado, me pregunto, al verme salir del cuarto tan perturbado, con el cuerpo pesado todavía de sueño, a pedirle explicaciones?

No acierto a describir lo que sentí cuando dejó de hablar Charlotte, la confusión de sentimientos encontrados que se agolpaban en mi cabeza. Sólo sé que atiné a responder de la manera menos generosa, con mentalidad de contador, como me decía Simón en ocasiones en que me mostraba particularmente miserable, preguntándole por los cuadros, exigiendo explicaciones, cuestionando su posesión, como si aferrarme a ellos (y no hablar de lo otro) fuera la única manera que se me ocurría de reclamar a mi madre, es decir, de robársela a Charlotte. Digo bien robar: aun en ese momento, en que sentía la necesidad de lastimar a Charlotte, una parte de mí tenía la certeza de que mi madre había querido a esta mujer, que había sido muy feliz con ella, y que todo intento mío de cuestionar ese lazo o de retacear su importancia no sólo era mezquino sino reprobable, terriblemente injusto, terriblemente cruel. No sé de dónde me venía esa certeza a la vez que quería seguir hiriendo a Charlotte; quizá porque me enfrentaba a la posibilidad, casi más, la evidencia, de que mi madre había amado a Charlotte como a nadie en el mundo, antes o después. Y yo, de nuevo, estaba de más.

¿O a lo mejor usted no quiere recordar aquella época? La voz de Charlotte me llega de lejos, como tamizada por el tiempo; le contesté con una insolencia. Fue entonces cuando, sin inmutarse, me sugirió que fuera a verlo a Eduardo García Vélez, que se había ocupado del traslado de las telas, para que me diera más detalles. En ese momento me di cuenta de la presencia de Beatriz en la galería; estaba de pie junto a la puerta de la llamada sala común, no sé cuánto tiempo llevaba allí. ¿Preferís dormir en mi cuarto?, preguntó con tono casi solícito, como si por una vez se hubiera puesto de mi lado, como si por una vez me protegiera. Y como no atiné a responder, sintiéndome enfermo, desamparado, con ganas de volver al hospital, se acercó, me dio la mano, y lentamente me llevó a su cuarto. Esa noche dormí en su cama; no sé dónde durmió ella. Recuerdo apenas que me preguntó si quería comer algo, ofreciéndose a traérmelo al cuarto pero no sé si alcancé a responderle antes de que el sueño me venciera.

Es así cómo vine a ver, una vez más, a este hombre detestable, cuyas insinuaciones acerca de mi madre ahora comprendo de otro modo, este ser que detentaba información de la que yo carecía, información que yo ansiaba poseer pero que, una vez obtenida, me entristece sin que yo mismo entienda bien por qué. Eduardo García Vélez me da una copia de la carta de mi madre, también copia del contrato de compra de los cuadros, las pongo en el bolsillo del pantalón sin siquiera mirarlas. Para que no piense que la noticia que me acaba de dar me ha sorprendido, mucho menos apenado, sigo hablando de esto y de aquello, le cuento brevemente el accidente (no parece interesarle), le digo que pronto volveré a Estados Unidos, qué pena que no te quedés más aquí, che, después de todo este es tu país, me dice sin convicción.

Al azar, porque no sé a quién preguntarle esto después de la muerte de Ana (por la que Eduardo, con cara estudiosamente compungida, me ha dado el pésame), y porque se trata de un nombre que me sigue dando vueltas en la cabeza, al azar le digo, recordando una vez más que me ha dicho que lo tuteé, a vos te suena el nombre Gerbi, se lo oí mencionar a unas cuantas personas de mi familia. Miento, claro está: sólo se lo oí a Ana, en circunstancias que no compartiré con él, y que tanta gracia le habían causado a Samuel. Qué notable que me lo preguntés justo ahora, quiero decir en este contexto, te dije que no quería hablar de eso hoy pero qué le vamos a hacer, me dice, encantado de pasar a algo que lo aleje de los cuadros de mi madre y de una transacción de la cual seguramente, en su momento, y dadas las implicaciones, moralmente (si cabe el término para este personaje) no aprobó. Vicente Gerbi empezó de muchachito como empleado de tu padre en el frigorífico, era perfectamente bilingüe porque la madre era inglesa, una Hume venida a menos que casó mal. Pero se las daba de literato y se fue a trabajar a un diario, creo que *La Prensa*. Era un resentido, coqueteó con el peronismo, y terminó desubicado, hay cosas que no se perdonan. No acabó bien, agrega con satisfacción, el alcohol y el juego ¿sabés?, y luego, al darse cuenta de que me está hablando a mí, agrega, pero nada como tu padre que era un caballero aun en sus malos momentos, Gerbi era un desorbitado, tenía además algo muy ruin.

Extrañado de que de pronto surja tanta información sobre un personaje del que yo no esperaba datos, le pregunto cómo lo conoció y si eran amigos. Era un taita, m'hijo, contesta airado, cómo se te ocurre. Me lo presentó tu padre y de vez en cuando me hacía alguna gauchada, me entendés, algo en que uno no quería ensuciarse. Me mira, como pidiéndome permiso para continuar pero no digo nada. Bueno mirá, ya que me lo has estado preguntando, si hasta creo que para eso me viniste a ver y lo de los cuadros era una excusa, me da la impresión que vos a esta mujer tampoco le tenés mucha simpatía, a tu padre Gerbi le hizo el enorme favor de sacarle de encima a la de Haas, le dio un julepe bárbaro. Claro, se ríe, al mismo tiempo le sacó de encima a su propia mujer. Tu madre lo dejó para siempre y hasta consiguió que le diera permiso para llevarte con ella.

LXI

Pasé varios días en casa de Charlotte, días en que intenté vanamente retomar contacto con un pasado que me resultaba del todo ajeno. Dormí las dos primeras noches en el cuarto de Beatriz, al que entraba muy tarde y casi a oscuras, sólo encendía la luz de la mesa de noche para orientarme mínimamente. No quería familiarizarme con el interior de ese cuarto, no quería saber nada de Beatriz que este espacio pudiera revelarme, jugaba a que estaba en un hotel. A la mañana procuraba no mirar a mi alrededor, me lavaba y vestía como podía (el yeso me molestaba bastante) y salía enseguida a tomar el desayuno a la galería. En general no veía a Charlotte: había salido o estaba en su cuarto de trabajo. Yo tomaba el desayuno con Beatriz, hablábamos apenas pero sin hostilidad; pero las más de las veces lo tomaba solo, en compañía de un perrito desgreñado algo hosco que respondía al nombre de Pierre. Luego me instalaba a leer en una reposera en el jardín, bajo un tilo, cerca del pabellón donde estaban los cuadros de mi madre y en el que no había entrado desde el primer día. Me intrigaba el contenido de la biblioteca de esta casa, su naturaleza heteróclita, cada día sacaba un libro distinto con la intención de leerlo. En cambio, solía dormirme; cuando me despertaba, desorientado, solía encontrar un termo con caldo y una fuente con avellanas y nueces en la mesita junto a mi silla. Al mediodía, todavía algo amodorrado, me acercaba a la cocina ubicada en el otro extremo del jardín y almorzaba con Charlotte y Beatriz. Sin proponérmelo y sin poder evitarlo, espiaba el trato entre

340

ellas, intentaba detectar señales de una intimidad, sorprender un tono de voz, algún gesto, una mirada, me preguntaba si así habría sido la relación, que no recuerdo, entre Charlotte y mi madre. Charlotte me trataba con una cortesía tan exquisita como distante. Beatriz, insólitamente, hacía chistes. Yo comía en silencio, pensando que esta escena casera sin duda repetía la otra, en la que estábamos Charlotte, mi madre, y yo.

Al cabo de una semana, una mañana anuncié que pensaba volver al departamento del centro para comenzar a preparar mi regreso y me atreví a sacar el tema de las cenizas de mi madre. Le pregunté a Beatriz si no valía la pena volver a la Recoleta, insistir una vez más en la administración, no sé, hacer una denuncia en la policía, los restos no se pierden así nomás, a lo mejor encontraron la cajita. ¿No habrán llamado al departamento mientras yo estaba en el hospital o aquí? Beatriz me dice que ella misma ha telefoneado varias veces, sin éxito, que han quedado en avisarle si hay alguna novedad. Hay simpatía en su voz, no el tono brutal al que estoy habituado. Le pregunto qué piensa hacer con las cenizas de Ana, no ponerlas en la bóveda, supongo, agrego, intentando un chiste que me sale mal. Igual sonríe: no, me dice, las bóvedas no son lugar seguro. Y sobre todo esa, añade, sabrás que ya no es más de mi familia. La vendí. La noticia, que debería sorprenderme, no me perturba. La vivo como una clausura (aunque sin duda no la que hubiera previsto) que extrañamente me libera: ahora sí que no me queda nada por hacer con respecto a mi madre. Pero ¿cómo se deja vacante una bóveda? Curioso, insisto: ¿Qué te llevó a venderla, qué dicen tus parientes, y qué hicieron con los cuerpos? Todo está en orden, me dice tranquilamente, esto estaba previsto desde hace tiempo. De pronto, ciertos detalles –el arreglo de la bóveda, la firma del poder de Ana a Beatriz, el responso en la Chacarita– no me parecen tan casuales. Me asaltan sospechas que no llego a formular y que sé que tendré que dejar sin formular si quiero preservar este nuevo contacto, bueno pero muy tenue, con Beatriz. ¿Qué pensás hacer con las cenizas de Ana?, vuelvo a preguntar. Vamos a echarlas, vos y yo, en el Río de la Plata, me contesta sin asomo de ironía. Ya está todo arreglado: mañana nos pasan a buscar. Después te dejo en el departamento.

Esa tarde, la última que pasé en casa de Charlotte, fue una de las más sombrías que me es dado recordar. Intenté leer en el jardín –había sacado de un estante una traducción de *Speak, Memory* de Nabokov, como quien busca el consuelo de un amigo– pero no pude. En un momento me armé de valor y decidí entrar en el pabellón donde estaban los cuadros de mi madre, como para decir un último adiós a lo único, más allá de los pocos recuerdos, míos o de otros, que quedaba de ella en la Argentina. Todavía hacía mucho calor afuera, entrar al cuarto en penumbra, con las celosías entornadas, fue un alivio. Pensé sentarme en el suelo cuyas baldosas prometían fresco cuando vi en un rincón un banquito de mimbre que me resultó vagamente familiar y que acabé reconociendo cuando, al sentarme en él, comenzó a sonar una música. Era mi "banquito de música", como lo llamaba yo de chico, el banquito que mi abuela, la madre de mi padre, había traído de Inglaterra cuando emigró a la Argentina, y que, me contaban, le regaló a mi padre cuando yo nací. Me levanté sobresaltado y sólo entonces me di cuenta de que no era el único ocupante del cuarto, divisé en la penumbra a Charlotte, recostada en el sofá. Sabía que volverías, me dijo, sorprendiéndome con el tuteo, sabía que no podías irte sin despedirte de ella. Como yo no pude hacerlo, sabés. Ustedes desaparecieron de un día para otro. Nunca le pude decir adiós.

Y entonces me cuenta, con la misma voz monocorde de los relatos que, sé, no debo interrumpir, cómo mi padre se vengó de ellas, dice, cómo no podía soportar que su mujer se hubiera enamorado de otra mujer, cómo, decía Charlotte que le decía mi madre, lo había vivido como una intolerable pérdida de control que parecía poner en tela de juicio su identidad misma. Tu padre ya bebía más de la cuenta pero este asunto lo llevó del otro lado, a un lado muy perverso del que ni tu madre ni nadie lo creía capaz, aunque todos somos capaces de cualquier cosa, la cuestión es saberse capaz pero elegir no hacerlo. Por intermedio de ese crápula de abogado o de su hermano, ése que estaba perdidamente enamorado de tu padre para gran satisfacción suya, creo que lo hizo sufrir bastante, según contaba tu madre, pero ésa es otra historia, tu padre encontró a un tipo que le hizo el favor de alejarme de tu madre para siempre, me atajó una noche en que yo volví muy tarde a casa, me esperaba bajo el sauce que habrás visto a la entrada. Me insultó y me pegó como no creo que nadie insultó ni pegó nunca a nadie, como si él fuera el ultrajado, y mientras me pegaba me decía esto te lo manda decir el inglés y si no dejás tranquila a la mujer te tiene preparado algo todavía mejor, me pegó hasta que me quebró la mandíbula (en la penumbra veo que se toca el borde de la cara con la punta de los dedos, como si aún le doliera) y perdí el conocimiento. Al amanecer me encontró Rosario. Casi perdí un ojo. No fui a la policía, no hice nada: era extranjera, era judía, no quería líos. ¿Y eso bastó para separarlas?, digo, arrepintiéndome inmediatamente de mis palabras. Eso bastó para que tu madre se fuera a vivir sola con vos, lo que puso fuera de sí a tu padre, y para que hiciéramos planes de irnos juntas a Europa, yo tenía la posibilidad de trabajar en Bruselas. Pero algo falló o tu madre se arrepintió. Al año se fue sola a Estados Unidos, llevándote; no sé qué arreglo hizo con tu padre o cómo se las ingenió para que le diera permiso. Se escapó, sin despedirse, pero yo ya estaba acostumbrada a sus traiciones. ¿Nunca pensaste en reunirte con ella?, pregunto. Sí, no, no sé: la relación estaba ya muy dañada. Además, agrega levantándose, como quien cierra una sesión, por ese entonces conocí a Beatriz.

Al salir del cuarto me toma el mentón con la mano como la primera vez que nos vimos: Disculpame, pero te parecés tanto a tu madre, se me van las manos. Envalentonado, y porque quiero que no se vaya, quiero que me cuente más, retengo la mano que me sostiene el mentón, le pregunto por qué no se refiere nunca a mi madre por su nombre. Se desprende de mí suavemente, avanza hacia la puerta y la abre, se detiene en el vano, de modo que veo su silueta de espaldas, a contraluz, y afuera el jardín calcinado por el sol. Contesta sin darse vuelta: porque yo tenía un nombre especial para tu madre. Cuando se fue, nunca más volví a pronunciarlo.

Me quedo solo en el cuarto. Pienso en mi padre, trato de evocar recuerdos buenos que me permitan borrar la imagen terrible y a la vez patética que surge del diario de mi madre, o de lo que le acabo de escuchar a Charlotte. Pienso en aquella foto suya, tomada durante una regata en Henley, con la leyenda "The cute cox of the Argentine Rowing Club leads his crew to victory", en la que aparece sonriente, feliz, pienso que así habrá sido cuando conoció a mi madre, cuando estaban de novios, cuando inventó para ella su sobrenombre especial, el que yo sé pero, como Charlotte el suyo, no he de pronunciar, el que descubrí en una de las cartas que ahora me arrepiento de haber tirado porque me darían pruebas tangibles de que mi padre, por abyecto que fuera, era capaz de amor. Recuerdo aquella frase inesperadamente aguda de Eduardo García Vélez, hablando de un cliente que le había tocado defender, y pienso que me sirve para no odiar a mi padre: no era un demente continuo, tenía entreactos, momentos en que se olvidaba de su destino.

Enciendo la luz para ver, por última vez, los cuadros de mi madre. Uno por uno los miro, procurando grabarlos en mi memoria, sabiendo que después de un tiempo (años, más probablemente meses: mi memoria no es de confiar) los olvidaré. Me detengo ante el último, el que está encima del sofá, el del niño que me mira con su mirada ciega. Para no verlo me arrancaría los ojos.

LXII

Tengo que hacer un enorme esfuerzo para ordenar los acontecimientos de los días que siguieron. Se me presentan precipitados, dispersos: todo intento de una cronología prolija es inútil. No vi de nuevo a Charlotte después de nuestra conversación. Yo también me voy sin despedirme, pensé, al preguntar por ella y darme cuenta, por las evasivas de Beatriz, de que no aparecería. Luego entendí: nuestros adioses habían tenido lugar la tarde antes, junto a los cuadros de mi madre. Por un instante pensé que me quería llevar mi "banquito de música", como reliquia tangible de una infancia de la que recordaba tan poco, luego pensé mejor dejarlo donde estaba, como algo mío que quedaba junto a los cuadros, testigo melancólico y mudo de mi presencia en esa casa que yo no recordaba.

Junto con Beatriz esperé a la sombra del sauce el auto que nos vendría a buscar. Como de costumbre, Rosario estaba allí, fumando distraído y metiendo el dedo mecánicamente en el zapato, como quien busca sacarse una piedrita. Pensé que Rosario también debía de haber conocido a mi madre, pensé que acaso me conoció a mí de muy chico, pero no quise preguntar. Beatriz sostenía una bolsa de lona negra en la que estaba la caja con las cenizas de Ana. De pronto me la extendió para que la cargara yo, cosa que, con el brazo derecho inutilizado, logré hacer a duras penas. Apenas había recobrado el equilibrio (como mi madre, Ana pesa mucho) cuando vi llegar el vehículo que nos venía a recoger. Beatriz me había dicho que nos pasarían a buscar, no me había dicho quién. Por el camino de tierra veo avanzar la camioneta de reparto de los pollos Cargill con Cacho al volante. Como si nos hubiéramos visto ayer, saca la cabeza y me dice qué tal Charlie, y mirándome el brazo enyesado, en que líos te me metiste.

No pregunto, no averiguo. En silencio –pero un silencio no hostil, más bien afable– tomamos por Libertador hacia el sur, en dirección del centro, y no hacia el Tigre, como yo había previsto. Beatriz ocupa el asiento de atrás, yo estoy junto a Cacho, las cenizas de Ana entre los dos. Me doy cuenta de que vamos rumbo a la reserva ecológica donde Cacho me llevó cuando me rescató de mi primer encuentro con Charlotte, la reserva donde pasamos buena parte de la noche juntos y donde hubimos de echar las cenizas de mi madre. Me satisface este paralelismo, como una suerte de acierto estético. Le pregunto a Cacho por Estela, por Malena, me dice con tono neutro que me mandan cariños, que cuándo las voy a ir a ver. Beatriz no dice nada pero de pronto me pone la mano en el hombro.

Estacionamos cerca del club de pesca, creo que en el mismo lugar que la última vez, luego bajamos los tres a la reserva, esquivando piedras y yuyos, internándonos lejos de donde pudieran vernos. Es temprano y no hay nadie, sólo alguna que otra ratita que sale disparando en dirección al agua. Pienso con tristeza que a mi madre le hubiera gustado estar aquí, con estos animalitos, a ella que le gustaba dar de comer a las zarigüeyas. Nos acercamos al borde y Beatriz saca la caja de la bolsa, la abre, y me la vuelve a dar, me dice es tuya, desparramala vos. Así lo hice, conmovido, también aliviado. Nos quedamos mirando los tres cómo se arremolinaban

347

las cenizas en el agua barrosa. "No me llores perdida ni lejana", dijo Cacho, por fin va a descansar tu mamá. Quise corregirlo, pero Beatriz me apretó fuerte el brazo y no dije nada. Sólo atiné a pasarle la cajita vacía: me sentía muy cansado. Sé que volvimos al auto y que Cacho me ayudó a subir, pero no recuerdo mucho más. En algún momento dejamos a Beatriz en Retiro, creo, como en sueños le oí decir no te pierdas, Daniel. Luego recuerdo confusamente que Cacho me llevó al departamento, dijo algo a la portera que nos miraba ávida de explicaciones, me ayudó a acostarme y me besó en la boca. Y eso fue todo.

Soñé sueños confusos, sueños en que aparecía varias veces Simón, estábamos en una ciudad que podía ser Buenos Aires o quizá fuera Caracas o hasta Nueva York, una ciudad conocida y a la vez extraña donde buscábamos una casa que a pesar de nuestros esfuerzos no encontrábamos, dábamos en cambio con escenarios de teatro, con casas pintadas en telones de fondo que, creo, eran obra de mi madre, casas donde no podíamos entrar. En mis sueños Simón estaba raro, a veces me trataba con cariño, otras no parecía reconocerme, de pronto anunció que tenía que irse, y, ahuecando la mano me la pasó por el mentón. Soñé también con mi madre, estaba en la casa de Orient, en la galería cerrada donde solía sentarse a leer en las tardes de invierno y que daba al bosque. Sólo que no estaba sentada, estaba bailando algo que parecía un baile antiguo, como un minué o una gavota, con alguien cuyo rostro yo no alcanzaba a distinguir, alguien que, a juzgar por la cara de mi madre, la hacía muy feliz.

Dormí profundamente, no sé cuántas horas. Sé que me despertó un timbre, imperioso, que hizo que me precipitara al portero eléctrico como quien busca evitar una catástrofe, sólo para oír, con estupor, la voz alta y nasal de Samuel que clamaba por entrar. Vine a buscar mi Bourdet, anunció con afectado desdén no bien cruzó el umbral, porque sé que no me lo vas a devolver nunca. Y mirando a su alrededor, con ojo crítico: Qué aburrimiento estos muebles, che. Y yo que pensaba que esta familia tenía estilo, esto es puro early nothing, como decía Manuel. Sin preguntar quién era Manuel, dejo pasar el comentario que busca, una vez más, dejar mal a Beatriz y sólo atino a ofrecerle algo de beber, oferta que rechaza con un gesto elocuente. No tengo idea de la hora, le digo. Se ve, contesta.

Busco el libro que por alguna razón no está en el escritorio sino en mi cuarto, en la mesa de noche. No recordaba haberlo dejado allí. Al extendérselo cae de entre las hojas un sobre que Samuel se inclina a recoger, mira atentamente, y luego me pasa: los billets doux quedan con el destinatario, dice. Tomo el sobre, veo que dice, con letra muy prolija, "Para leer en el avión", y algo turbado porque sé que Samuel me está mirando divertido, lo meto en un bolsillo. Lo del libro no es una excusa, dice, de veras pensaba que te ibas a ir sin devolvérmelo, pero además vengo en calidad de ángel tutelar. Y como lo miro sin entender: sabés que yo no me muevo por nadie pero vos, m'hijo, sos una calamidad. Vengo a ayudarte a que hagas la valija, declara con falso tono de eficiencia este querido ser minúsculo y afectado, cuya falta de destreza práctica es tan proverbial que más de una vez le he oído decir a su criada chilena "Por favor señor hoy no toque nada". Me río, creo que es la primera vez que me río de nuevo con ganas: me río como sólo puedo reírme con Simón. Para apaciguarlo le digo que las valijas las voy a hacer yo solo, en su compañía, que a pesar del yeso me las puedo arreglar, y que me ayude contándome cosas divertidas. Me complace con creces. Recorre el cuarto con sus pasitos rápidos y cortos de pájaro, ladeando la cabeza para mirarme cuando deja caer un bon mot. Me llena de historias triviales y memorables, historias en que ya no importa o no si aparece mi madre, historias en que oigo nombres que me resultan conocidos porque se los he oído a él, o a Ana, o a García Vélez, o a Beatriz, o a Cirilo Dowling; o porque los he leído en diarios, o en catálogos de libros argentinos; o porque los oí alguna vez en boca de mi madre; o acaso ¿por qué no?, porque yo mismo los recuerdo: no todo se ha borrado de mi memoria argentina. En las anécdotas que me está contando Samuel se acumulan personajes, acontecimientos, se cruzan cronologías, se mezclan secuencias, se complican motivaciones, pero yo ya no pregunto, no corrijo, no indago, no trato de aclarar contradicciones. Lo dejo contar, maravillado por su destreza de narrador, recuerdo aquella frase de Nabokov que tanto le gustaba a David, "Hearsay is the poetry of truth". Gozo, sí, con la verdad poética de estos chismes brillantes que por un momento, el tiempo de preparar mi equipaje, dan vida a un Buenos Aires que yo no conocí y que desaparecerá con él.

En las valijas voy poniendo lo mismo que traje, muy poco más, pero igual me sobra lugar. Es curioso: en general cuando se viaja se vuelve con más de lo que se lleva, es la regla del juego. Yo, en cambio, esta vez vuelvo con menos: no sólo dejo atrás y en lugar incierto las cenizas de mi madre, dejo algo más que, como hubiera dicho ella, *no tiene nombre*, y esa falta intangible parece reflejarse en mi equipaje reducido. No me olvido del silbato; lo desprendo del llavero que dejaré en portería y lo coloco en el mismo bolsillo en que he puesto el sobre de Cacho. Como veo que tengo medio día por delante antes de salir para Ezeiza y no quiero ponerme melancólico, le propongo a Samuel que salgamos a dar una vuelta, por donde él quiera: le cedo la elección del itinerario, cosa que parece deleitarlo. Te lo iba a proponer yo mismo para que no digas que no te cuido, me contesta. Tanta solicitud me inquieta y me temo una broma en quien no practica los buenos sentimientos sino esporádicamente pero lo dejo hacer. Me lleva por Callao en dirección contraria a la que yo esperaba, hacia el oeste, en dirección del Congreso. Después de haber pasado días en San Isidro, la ciudad me parece distinta, más sucia, abandonada; la siento lejana, ya parte de mi recuerdo, como si la viera a distancia. Me estoy yendo, pienso. Cuando llegamos a Bartolomé Mitre, Samuel anuncia que me va a mostrar algo que seguro se me ha escapado y me lleva a ver el pasaje de La Piedad, que en efecto no conozco, me cuenta que allí solía comprarle libros en francés a un viejo librero muy raro, parecía salido de Balzac, vivía con un chiquilín que no sé si era hijo u otra cosa, conseguía lo que le pidieras. Dio con un ejemplar único del *Livre blanc* de Cocteau que tengo escondido en casa para que nadie me lo robe, che. Se ve que el pasaje de La Piedad tiene un peculiar encanto para Samuel, es cifra de un Buenos Aires misterioso que él recuerda con nostalgia y yo no aprecio sino a medias, acaso porque mis ojos ya están en otro lado. Seguimos caminando por la ciudad, casi sin hablar, lo cual es nuevo entre nosotros. Te convido con

algo, me dice de repente cuando llegamos a Córdoba, si querés con un copetín, como decían antes. Pido un café, él otro.
Siento la incomodidad que sentiría con un amigo, mejor, con
un amante con quien hubiéramos decidido, de común acuerdo, separarnos. Me mira ladeando la cabeza: te voy a extrañar
¿sabés? Porque sé que no me vas a escribir. Se me anuda la
garganta y no puedo contestar. Agrega: Quise a tu madre, y
ahora te quiero a vos. Y luego, reponiéndose: "La réalité ne
se forme que dans la mémoire", no te vayas a olvidar. No necesito decirte de quién es la cita.

Seguimos despacio rumbo a su casa, pasamos frente a la
puerta de Eduardo García Vélez, "Lawyers' houses are built
on the heads of fools", dice Samuel mirando hacia el tercer
piso del edificio. No me detengo en preguntarle de quién
es la cita, pero noto por primera vez que su inglés tiene un
leve acento francés. Pienso que Eduardo García Vélez es otro
de quien no me despediré, y de pronto recuerdo lo que me
contó Charlotte sobre Juan, su hermano ¿vos sabías, le digo a Samuel, que Juan García Vélez estaba enamorado de
mi padre? Como media humanidad, m'hijo. Tu padre era
muy lindo aunque demasiado inglés para mi gusto. Juan
también era buenmozo, petiso pero muy bien hecho, luego engordó mucho, ése también, como Olga Souvaroff, eligió conservar la cara en lugar del culo. Pero no creo que
haya habido nada entre ellos, dice volviendo a mi pregunta, tu padre era un ferviente heterosexual, aunque dicen
que esos son los peores ¿no? Prefiero no seguir esta conversación. Al cruzar la plaza, Samuel por suerte se distrae, ésta es la Biblioteca del Maestro de la cual fue director hasta
su muerte tu querido Lugones, otro lugar para que atesore

tu memoria ¿no? No es mi querido Lugones, protesto, y luego, mientras lo ayudo a cruzar Callao: ¿Dónde está enterrado? Y como me mira burlón le aclaro que es por curiosidad, que no pienso ir a ver su tumba, ya he visto demasiadas; me estoy yendo, Samuel. Lugones en la Recoleta, creo, contesta medio distraído, pero se habla de mandarlo a Córdoba. Ahí tenés otro ejemplo de la macabra imaginación nacional, los muertos que viajan, nadie se queda enterrado tranquilo en el lugar donde murió. No sé si se da cuenta de lo que me está diciendo. Acaso sí: por un instante, brevísimo, se calla y me aprieta el brazo. Luego lo acompaño hasta su casa pero no me hace subir, nos despedimos sin palabras en el umbral. Lo seguí con la mirada, seguí sus pasitos de pájaro, hasta que desapareció en el ascensor.

LXIII

Increíblemente, sólo al volver al departamento, a principios de la tarde, y al poner mis documentos en orden, me di cuenta de que no tenía mi pasaporte argentino, el que había intentado renovar. En el torbellino de estas últimas semanas había olvidado completamente mi cita con aquel comisario Longoni que quería hacerme preguntas; o la había reprimido, sin duda por miedo. Esta revelación, que normalmente me hubiera desquiciado, extrañamente no me preocupó. Pensé que tenía el otro pasaporte en regla y que en principio (pese a los temores que me había infundido Samuel y que yo había hecho míos) no debería tener problemas. Reacción tan sensata de mi parte, en vísperas de un viaje, no dejó de impresionarme. Me asomé una última vez al balcón, como para despedirme de la mujer que riega las plantas y da de comer a sus gatos, pero no estaba, sólo vi uno de los gatos durmiendo al sol. Pensé en el gato de David, pensé en mi amigo muerto, en el vacío que sentiría en mi vida no bien reanudase mi rutina en Nueva York. Pensé en Simón, mejor dicho me atreví a pensar, como quien busca conjurar lo probable para que no ocurra, que Simón no me habría esperado. Pensé que acaso me encontraría en Nueva York con un departamento vacío de su presencia, y la idea me entristeció. Éste había sido un viaje donde las ganancias parecían menos obvias que las pérdidas: no quería una pérdida más. Bajé, tomé un taxi, y partí rumbo al aeropuerto.

Mientras se iba deshilachando la ciudad detrás de mí recordaba a mi madre, intentaba reconstruir el día de nuestra partida, hace más de veinte años, cuando me llevó de aquí para iniciar una vida nueva en Estados Unidos. Vagamente recuerdo que nos había ido a buscar un auto de alquiler al departamento de la calle Ecuador, que al llegar a Ezeiza el conductor le dio una tarjeta de la compañía a mi madre para cuando vuelva señora, un llamadito no más y la estamos esperando, y que mi madre tiró la tarjeta no bien entramos en la terminal, se cansaría de esperar el pobre, dijo. Nos fuimos así, sin despedirnos de nadie, mi madre y yo, ni siquiera de mi padre. Yo le había dejado una cartita, una cartita dedicada a "Dear Daddy" que me había dictado mi madre porque a mí no se me ocurría nada, una cartita en la que le decía que lo quería mucho y que le escribiría. No sé si lo primero era cierto; sé bien, porque luego me arrepentí, que nunca hice lo segundo. Ahora me prometo no hacer lo mismo con Samuel, pero conozco la precariedad de las buenas intenciones. Es posible que no cumpla esa promesa.

Antes de pasar inmigración me detuve en un teléfono público e intenté ponerme en contacto con Peter. Volvió a salir el mensaje que remitía a otro número, al que esta vez llamé, y salió la voz grabada de Alfie, pidiendo que se dejaran mensajes para él o para Peter Dowling. Me pareció buen signo y se los dejé dicho, despidiéndome, let's be in touch, che, no dejen de venir a verme cuando Peter viaje a Washington por la OEA. My best to your old man, añado, sabiendo que no volveré a ver a Cirilo Dowling. Luego busqué en el bolsillo el sobre de Cacho, pensando vagamente llamarlo; no lo encontré. Pensé que se me había caído, pensé desandar camino por el hall de la terminal para ver si aparecía, pero no lo hice. Con el pasaporte no tuve problemas: no me reclamaron el que olvidé retirar, no me tenían fichado, no me dijeron que se es "argentino hasta la muerte". El avión salió a horario, el vuelo fue bueno y dormí casi de un tirón. Usted tendrá el brazo roto pero se ve que tiene la conciencia tranquila, me dijo mi vecina de asiento, con tono comadrón, cuando me desperté. Ella en cambio no pegaba los ojos, le daba tanto miedo volar. ¿Va a Miami?, me preguntó por preguntar, y cuando le dije que no, me informó que ella sí, y luego seguía para Caracas donde tenía una hija. El dato me pareció de buen agüero. Volví a cerrar los ojos y me hice el dormido para evitar la conversación.

Llegamos con tormenta de nieve. El invierno se vino temprano, anuncian por lo menos dos pies de nieve, me dijo en español el taxista, a pesar de que yo le había dado la dirección en inglés. ¿Cómo sabe que hablo español?, le dije. Esas cosas siempre se saben, me contestó. Y no pregunté más.

FIN

Southold, 15 de septiembre, 2001